H.D.
Klaus Theweleit
Michael Schröter

Urs Engeler Editor

Tribut an Freud

von H.D.

Einführung von Klaus Theweleit 7

H.D.: Schrift an der Wand 47
H.D.: Advent 209

Anhang: Die Briefe Freuds an H.D. 323
Anmerkungen des Übersetzers 352

Einführung
von Klaus Theweleit

... Freuds Analysen in den 20er und 30er Jahren sind zunehmend Analysen zur Gewinnung von Gefolgsleuten, sind zu einem Teil Lehranalysen. Bryher, H.D.'s Lebensgefährtin, war eine solche Gefolgsfrau geworden. Sie fand die Analyse das entscheidendste Ereignis in ihrem Leben (noch bedeutender als die Tatsache H.D.) und vermittelte Hilda Doolittle für eine entsprechende Erfahrung an Freuds Berliner Kollegen Hanns Sachs.

Hanns Sachs war 1932 dabei, aus Deutschland zu emigrieren und nahm keine Patienten mehr; er bot nicht einen anderen Berliner Analytiker als Ersatz an, sondern Freud selbst (erstens würde es für jemanden aus England relativ egal sein, ob er/sie für eine Weile nach Berlin oder Wien übersiedelte; zweitens, darf man annehmen, hat Sachs dies Angebot nicht gemacht, ohne Freud, der, 77-jährig, nur noch wenig Patienten nahm, zu fragen, und Freud muss, in der Erwartung einer *Dichterin* auf der Couch, die da noch nicht gelegen hatte, ja gesagt haben.)

H.D., ziemlich perplex, sagt auch Ja.

Am 1. März 1933 (in Berlin desertiert gerade der Lyriker Gottfried Benn von der Lyrik und schickt sich an, den Präsidentenstuhl der «Dichterakademie», jetzt unter Nazi-Regie, anzupeilen) legt sich H.D. in der Berggasse zum ersten Mal auf die Couch.

Wozu? Erste schnelle Antwort: zu zeigen, dass sie es doch nicht *lassen* kann, einen Orpheus unter den Lebenden zu suchen. Im Bericht von dieser Analyse (der zugleich ein Stück autobiographischer Roman ist und ein Stück Freudroman), geschrieben nach Freuds Tod während des Krieges, *Tribute to Freud*, stolpert H.D., ihre erworbenen Deutschkenntnisse jonglierend, schon mal über des «Professors» (wie sie ihn nennt) Vornamen – und kreiert gleich eine Variation: *Sigmund, die singende Stimme* ... zwar korrigiert sie sofort (*gebranntes Kind*) zu «*Siegmund ... die sieghafte Stimme*» (173f.) ... aber vorher fiel ihr Orpheus ein; und damit nicht genug: stilisierte steinerne Akanthusblätter, die am Haus in der Bergstraße «aufstrebende korinthische Kapitelle krönten» (Akanthus = stachelige Pflanze, Dorn, Stachel, Dornbusch), winken mit der «Dornenkrone», sagt H.D. ...

... und das bei einem Zustand Freuds, in dem er nur einen *Siechmund* noch sein Eigen nennen kann; oder eigen eben nicht mehr ... der ganze Gaumenknochen ist wegoperiert ... eine Prothese hält die Augäpfel über der Mundhöhle ... aber gesprochen hat er, dass es ein *Gesang* war.

Was da sang:

Ein Büchlein, das «als ein zauberhaftes Ornament der biographischen Freud-Literatur unübertroffen bleiben wird»; «[...] ein sehr bewegendes und poetisches Buch [...]», zitiert Ullstein die Stimmen von Ernest Jones und Max Schur auf dem Back Cover (klingt nicht sehr einladend) ... es ging auch nicht besonders gut auf dem Psychomarkt ... trotz Boom usw. ... den Band, den ich hier liegen habe, hat Freund Christian Schaeffer aus einem Grabbelkasten gezogen, 3 Mark 15 ... «*Huldigung an Freud*» für «Tribute to Freud», ist ja auch bei einer Autorin, die «Hilda» heißt, nicht das Gelbe der Einladung … Hildigung … dann auch noch Doolittle … wer will das lesen … in einem Land, wo H.D. so unbekannt ist wie …

(… wie die Psychoanalyse?)

Man muss tatsächlich ein Buch über die Psychoanalyse geschrieben haben (und zwar kein schlechtes), um diesen *Tribute* würdigen zu können … jetzt seh ich es; (als ich vor fünf Jahren zum ersten Mal drin las, sah ich nicht viel mehr als eine kunstvolle Puppenstube, in die eine kapriziöse Dichterin ihren Analytiker, den Herrn Professor, wie sie ihn nennt, persönlich einwebt).

Nun entpuppt es sich als das «*Schiff geladen … bis an den höchsten Bord*». Zwar ist die Last nicht Gottes Sohn … der Heilige Geist ist nicht der Mast, das Segel auch nicht glatt «die Liebe» (nicht d i e Liebe, eine besondere ist es) … aber *geladen* ist das Schiff … eine Fähre der FREUD LINES im kleinen Grenzverkehr, Konkurrenzunternehmen der CHARON Ltd. … Verkehr in Gegenrichtung … Fährbetrieb zur Rettung von Seelen … vom andern Ufer zurück auf d i e s …

… wie die «Dokumente» sich verändern (in der Veränderung des eigenen Blicks)! ich hatte es in der Hand, längst … es sagte nichts …

«Wissen Sie, wenn Sie zu schreiben anfangen, ungefähr auch, wie Mitte und Schluss des Geschriebenen aussehen werden?»

«Was für eine Frage. Bin ich ein Trottel!?! Selbstverständlich liegt der Plan von vornherein bis ins Kleinste fest.»

Bemerkenswert, dieser Arno Schmidt. 70 Jahre alt und immer noch solche Angst, als Trottel zu gelten; ich bin wohl der aus dem Interview … ich schreibe nur, wenn ich nicht weiß, wo's hin gehen wird … wo die Spuren laufen … die falschen Anrufe … die schönen Briefe … Telegramme … Zwischenrufe … anonyme Posten und solche mit Absendern … Privatdetektiv für Wortfälle eben … Läufer durch Labyrinthe, die andere bauten … dies ist nun der Ausgang, den ich nehme (es gäbe auch andere) … H.D.'s *Tribute to Freud.*

Eine Unheimlichkeit … ein Wunder … ein Spiel zweier Meister … dies drei zumindest ist die «Analyse» H.D.'s bei Freud (in ihrem Bericht) …

Und sicherlich gibt es keinen Text, der den Weg von 40 Jahren Analyse so fühlbar werden lässt, von den ersten *talking cures* und *Hypnosen,* die herausführen sollten aus Elektroschocks und Internierung, von den ersten «Hysterikerinnen»-Analysen mit ihrer Suche nach dem Despoten, ihrer Suche nach dem Whodunnit, in ausgeübte Psychoanalyse nach Gründung und Sicherung des psychoanalytisches Staats, nach öffentlich-diplomatischer Anerkennung und 40 Jahren raffinierter analytischer Literatur mit Kontroversen, Ausschlüssen, Sicherheiten … und wieder neuen Unsicherheiten, in die Freud das Schiff zu steuern wieder begonnen hatte in der zweiten Hälfte der 20er Jahre. H.D. hat einen Großteil dieser Literatur gelesen … sie ist selber Schreiberin von Zuständen der «Seele» … es wird nicht abgehen ohne Fallen und Verstrickungen … versteckte Hinweise … Codes …

Das erste, was H.D., eintretend ins Freudsche Wartezimmer, sieht, ist ein Stich an der Wand «im Dürerstil», betitelt «Lebendig begraben». Anm.d.Übers.: «*nach Auskunft von Hans Lobner (Sigmund Freud-Haus, Wien) höchstwahrscheinlich ein Stich nach dem Gemälde «The Nightmare» («Der Alptraum») von J.H. Füssli, der in Freuds Wartezimmer hing.*» (354)

(Genau das Bild, das ich mir immer vorgestellt habe als Eingangspforte für die Beschreibung der Situation Hysterikerinnen/nächtlicher Despot!) Er hatte es tatsächlich im Wartezimmer als Geheimzeichen für eintretende Frauen: dass sie gleich sähen, um was es hier, in Freuds Analysen, ginge.

Die «*Gradiva*» war ein Buch gewesen, das davon *handelte*, wie eine Frau aus einem Bild, aus einem Grab, aus einer verschütteten Stadt wieder lebendig wurde; Hanold, der Held des Buchs, den der Autor Jensen mit Zügen ausgestattet hatte, als hätte er ein Porträt Freuds (mit dessen intimsten Zügen) schreiben wollen, war immerhin eine *Buch*figur geblieben – unheimlich genug für Freud, sich an bestimmten Stellen bestimmter Literatur derart wiederzufinden. Er hielt einiges in dieser Hinsicht für möglich: dass eine tote Patientin bei ihm zur Tür hereinkommen könne, hatte er *einen Moment* tatsächlich geglaubt (wie er in der «*Gradiva*» erzählt), bis sich herausstellt: es ist die Zwillingsschwester. Die hier jetzt bei ihm eintritt, löst mit ihrem Äußeren kein solches déjà vu aus; sie scheint im Gegenteil so sehr verschieden von allen, die da je eingetreten sind … in London lebende Amerikanerin, berühmte Schriftstellerin von Gedichten … solche hatten sich bisher nicht auf seine Couch legen wollen … «etwas ganz Neues» … eine «neue Erfahrung» stand in der Tür …

… hätte Freud jedoch die Möglichkeit gehabt, sich eine künstliche Patientin zu bauen, eine, in der möglichst viele geliebte Revenants sich hätten vereinigen lassen, sie wäre nicht viel anders ausgefallen als die, die grad tatsächlich und lebendig über seine Schwelle tritt … als *wirkliche Frau.*

Oder ist es tatsächlich *Madeleine*, die über seine Schwelle schwebt: ausgerüstet mit dem genauen Wissen davon, was nötig ist, ihn sich verlieben zu machen und ihn zu *täuschen*? … H.D.'s *Vertigo* mit dem alten Mann …

Einiges spräche dafür, z.B. dass sie die größte Aufmerksamkeit für alle Gegenstände des Freudschen Zimmers hat, für all die gesammelten Götterfiguren … seine ganze Ägyptologie, aber den Stich der «*Gradiva*», der da in Freuds Arbeitszimmer hängt, mit keinem Wort erwähnt …

Es *war* Vertigo, aber nicht um ihn zu täuschen. Ihn zu krönen war sie gekommen.

Eine Tochter. Es geht um Töchter – Töchter, die einen Vater krönen … eine bestimmte Sorte «Vater».

Es wird nicht mehr zu klären sein, was alles H.D. *gewusst* hat von Freud (sie hat ihn gelesen und offenbar gründlich; sie war zweitens über Bryher angeschlossen an einen oder mehrere der Klatschbörsen für psychoanalytische Interna, die pausenlos ihre Berichte produzierten); und was sie *erraten* hat (aus seinen Reaktionen in den Stunden selber); oder was ihr selber unbewusste

Koinzidenzen sind: das Geflecht aus ihnen, das sie anbietet, ist allerdings imposant:

... ihr Vater hatte zwei Frauen (wie Jacob Freud; von der dritten, «Rebecca», wusste damals noch niemand) ... Geschwister aus 2 Ehen also ... ältere Brüder ... wie Freud den toten älteren Bruder hat sie eine ebenfalls im Kleinkindalter gestorbene ältere Schwester in ihrem Seelengrab ... zwei tote Schwestern sogar ... alles war «2» in ihrem Leben, antwortet sie auf Freuds Personenverdopplungen in den Schriften ... ihr Vater hat eine Schwester «Rosa» (wie Freud) ... ihr Vater war nach einem Unfall «weiß» geworden (Freuds Vater doch auch über Nacht ergraut, wenn ich recht erinnere?) ... zwei Halbbrüder hat sie (ältere), wie Freud ... ich habe die Angaben nicht alle geprüft, nehmen wir sie als «faktische» Übereinstimmungen (es sind ohnehin die geringsten) ... sie hat eine Weile als Sekretärin des Vaters gearbeitet, erzählt sie ihm ... das *weiß* sie nun, dass Anna das tut für Sigmund ... sie lebt in einem weiblichen Paar, mit der Freundin Bryher. Bryher hauptsächlich kümmert sich um H.D.'s Tochter ... sie *weiß* gewiss, dass Anna Freud in einem ähnlichen Verhältnis mit Dorothy Burlingham lebt; Dorothy Burlingham wohnt mit ihren Kindern in der Berggasse 19, ein paar Stock über dem Analysezimmer ... was H.D. allerdings nicht wissen kann, ist, wie Freud dies Verhältnis sah. Dorothy Burlingham hatte mit 4 Kindern ihren «disturbed» Ehemann verlassen und war nach Wien gezogen. Die Kinder zählten zu den ersten von Anna Freuds Patienten. D. Burlingham –

als Mitglied der Tiffany Family, schreibt Paul Roazen, konnte sie die Behandlung der ganzen Familie leicht bezahlen. Freud dazu in Briefen (die ich, nach Roazen, englisch zitiere; dt. erst nachgucken; stehen in einer Fußnote bei Derrida): *In 1929 he wrote «our symbiosis with an American Family (husbandless), whose children my daughter is bringing up analytically with a firm hand, is growing continually stronger, so that we share with them our needs for the summer» (an Binswanger). 1932 an Zweig: Anna and «her American friend (who owns the car) have bought and furnished ... a weekend cottage»*. H.D. ist noch verheiratet, liegt bei Freud als Mrs. Aldington..., aber eben «husbandless» wie Dorothy Burlingham, deren Gatte (mit fester Hand) jetzt Anna ist. Bryher bezahlt H.D.'s Analyse bei Freud in Form einer großzügigen *Spende*, die sie im Verlauf der ersten Wochen überweist ... Anna hat dadurch *eigene Kinder ohne Ehemann* ... gezeugt aus «Symbiose» mit der reichen Tochter einer American Family. (Anna und Dorothy blieben übrigens auch nach der Emigration ein Paar und betrieben in London gemeinsam die Hampstead Klinik. It worked.) Es besteht kein Zweifel, dass dies (jedenfalls für *eigene Töchter*) Freuds Traumverbindung ist, sein Traumpaar (seine bekannten Animositäten gegen die Schwiegersöhne sind nicht in erster Linie persönlich begründet; sie gelten der Tatsache «husband»). Freud möchte seine Töchter behalten, nicht auf die (hysterisierende) «Nachtmahr»-Weise, sondern, eben wie Anna, als Töchter seiner Schule, Sekretärinnen/Assistentinnen ... Ehemänner stören dabei ... H.D. kommt mit einer

Wut auf diese Ehemänner bei ihm an; das «Eurydike-Gedicht hat sie längst geschrieben, 1917: So you have swept me back; eine der wenigen Frauen, die Orpheus' Umdrehakt «auf der Treppe» als Mord verstand und nicht als «Liebesbeweis».

So hast du mich zurückgekehrt,
Ich, die gegangen wäre mit den lebenden Seelen,
über der Erde
Ich, die geschlafen hätte zwischen lebendigen Blumen,
zuletzt;

für deine Überhebung
aus deiner Gnadenlosigkeit
finde ich mich zurückgefegt …

Ihr Gefühl zu D.H. Lawrence: sie solle «verbraucht werden wie ein kleines Häufchen Brennholz um die Flamme des Dichters zu schüren». Ihre Ehrung von Freud, «Singmund», kommt aus der direkten Abkehr von Männern aus der Sohneslinie. «Orpheus» ist eine Figur der Sohn-Genealogie; Freud eine aus der der Väter/Großväter … H.D. ist dort und spielt ihr Spiel zur Stärkung d i e s e r Linie «Mann» … Mann nicht als Liebhaber, sondern Mann als Besitzer und Hüter bestimmter *Schätze*: bestimmter Wahrheiten. Freuds Zimmer ist vollgestopft mit Schätzen aus antiken Gräbern … Götterfiguren aus Ägypten und Griechenland vor allem … sie sprechen darüber … H.D. versäumt nicht, zu erkennen zu geben, dass sie das alles kennt

... nicht nur die einzelnen Figuren und deren mythologische Funktionen, sondern dass dieses Zimmer eine Wiederholung des Zimmers ihres einen, des geliebten Großvaters ist, der ihr näher war als der kühle, distanziertere, immer in den Sternen hängende Vater ... der Vater hat nach dreißigjährigem Tabellenschreiben den Kurven der Erdabweichung von der Sonnenumlaufbahn des Ptolemäus «eine Kurve hinzufügen können» ... er ist auch nicht ganz ohne, also ... aber die Waagschale neigt sich deutlich zur Großvater-Linie ... Freud ist 77 ... H.D. kennt mit Sicherheit nicht Freuds Zahlenbesessenheit aus den Briefen an Fließ (die liegen noch ungelesen beim Antiquar) ... aber in der Psychopathologie des Alltagslebens, in der Traumdeutung etc. gibt es genug Zahlenspiele ... der psychoanalytische Klatsch wird Freuds Zahlenmanie auch gekannt haben ... hier liegt nun eine Virtuosin: ausgewiesen von einem astronomischen Professorenvater zieht sie alle mystischen und telepathischen Register ... sie ist wirklich versiert darin ... sie glaubt daran. Dass das *Etwas* bei Freud treffen muss, kann sie sogar wissen ... dass es wirklich ins SCHWARZE trifft ... ja, vielleicht auch das: Freuds Denken der letzten 10 Lebensjahre kreist unaufhörlich um die Telepathie ... telepathische Phänomene hätte er schon lange viel stärker in seinen Veröffentlichungen behandelt, wären da nicht die Mitglieder der «pragmatischen» englischen Schule, Jones und Eitingon. Sie fürchten Schaden für die PsA, die ohnehin vielen als Abart des Okkultismus gelte ... 1932 aber, in der

«Neuen Folge» der Vorlesungen, hat Freud die Warnungen wenigstens z.T. in den Wind geschlagen und einen 30-Seitenabschnitt «Traum und Okkultismus» eingefügt … das kann H.D. allerdings gerade gelesen haben … und dieser Text setzt Traum & Okkultismus nicht voneinander ab; er lässt ausdrücklich alle Türen offen … sodass H.D. ausholen kann zu einem wirklich verführerischen Traum: Sie träumt von Moses im Boot im Schilf … sie selbst ist im Bild am Fuß einer Treppe … eine Prinzessin kommt die Treppen herunter … sie wird identifiziert als Prinzessin Marie Bonaparte von Griechenland (die einige Jahre später Freuds Auszug aus Wien nach London organisieren wird. Frau am Ursprung allen Schreibens über die Geschichte der Psychoanalyse: hätte sie die Briefe an Fließ, wie Freud ihr aufgetragen hatte, verbrannt, wäre das die Psychoanalyse gebärende male couple Freud/Fließ für immer flammae submersus) … das Baby im Boot im Traum stellt sich heraus als Freud selber … H.D., auf der Couch, serviert dem Alten hinter der Couch, der die letzten Teile von «Moses ein Ägypter» im Kopf rumwälzt; der dabei ist, damit fertig zu werden, Moses geworden zu sein, ihren Traumwunsch, a) der Alte möge nicht sterben; er w e r d e nicht sterben, da sie ihn hier *wiedergebäre*; b) den Wunsch, er möge Moses s e i n . Freud muss da gesessen haben, *zitternd*. Wär's *möglich*! H.D. weiß, das geht ans Herz. Und ob sie nur gelesen hat von Freuds Herzanfällen während seiner Selbstanalyse, sie produziert jedenfalls selber welche: physischen Herzschmerz nach Erwachen aus Träumen während der Analyse. In der Deutung erscheint das alles als vermischt mit dem Wunsch, ein Kind vom Vater zu haben (Diese Analyse und ihr Buch darüber sind ihr Kind von Freud; she knows it all the time). Die Figuren auf seinem Schreibtisch: sie erkennt sie ohne weiteres als Spielzeug, als Kinderspielzeug ... Figuren, mit denen Moses spielte, als er klein war (natürlich: John, Pauline, Fluß, Fleischl, Fließ, Jung ... die weiteren der Revenant-Reihen *stehen da* im Halbkreis auf seinem Schreibtisch in Gestalt antiker Götterfiguren ... spielt er nicht großartig?) Und diese hier ist ihm gewachsen ... sie hat noch einiges drauf auf der Spirale ... und Freud dreht mit: JoFi, die Hündin zu seinen Füßen, ist schwanger ... werden es zwei Hundebabys, bekommt eins der Besitzer des Deckhunds ... wird es nur eins «bleibt es ein Freud», sagt Sigmund und fügt hinzu, JoFis erstes Baby, schwarz wie ein Teufel, sei mit einem dreiviertel Jahr gestorben ... schon ist er wieder Julius' Überlebender und s e l b e r eins der Babies im Bauch seiner Hündin ... sie entsetzt sich über seine Skepsis in Fragen der «Wiedergeburt»: dass er, mit allem, das er wisse, n i c h t wisse, dass eine Seele wie seine nicht stirbt! Freud hält sich bedeckt (vor Freude zitternd: sein unaufhörlicher bewusster Wunsch, das m ö g e so sein ... sie spricht ihn aus als erfüllt.)

Sie solle sich im Analysezimmer «wie zu Hause» fühlen, wünscht Freud ... sie antwortet mit einem Traum vom Analysezimmer als einer «Kathedrale» ... er ist gerührt ... er nennt sie «sehr klug» ... aber ein bisschen misstrauisch doch ob all der merkwürdigen Fügungen:

ob sie sich auf die Stunden *vorbereite*, fragt er mehrmals … sie *solle* das nicht … sie sagt, sie mache Notizen … auch das sei zu viel, sagt er (die Wunder sollen *strömen*) … dass sie das nicht lassen könne, sagt sie.

Als Herkules an der Hadespforte kommt er ihr vor, der den Eros von dort befreien möchte … die Liebe herausführen … alle Phantasien, die sie hat zu seiner Figur, laufen genau auf der Ebene seiner eigenen … Columbus werden … Moses werden … eine *wirkliche* Unsterblichkeit finden … von Athen spricht sie (wie Freud von Rom) als ihrer Stadt mit dem «Auferstehungshauch» … sie hat Trancen, in denen sie sieht, was andere nicht sehen: Umrisse, Figuren; eine Schrift an der Wand, von der sie berichtet, dass sie sich auf Bryher *übertragen* hätte … dass die Übertragung ein *physikalisches Phänomen* sei, auf diesen alten Lieblingsgedanken hat Freud gerade wieder zurückgegriffen in der «Neuen Folge» der Vorlesungen … Freud hat das Wort «Atmosphäre» fallen lassen im Zusammenhang mit dem Arbeitszimmer von H.D.'s Großvater … von der *Atmosphäre* des Analysezimmers spricht entsprechend H.D. … sie liege da in einer Atmosphäre (ganz im Sinne des *tragenden Mediums* in Winnicotts Analyse-Raum) … «Atmosphäre» wird das Verständigungswort der beiden dafür, dass Wunderbares geschieht … sie ist auch technisch «voll auf der Höhe»: die «Bilder», die sie auf Korfu erscheinen sieht an der Zimmerwand, beschreibt sie als entstanden wie durch eine Kinoprojektion … und liefert ihm einen Rom-Film, der von fern an die «*Gradiva*» erinnert: Ihr Hotelzimmer sei geräumt gewesen, alle ihre Sachen fort, als sie von einem Gang in die Stadt zurückkam … war es das falsche Zimmer? … die Welt verdreht? … nein; sie war mit ihren Eltern unterwegs; es hatte eine Verlegung des Zimmers gegeben … die «Gradiva» selber, die in Freuds Behandlungszimmer an der Wand hing, erwähnt sie als beinah einziges Requisit dieses Raums allerdings n i c h t (als wäre das zu nah gewesen … ihre *Schwester*) … aber einen Hinweis kann sie sich nicht verkneifen. Sie träumt: «*Ich probiere ein grünes Abendkleid an. Ich stehe vor einem Spiegel und strecke meinen Fuß vor. ich trage eine wunderbar geschnittene griechische Sandale, klassisch und doch immer noch modern genug.*

Der Professor sagte: ‹Sie erzählen das so schön.›» (304f.)

… projiziert wie aus Jensens «*Gradiva*»-Erzählung … Eidechsen huschen durch ihre Blicke … Hanold hält die Figur auf seinem Relief anfangs für eine Griechin, nicht wahr … die wunderbar geschnittene Sandale … am Beginn der 4. Analysewoche überrascht sie ihn mit einer Neuauflage ihres «*alten Eisenbahnalptraums*» … *überrascht???* … wie ausgeschnitten aus Freuds eigener Kindheit. Und Korfu vergleicht sie mit Böcklins Toteninsel … (deren Verschenkung eine entscheidende Rolle spielte bei Freuds Professur-Erteilung) … soviel Zufälle kann es nicht geben.

Es gibt aber noch einen, der geeignet ist, einem alle Gedanken auszulöschen im Moment, in dem man ihn wahrnimmt. Freuds Tochter Sophie, von der er offen als seiner Lieblingstochter sprach, ist im Frühjahr 1920, hochschwanger, an der «Spanischen Grippe» gestorben. Genau ein Jahr, nachdem H.D., ebenfalls schwanger, mit der spanischen Grippe und Todesdiagnose in einem kalten Zimmer in London lag. Nur Sophies Baby lebt.

H.D. sagt nicht, ob sie etwas von «Sophie» weiß; aber dass sie ihre eigene Geschichte von der spanischen Grippe und wie Bryher sie gerettet habe, erzählt hat, schreibt sie nieder. Und den Satz: «*... es gab Gründe, warum wir beide am Leben bleiben mussten, also blieben wir am Leben.*» (103)

(Unmöglich für Freud, das hörend, nicht auch zu hören, dass Sophie also sterben *musste* ...) und diese da, die Dichterin aus England, die Sophies Tod durchlebt und überlebt hat, kommt ganz offenkundig, sich anzubieten als Tochter: Sophie i s t nicht tot ... sie lebt weiter in einem anderen Paar ... einem Paar «husbandless» wie die Tochter Anna ... aber nicht nur Anna lebt ...

Das widerfährt hier Freud, der nicht nur grad in seinem 77. Jahr an Wunder glaubt.

Sie erzählt ihm die Geschichte ihrer produktiven couples ... die Trennung von Pound und der Gruppe der Imagisten ... die Gefährten ihres frühen *Schreibens* habe sie verloren ... dann Aldington und Lawrence. Dass Bryher die nicht sei, die sich als zweite für ein Schreib-couple eigne, klingt an (nicht wegen ihr als Person; es gehört etwas anderes, jemand anderer dahin in dieser Funktion). Freud nickt: vor seinem inneren Auge seine frühen Produktionspaare: Fließ, Jung, die Trennungen von Adler, Rank, Stekel ...

Sie lässt ein grünes Fläschchen mit Riechsalz auf der Couch zurück … unters Kissen gerutscht … er gibt es ihr zurück, lächelnd … Sie «wissen», sagt sie, was so etwas «bedeute» … und träumt: Sie streue aus diesem Fläschchen Salz auf ihre Schreibmaschine … würze die Schreibmaschine mit Analysefrüchten … deshalb ist sie da: Freud ihrem Schreiben zu verbinden; sich selbst Freud zu verbinden als Tochter seines Staats; und Freud selber zu beleben, mit erlesenen Wörter-Salzen zur Erledigung seiner letzten anstehenden Schreib-Schritte: *Ägypten!*

Um in ihrer Feen-Erscheinung als Hyper-Revenant perfekt zu sein, genügt es noch nicht, nur mit einer Frau «im Paar» zu leben; eine Art Änderung am Geschlecht muss vorgenommen werden, und auch diese träumt sie:

«Hotel, ein Fremder in der Halle, ein junger Mann, dunkel (oder im Dunkeln), er geht an der offenen Tür vorüber und sieht mich. Ich trage ein rosafarbenes Modellkleid. Es gefällt mir, dass er mich sieht, und ich werfe mich in Positur oder wiege mich, wie zu einem Tänzchen bereit. Im Handumdrehen hat er mich gefasst, ich bin verloren (gefunden?), wir wiegen uns zusammen wie Schmetterlinge. Er sagt: ‹Sie können aber tanzen.›

Jetzt gehen wir zusammen hinaus, doch ich bin in Abendkleidung, das heißt, ich bin gekleidet wie er. (ich hatte in einer der Kaffeehausillustrierten einige neue Bilder von Marlene Dietrich angesehen.) (Bilder aus Sternbergs *Morocco* können das nur sein, Marlene in Hosen, mit Zylinder). *Ich fühle mich nicht ganz behaglich, nicht ganz wie ich selbst, der Hosenbund passt mir nicht recht; ich merke, dass ich unter der Hose meine gewöhnliche Unterkleidung anhabe, oder vielmehr trug ich noch den langen Abendunterrock, der offensichtlich zu dem Ballkleid gehörte. Der Traum endet in einem Ton der Enttäuschung und Verwirrung.*» (209)

... eine Männerhose, in der der lange Abendkleidunterrock noch steckt; was heißt, in einer *sexuellen* geht die neue Rolle als «Mann» im couple mit Bryher nicht auf; sie fragt Freud direkt danach, schon ihre erste Europareise hatte sie mit einer Frau gemacht, ihrer Freundin Frances Josepha, und nicht gewusst, war ihr «Vernarrtsein» in sie Liebe ... «vielleicht wäre ich mit ihr glücklich geworden» ... «*Nein – aus biologischen Gründen, nein*», habe Freud gesagt. (267)

Es ist die Antwort, die H.D. an dieser Stelle hören will. Sie ist nicht da, um Lesbierin zu werden, sondern um ein nicht sexuelles femme couple absegnen zu lassen von einer Art Vater, in dem sie den sanften Herrn solcher Töchter erkannt hat.

Der erste Satz nach dem «Dietrich» (ein echter «Schlüssel»traum) heißt: «*Dieser Traum scheint irgendwie mit Ezra assoziiert zu sein; obwohl er so schlecht tanzte, ging ich doch mit ihm zu den Schulmädchenbällen. Der Professor kannte den Namen Ezra Pound. Er sagte, er habe einmal einen Essay von ihm gesehen ...*» (310)

– der «junge, dunkle Mann» aus dem Traum; er wird, nach einer letzten getanzten Runde, verabschiedet (... 14 Jahre später, in *End to Torment* wird er aus den Kulissen hervorgeholt und als einziger wirklicher männlicher «lover» rehabilitiert.) Hier, im «*Tribute to ...*» ist für niemanden Platz außer für Freud selber.

Und wenn nicht Freud selber, so wird der 2. im couple hier «der Traum» und die Methoden, ihn zu lesen; plus der Methode, das eigene Träumen zu steuern. Wie Freud um 1897 sich selbst als «zweiten» entdeckt und in der «Traumdeutung» ausfaltet, findet H.D., die das – die «Traumdeutung» lesend – begriffen haben muss, auf Freuds Couch für sich selber (= Isis) diesen zweiten: *Im Traum wandern wir in Ägypten den Nil entlang oder in Pennsylvania den Leigh oder den Delaware, oder wir finden irgendein Stück des ‹verlorenen› Zuhauses oder der ‹verlorenen› Liebe am Ufer der Donau, der Themse oder des Tiber. In diesem Sinn ist der Traum selbst Osiris, die Welt jenseits des Todes oder die Welt hinter der Schwelle des Wachlebens, der Schlaf. Wir wissen es nicht immer, wenn wir träumen.*» (266)

Jenseits/Schlaf/Traum & Freuds Analysezimmer sind «Räume», die ineinander übergehen. Einmal auf einer Insel habe sie sich tagelang wie unter einer Halbkugel aus Glas gefühlt, über der sich eine weitere Halbkugel schützend spannte ... «Quallenerlebnis» sagte Bryher dazu ... «*Sie sind aber sehr klug*», sagt Freud ein weiteres Mal, als sie dies ihr Eintauchen in einen Wiedergeburtszustand nennt.

«*In einem exakten Moment glitt das Boot in die Verzauberung*» (280) ... das war auf der Schiffsreise nach Griechenland. Dies ist *einer* der Momente, den sie sucht bei Freud: den Moment des «Überschreitens der Linie» ... («die Atmosphäre» ... «die Trance» ...)

Dann sucht sie die neuen Wörter von neuen Seelenzuständen, die Freud gefunden hat, von dort zu bergen

(aus seiner Schatzhöhle ... mit dem Salz der Analyse die Schreibmaschine würzen ...)

Drittens sucht sie einen Mann für das Schreibcouple, der nicht der Orpheus-Linie entstammt (genug davon, hinuntergestoßen zu werden ...) (ein segnender Vater ...) Ein Kind empfangen vom «sanften Vater» und jenen selber wiedergebären als unsterblichen Moses ...

Und sie sucht ihm eine tote Tochter wiederzubringen; dabei als «von gleicher Art», von gleichem S e x wie seine angestellte, die lebende Tochter Anna zu erscheinen ... eins der ersten Exemplare einer neuen Heiratsweise in Mitteleuropa. Couples «husbandless».

Das meiste davon ist ihr bewusst, als sie in Freuds Zimmer kommt. «Sie bereiten sich doch nicht vor auf die Stunden hier!?» Unvermeidlich musste er ihm kommen, der «Verdacht» ... aber er nahm sie so gern, die Geschenke.

Und sie nahm, was sie n i c h t erwartet hatte zu sehn, aber s a h im ersten Moment des Eintretens:

«... *niemand hatte mir erzählt, dass dieses Zimmer ringsum voller Schätze steht. Ich wollte den Alten des Meeres begrüßen, doch niemand hatte mir von den Schätzen erzählt, die er aus der Meerestiefe geborgen hatte*», sagte H.D. – im *ersten* Moment registrierend, dass sie in *der* Schatzkammer war ... in der Schatzkammer ... Plutos diesseitigem Hades für verlorene Töchterseelen. Und Freud attestiert ihr die Einmaligkeit des eintretenden Engels ebenfalls im ersten Moment: «*Sie sind der einzige Mensch, der je in dieses Zimmer kam und die Dinge im Zimmer ansah, bevor er mich ansah.»*

Bevor sie *ihn* ansieht, ist auch noch Cerberus zu begrüßen: «*Ein kleines löwengleiches Wesen trottete auf mich zu – eine Löwin, wie sich herausstellte. Sie war aus dem Allerheiligsten aufgetaucht oder aus ihrem Versteck unter oder hinter der Couch zum Vorschein gekommen; wie auch immer, sie verfolgte unbeirrt ihren Weg über den Teppich. Verlegen, scheu, überwältigt beugte ich mich nieder, um dieses Wesen zu begrüßen. Doch der Professor sagt: ‹Rühren Sie sie nicht an – sie schnappt zu – sie ist sehr schwierig mit Fremden.›* Fremden? *Ist die Seele, die diese Schwelle überschreitet, für den Türhüter eine Fremde?*» (187)

Dieser *Ton*, den man für etwas «naiv-exaltiert» halten könnte bei flüchtigem Lesen: eine Codierung für Leute mit der bekannten schnellen Verdammungsbereitschaft: Ah! Diese Tante mit ihrer schrägen Freudverliebtheit. Nein, nichts dergleichen: die Hadeserfahrene weiß im ersten Moment, wo sie ist ... Charons Hund kommt ihr entgegen und erkennt sie ... sie werden schnell «warm» ... eine FREMDE? ... (spinnt der etwas?) ... sie schweigt sehr lange ... ein zögerndes Begrüßungsspiel unter Altbekannten ... zwischen den Vertrautesten: die Schleppe der Revenants, die H.D. um die Füße hängt ... JoFi, die Hündin, sie weiß es gleich ...

Der erste Teil von H.D.'s «Bericht» endet mit einem Gedicht, einem Lied ... zuerst hat sie es als Lied gehört (nicht mit der Melodie von Schumann, betont sie; mit einer einfacheren, leichter singbaren. Es wird dieselbe gewesen sein, die meine Mutter benutzte; ich war vier Jahre alt, spielend auf dem Küchenboden) …

Kennst Du das Land, wo die Zitronen blühn,
Im dunklen Laub die Goldorangen glühn? …

Nicht nur weil Freud ihr, mit sicherer Hand, einen Orangenzweig schenkt in der Mitte der Analyse (den jemand geschickt hat, und er reicht ihn weiter), macht sie aus dem schönen Analyse-Hades dies «*Land*», in das sie *ziehen* möchte.

Sie s i e h t 1933 (die mit Kreide auf den Gehweg gemalten Hakenkreuze, die zu des «Professors» Tür führen, genau im Blick; und all die Orpheuse und Dionysosse hinter sich) kein anderes. Sie besucht auch nicht sein Londoner Grab. Dies *Land der Goldorangen* – sein Zimmer ist es, wo sie sich «zusammen» mit ihm sieht …

Freuds Briefe an Wilhelm Fließ kann sie nun *wirklich* nicht gelesen haben; auch 1944 nicht. Sie ist tatsächlich ein Telepath, die Töchter zwischen «Nachtmahr» und «Plutos Schatzkammer» genau an der Zeile anzusiedeln, die Freud an Fließ benutzte, als ihm die Bedeutung des familiären sexuellen Missbrauchs dämmert 1897: «*Was hat man dir, du armes Kind, getan?*» (– die Zeile aus Goethes Mignon-Gedicht, die nur schwer noch erträglich ist, seit der trampelige J. Masson sie zum Buchtitel abkommandierte).

H.D. nahm das Fragezeichen am Schluss der Zeile als Frage und antwortet:

«Armes Kind, arme zitternde und schutzlose Seele. Aber – du weißt es doch? – aber natürlich weißt du es. Dorthin will ich mit dir, mein Wächter, mit dir,

o mein Beschützer, ziehn.»

Gegen wen braucht man «Beschützer»? Sie trennt Freud heraus aus der Reihe der Vergewaltigerväter, so wie sie ihn trennte von den aussaugenden Orpheusfiguren …

«O lass uns zusammen weggehen, fleht die Seele, die Mignon des Dichters Goethe; lass uns ziehn,

o mein Geliebter,

sagt sie zuerst, und dann, mein Wächter,

o mein Beschützer,

und am Ende fragt sie nicht mehr, ob sie gehen darf; noch ruft sie aus: wenn wir nur gehen könnten; sondern es steht da die einfache Feststellung, mit den weißen Rosen – oder, wie es sich fügte, den noch weißeren Gardenien – der allertiefsten Verehrung.

Dahin! Dahin!
Geht unser Weg; o Vater, lass uns ziehn!» (205f.)

So schließt sie den ersten Teil ihres Textes «*Schrift an der Wand*» (– die Gardenien sind Freuds Lieblingsblumen; sie kommen öfter vor.) Im zweiten Teil, «*Advent*», wird die etwas am Weg verlorene Mutter wieder eingeholt ... sie malte, sie sang ... H.D. nennt sie eine Künstlerin ... die erste Künstlerin, die sie verehrte ... aber beide Figuren, der leibliche Vater wie die leibliche Mutter und ihre Wiederbelebung in der Kunst werden überführt in den neuen «Vater» Freud: «*Ich stehe in der Randzone oder im Halbschatten des Lichts, das von der Wissenschaft meines Vaters und der Kunst meiner Mutter ausgeht – der Psychologie oder der Philosophie Sigmund Freuds.*» (256)

Pluto und Proserpina lässt sie in ihm zusammenfallen.

Es ist *Vertigo* ohne Turm. Freud sitzt, ein umgekehrter Charon, in einer Art von Diesseits-Hades und bringt Seelen herüber; von dort nach hier. Jedenfalls Seelen einer bestimmten Art von Töchtern, die wiederum ihn vom Schattenreich fernzuhalten suchen.

Töchter, die die Arbeit der Wiederbelebung oder auch Schaffung eines «sanften Vaters» einem aufregenden Leben vorziehen, in welchem ein Orpheus sie verbraucht (nicht nur, weil sie es gern «ruhiger» hätten, sondern aus Lebensrettungsgründen).

«Seelen retten» ... den Seelenreichtum der Schatzkammern des diesseitigen Pluto erhöhen ... ein Zwischenreich (sehr im Realen).

Euridyke hängt an *ihrem* (von ihr mitgeborenen) Vater mit seinen Speichern ... Gärten ... Vorgärten ... den Gegenständen auf seinem Schreibtisch ... seinen überbordenden Borden, in denen sie die unirdischen, die überirdischen, die Tiefseegeheimnisse liegen sieht und die der Sterne (eine andere Ordnung als die in den Schränken und selbst die in der Kunst der Mutter).

Eher als «Frauenpolitik» ist es eine Umgehung des Todes, die in H.D.'s Tribut an Freud liegt.

H.D. glaubt nicht daran, dass Leute sterben. Auffallend viele Künstler glauben nicht daran. Benn war sicher, er «steige» sterbend. Céline liegt schon in seinem nächsten Königskokon, als der Atem aus ihm weicht; die Tänzerinnenschritte, die er, sterbend, über sich hört, nehmen ihn mit woanders hin. Oder: Da er doch die Inkarnation eines provençalischen Troubadours ist, wie soll Pound, sterbend, glauben, dies sei sein spirituelles Ende; wahrscheinlich wird er wiederkommen müssen (als Jude nächstes Mal). Es gibt einiges anders zu sehn, von jener Daseinsseite aus. H.D. ist entsetzt, dass sie Freud nicht im Bewusstsein dieser Tatsache findet (und dabei ist Freud so sicher, dass er selber Kind war im pharaonischen Ägypten) ... was er aber nicht ausspricht ... das ist sein Geheimnis. Er kann doch nicht zufrieden sein mit der Unsterblichkeit seiner Bücher (findet H.D.) ... war er auch nicht...

Es kann nur aus der Sicherheit der Belebungsarbeit kommen, die die Künstler selber veranstalten ... der Vater *ist* nicht tot ... die eigene Geschichte eingesponnen in Kokons und noch einen Kokon ... in Muschelschalen ... dann Hohlräume ... dann wieder eine Muschelschale ... man «selbst» lebt jeweils in der äußersten ... nicht einmal «Orpheus», der H.D. sehr gestorben war, den sie sterben *ließ*, ist ganz tot ... als

Orpheus in einer Vatergestalt belebt sie ihn wieder und sich schließlich als eine *Tochter*, was etwas anderes ist als eine *Geliebte* …

Orpheus (scheint diese Geschichte zu erzählen) ist nicht stark genug, nicht geheimnisvoll genug und vor allem zu sehr verliebt in *seine* Leier, um Eurydike in der Position «Geliebte» zu halten als selber Liebende (zu der er sie verführt und sie tatsächlich vom Vater abgetrennt hatte und sie ihm entgegengekommen war).

Captain Smith and Pocahontas / had a very ma-ad affair / when her daddy tried to kill him / she said «Da-a-die-y, do-on't you dare!» … «he gives me Fever! fever with his kisses … fever, when he ho-olds me tight! …

… das geht vorüber; die fallen gelassene Pocahontas (zu ihrem indianischen *Stamm*, abgeschnitten, kann sie nicht zurück) wird tatsächlich zur ersten indianischen Hofdame im Buckingham Palace ('s ist wahr!) … *Rothaut* mit Abendrobe in London im Konzert!

… Weggelaufene, Übergelaufene, Abgetrennte & Geraubte, dann Verlassene und die Stufen Hinuntergleitende, bauen sich Retter, werfen Ankerblicke … projizieren *Another World* aus Grüften in Lüfte …

Als sich Gustav Mahler darüber besorgt zeigte, dass er älter war als seine Frau, sagte Sigmund Freud ihm, Alma liebe ihn eben wegen seines Alters, seiner Gebrechlichkeit und der Intensität seines Innenlebens, sie liebe ihn, weil er selbst kein erotischer oder «maskuliner» Mensch sei. Alma gab zu, dass sie sich stets zu Männern hingezogen fühlte, die ihrem Vater ähnelten, der ein kleiner, zerbrechlicher, empfindsamer und empfindlicher Mann gewesen war. (Green 301)

Nach diesem Muster hätten die meisten bekannten emanzipierten Frauen der Jahrhundertwende «ihre» Männer ausgesucht, sagt Martin Green in seinem Buch «*Else und Frieda, die Richthofenschwestern*». Nach dem Tod Gustav Mahlers heiratete sie Franz Werfel (aus der gleichen «Typologie»). Zwischenzeitliche Verhältnisse mit «maskulineren» Männern, Walter Gropius, Oskar Kokoschka, löste sie wieder. Kokoschka (Verfasser eines Orpheus&Eurydike-Stückes) hatte ihr geschrieben:

Du bist die Frau und ich der Künstler. [...] *Ich muss Dich bald zur Frau haben, sonst geht meine große Begabung elend zugrunde. Du musst mich in der Nacht wie ein Zaubertrank neu beleben; ich weiß, dass es so ist.* (Green 300)

Sie floh das. (Er malte weiter bis zu Adenauer. Dass seine Bilder b e s s e r gewesen wären mit ihr, ist möglich.) (Die Fächer, die er ihr gemalt hat, zählen unter die schönsten Gebrauchsgegenstände des Jahrhunderts)

Lou Andreas Salomé «unterhielt» überhaupt keine sexuellen Beziehungen mit ihrem Ehemann: die Kinder des Haushalts zeugte jener mit der Haushälterin. Er war sehr in Lou verliebt, sagt Green. Und sie one of Freud's daughters ...

Einer von Freuds Söhnen antwortete auf die Frage *Ist eine Familie für die schriftstellerische Arbeit eher hinderlich oder förderlich?*: «Das Ideal ‹Stumme Anbetung, die auch Maschine schreiben kann›, wäre förderlich. (‹Kinder› selbstverständlich nicht!)»

(das kann Orpheus Arno derart aufgeklärt formulieren, weil er gewisse «Fehler» in seinem Schreiberleben lieber gleich unterließ).

Die Richthofenschwestern waren beide «bürgerlich» verheiratet gewesen; liefen beide ihren Männern davon und heirateten «schwächer» ... Frieda: D.H. Lawrence; Else: Max Weber.

Der Orpheus beider Richthofenschwestern war Otto Gross gewesen, Liebhaber von beiden und ihr Entführer aus der Vaterwelt und Welt der ersten Ehen. Bei Gross war kein Bleiben ... er propagierte den Wechsel und praktizierte ihn (auch da gibt es eine Ehefrau, alleingelassen mit einem Baby ... eine andere Frau, schwanger, an die diese halbdeutliche Selbstmord-Aufforderung ergeht).

Zufall? Dass Freud, der ein Erbe antritt in der Reihe «sanfter Väter», gutachterlich daran beteiligt ist, den *Sohn* Otto Gross (den er intellektuell und als analytisches Genie bewunderte), in die Obhut einer Psychiatrie zu bringen? (In der vor allem Gross' VATER den Sohn sehen wollte ...)

Zufall, dass es Franz Jung ist (ewige Sohn-Genealogie), der ihn da herausholt?

Als *Magna Mater* ihrer Männer hätten diese Frauen fungiert (sagt Green); was zur Tatsache, dass sie daran beteiligt sind, ihre Männer zu *gebären*, nicht schlecht passt; andererseits so klingt, als wäre es diesen Männern darauf angekommen, sich von einem Ableger ihrer Mütter heiraten zu lassen; das ist weniger der Fall: ausschlaggebend für diese selbständigen Frauen, die selber wählten, dürfte dieser gewisse Zug künstlerischer Gebrechlichkeit, mit dem die ausgestattet waren, gewesen sein ...

Künstler statt Kaufleute (eine Art Kompromissbildung); Männer, die ein bisschen mit Seelenrettung/Seelenzeugung zu tun hatten (Vermehrer in den diesseitigen Hadesschatzkammern … medienverbunden) … nicht die «Ableger» persönlicher Väter (das eher aus Zufall); viel entscheidender: die Wiederbeschaffung von «Vätern», wie sie als tragender Hintergrund einer Mädchenwelt dagewesen waren, die etwas *versprach,* als die Tochter zu sehen und sich umzusehen begann … etwas versprach durch hier oder da erscheinende Männer …

Orpheus schlägt … Orpheus unterliegt Pluto … wieder und wieder … seine künstlichen Paradiese halten nicht, was sie versprechen … Pluto hilft dabei (so gut er kann; er kann gut) … er k e n n t die Gesetze …

Orpheus, ein bisschen bescheuert in seinem permanenten «Herausführungs»wahn, kennt sie nicht so gut … er unterschätzt Pluto … er überschätzt die Lust, die er selber spürt … (und die er über Dauer nicht teilt) … er verbindet und trennt wieder ab … bis es ihn selbst abtrennt …

ich bin ziemlich sicher, es ist wegen des «Nachtmahrs» auf alten Stichen und neueren Gemälden, der die Töchter «lebendig begraben» sein lässt, dass sie, Treppen hinuntergefallen, nicht ohne weiteres bei einer anderen Frau, Eurydike & Eurydike, nach Rettung suchen können (könnten sie das, gäbe es nur noch feministische Frauen).

… vielleicht noch anzumerken, dass es nicht die schlechteste Voraussetzung ist, sich zu verfehlen, wenn älter werdender O. («unersättlich») die Sexualität einer 12-jährigen im Auge hat, während älter werdende E. nach Sanfter-Vater-Stufe Ausschau hält, von der sie nicht gestoßen wird.

Derrida hat Freuds Texte zur Telepathie seine «falschen Vorlesungen» genannt: alle drei waren als Vorträge konzipiert: kein einziger wurde gehalten. Der, der *Psychoanalyse und Telepathie* betitelt ist, wurde erst aus dem Nachlass veröffentlicht. Derrida findet in seinem Bändchen *Telepathie* (Brinkmann & Bose 1982) heraus, dass alle drei Texte sich um «falsche Ehemänner» nahestehender Frauen drehen (es telepathiert Freud, sie seien gestorben ... ((und Sophie sei noch am Leben)) ... und dass Freud Sophie phantasiert habe als diejenige seiner Töchter, die so etwas wie seine 2. Frau werden sollte ((was dann Anna wurde in Gestalt der Generalsekretärin))). All das konnte H.D., der Noch-Mrs.-Aldington, niemand telefoniert, telegrammiert, televisioniert oder teleskopiert haben, als sie am 1. März 1933 in Freuds Zimmer vor Anker ging ... dies *mindestens* darf als Beweis gelten, dass es dies g i b t, dies andere der Psychoanalyse, nach dem Freud (sich immer bedeckt haltend) auf der Suche war: die Telepathie als den *Fremdkörper* im eigenen Kopf ... *die sprechende Narbe des Fremdkörpers* ... die Stelle, an der / durch die die Posten einschlagen ... die Sendungen und Schickungen ... (über die unter der Überschrift «Traum = Wunsch» Freud nur noch, für sich, gelacht hätte ...)

Es gibt das, Traum als Wunsch; und es gibt den gespielten, gemachten, bestellten Traum und den, in dem es einschlägt (im Briefkasten) ... und wirkliche couples, die sind wie geträumte ...!

«*Ich wollte hinauszögern die massive Ankunft der Phantome*» ...

(legt Derrida Freud in den Mund) ... in der Tat, Freud ist ein vorsichtiger Verwalter des Ungeheuren ... Ordnungen stiften, die Drähte entwirren ... und mit einem magnetischen Mut, *angezogen* von den Stellen, wo's funkt.

«*Ich bin die Psychoanalyse Ich habe einen* Fremdkörper *im Kopf*» ... er ist ab oder verbunden ... empfängt oder blockiert. (Was bei Derrida Telepathie heißt, deckt sich zu einem großen Teil mit dem, was bei mir durchs *Buch der Könige* geht als Trancen, Fieber, Schwindel, Übertragungswunder: der gesuchte *physikalische Vorgang des Ineinanderübergehens* von Menschen und Ereignissen, Medien und Menschen, Menschen und Menschen, o h n e dass sie sich mit Händen fassen.)

Teleanalyse, sagt Derrida, sollte das, nach Freuds *Wunsch*, heißen. (Sein Buch davon heißt deswegen *DIE POSTKARTE von Sokrates bis an Freud und jenseits* ... es sind *Briefe* an eine wirkliche/fiktive Geliebte, angefüllt mit dem, was durch die Drähte europäischer Überlandleitungen lief ... dessen Summen wir – die Schwalben, die auf diesen Drähten sitzen – in unseren Vogelfüßen spüren ... wegfliegen ... wiederkommen ... Post für uns, den Leser als Frau ... den Leser als «Zwei».) (Eine Figur, die es noch nicht recht gibt.)

Derridas «*Telepathie*»-Text ist eine knapp 50seitige «Auslagerung» aus der «*Postkarte*» ... ein Bändchen für sich. Es gibt eine Erklärung dazu: auf merkwürdige Weise, sagt Derrida, seien genau diese Seiten verschwunden gewesen, als es an den Druck der «Postkarte» ging … und aufgetaucht seien sie erst wieder, als die Fahnen aus dem Haus waren … natürlich macht solch ein Hinweis stutzig, wo es um «die Post» geht, Sendungen, Schickungen, Tele-

Eine Gelegenheit also, etwas zu *French Freud* zu bemerken, wie manche Amerikaner die französischen Freud-Umgänge gern nennen. Ich finde ja z.B. auch, dass Ernst Jünger «französisch» ein um mehrere Grade erträglicheres Ungeheuer ist als in seiner eigenen Sprache; und auch Heidegger profitiert von den Entholzungen, die flottere Sprachen an ihm vornehmen. «Wo steht das denn bitte bei Freud?» ruft es im Chor aus deutschen Thoraexegeten, wenn sie vor dunklen Lacan-Texten passen, die (angeblich) «Freud» sein sollen. Das ist sogar wahr: vieles, was Lacan «Freud» nennt, ist klar sein eigenes Denken; «Freud» sagt er (bzw. sagte er eine Zeit seines Schreibens lang) aus strategischen Gründen … aus Gründen institutioneller Zustellbarkeit gewisser *Posten.* Was in Derridas «*Telepathie*»-Text verpostet wird, *ist* allerdings, soweit mir die (zu Hunderten versteckten) Bezüge aufgegangen sind, *reiner Freud* … d.h. *verstellter* Freud: die Bewegung des «Verlegens», des «Verlorenhabens» kommt nämlich von Freud selber; er selbst hat seinen als «Vortrag» konzipierten und dann nicht vorgetragenen Text zur «Psychoanalyse und Telepathie» durch den Hinweis auf verlegte Seiten (einen ganzen verlegten *Fall*) verschlüsselt und den Mitgliedern des psychoanalytischen Sechserkommitees (Abraham, Rank, Ferenczi, Sachs, Jones, Eitingon), denen er den Text während ihrer (einzigen gemeinsamen) Harzreise 1922 vortrug, einen *andern* Fall von «Telepathie» als den eigentlich *gemeinten* eingeschoben. Er hat überhaupt (den Skeptikern des eigenen Vereins keinen rechten Boden des Widerspruchs gewährend), seine Beweise für die Existenz telepathischer Phänomene immer in Form von Fällen vorgelegt, in denen die «Telepathie» keine war, aufklärbar schien, überhaupt keine gewesen zu sein schien oder von überlegener psychoanalytischer Deutung sich auflösen ließ. Derrida ist solchen Freudschen Hinweisen gefolgt und hat sich geübt im Lesen und Entziffern von Umkehrungen ... Wiederfinden von «Verlegtem» ... «falsch» Adressiertem etc.

Ich streue das ein, um zu betonen, dass, wer Derridas Text oder auch diesen hier zu kryptisch findet, bloß nicht genug der Freudschen Korrespondenzen kennt; seine Tricks und Haken ... in den einfachsten Sätzen versteckt er seine Tele-Eier ... man kann nicht vorsichtig genug sein, Freudsche Sätze einfach im Sinn ihrer evidenten «Aussagen» zu zitieren.

Sigmund Freud, der Tiefsee-Professor bei H.D., ist eine Pluto/Proserpina-Instanz, deren Borde nicht überborden von Morden, sondern von empfangenen Posten ... «da oben», in der Schatzkammer seines Throns ... alles gesammelt und in Ringe gefasst und in Rahmen gesteckt und in Spiralen gewunden auf Podeste postiert, unter Glas, zwischen Buchdeckel und in Geheimnisse gewebt und in Decken und in einem endlosen Netz von Korrespondenzen offengelegt und versteckt zugleich und in Blumensträußen gebunden … sehr verführerisch und anziehend … (nicht nur für «begabte», d.h. mit Posten bestückte Töchter, die aus der Orpheus-Linie gefallen sind und unaufhörlich selber versenden …)

Verwandlerin der Pluto-Linie … Erfindung eines Vaters, der nicht vergewaltigt …

Auch daher gibt es keinen «Kronprinzen» in Freuds Erbfolgen … es kann nur Reihen geben … Reihen der Nachfolger-Söhne … Reihen der Revenants … Pluto selber aber ist unsterblich: Er hat nur gewartet auf die Nachricht, die eintritt mit H.D., er werde wieder geboren … Nachricht auf dem Umweg über die Nazis, die jüdische Analytiker aus Berlin emigrieren machen … «Sie werden immer leben als Herr der Schätze … Prophet eines neuen irdischen Reiches …»

Eine Hand ist weggezogen vom Körper der Töchter … *eine Hand, von Freud und durch Freud* … Patriarchat ist es geblieben, oder besser, ein Vater-Töchter-Staat (die Alibisöhne, die darin herumspuken, sind immer aufgefordert, auf die Sanfte-Vater-Linie überzuwechseln … Stellvertreterspiele, Ersetzungen … oder eben auszutreten … dies Spiel *läuft*, die ganze Zeit schon).

Psycho*anna*lyse (Arno Schmidt hat nicht so gut gelesen, diesmal. Nicht anal-ysieren … *Ych & Anna* bilden die Mitte des Worts … dann *Annaluise* … die Töchterreihe von Emma Eckstein … Lou Andreas Salomé … Marie Bonaparte … Helene Deutsch … Melanie

Klein … no end (es ist *kein* Zufall, dass sie fast alle kinderlos sind … husbandlos zumal). Der Ärger mit Jung war: er schläft wirklich mit ihnen. Der Ärger mit Sabina Spielrein: sich nicht zu entscheiden zwischen den Positionen.

Ich nehme an, der von vielen Tele-Sternen geküssten H.D. war es ein besonderes Vergnügen, in ihren Freud-Text auch diesen Satz noch schreiben zu können: *Geboren bin ich in Bethlehem* (Bethlehem, New England). *Nach Philadelphia zogen wir, als ich acht war.* – «Draußen» regnet es V 2's auf London, 1944, während sie dies schreibt. Manchmal hat sie Splitter auf dem Schreibtisch.

Die V 2, nicht nur eine Bombe, hat das Nachrichtenwesen grundlegend verändert. Sie ist die erste von Menschen gebaute (tödliche) Nachricht, die einschlägt, bevor jemand sie gehört hat. Hört man das *Geräusch* der Rakete, weiß man, sie ist schon 16 sec. weiter jetzt. *Die Nachricht* wird jemanden anders treffen.

Die Geschwindigkeiten sind noch sehr gewachsen inzwischen; wahrscheinlich schlagen im Moment die meisten Nachrichten derart in uns ein: ohne dass wir was gehört und gesehen und geahnt haben … es ist längst da … es wird sich herausstellen …

Thomas Pynchons Slothrop hat Erektionen immer dort, wo es einschlagen wird. Er zieht die Bomben an; das ruft Geheimdienste auf den Plan, das Heer professioneller Dechiffrierer.

H.D. weiß auch, wo die Bomben runterkommen werden – nicht sexuell mit «der Rakete» verbunden, aber tele-verkoppelt mit dem Luftraum. Sie hat *Sitzungen,* Séancen, in denen Tote es ihr sagen:

«*Hilda Doolittle hatte 1943 einen Vortrag von Dowding gehört und ihm danach mehrfach geschrieben wegen der gefallenen britischen Flieger, mit denen sie selbst in spiritistischen Sitzungen Verbindung aufgenommen hatte, und die ihr im Voraus meldeten, wo die nächsten deutschen Bomben fallen würden.*» (Eva Hesse, Der Aufstand der Musen, Passau 1984, S. 128 – Sir Hughes Dowding: zu Beginn des II. Weltkrieges Oberbefehlshaber der britischen Jagdfliegerverbände.)

«*Dowdings gut organisierte Verteidigung gegen die deutschen Bombenangriffe auf England im September 1940 hatte ihn zum Helden des ‹Battle of Britain› gemacht, zu dem Mann, der in den Augen seiner Landsleute dem Krieg die entscheidende Wende gegeben hatte. Viele britische Jagdflieger, darunter auch Dowdings eigener Sohn, hatten bei diesen Einsätzen das Leben verloren. Doch obwohl niemand daran zweifelte, dass Dowding England gerettet hatte, wurde er von Premierminister Churchill entlassen, der nicht so sehr auf die Luftverteidigung Wert legte, wie auf den Aufbau gewaltiger Bomberverbände zur Ausradierung der feindlichen Städte. Sir Hughes Dowding zog sich, wie Achilles grollend, ins Privatleben zurück. 1943 veröffentlichte er ein Buch: MANY MANSIONS, in dem er berichtete, wie die verlorenen Söhne der Jagdgeschwader durch mediale Beschwörungen in Kontakt zu den Lebenden getreten wären. Die toten Jagdflieger, behauptete er, lebten weiter in einer astralen Schicht zwischen der Erde und dem eigentlichen Himmel der Toten.*» (Hesse 127f.)

Churchill legte durchaus noch «Wert» auf die Luftverteidigung; nur hatte er da, seit Alan Turing mit Hilfe des ersten funktionierenden Computers der Geschichte die Geheimschrift der deutschen Befehlsschreibmaschine ENIGMA entschlüsselt hatte, auf diesem Gebiet den Krieg bereits gewonnen und konnte einen «Verteidiger» an der Spitze der britischen Fliegerverbände nicht mehr gebrauchen. Der vom Computer Entmachtete wurde verbannt unter die Spiritisten (und pfuschte dort der Dichterin ins Handwerk …)

«*H.D. meinte, diese Erfahrungen müssten eine Gemeinsamkeit zwischen ihr und Dowding schaffen, die sie in der Welt der Geister zu Gleichberechtigten machte. Doch weit gefehlt! Der Luftmarschall schrieb ihr, s e i n e toten Piloten kämen von einer höheren Stufe des Geisterreichs* (Stufe! … immer hat ein Orpheus seinen Fuß auf einer höheren) *und sprächen daher mit größerer Verlässlichkeit und Authentizität. Wörtlich warnte er sie, die ihm bei ihrer Begegnung nervös und überreizt erschienen war, dass ‹Wesen einer niedrigeren Kommunikationsstufe› mit ihr in Kontakt treten könnten. Die Dichterin war zutiefst verletzt.*» (Hesse 128)

Sie rächte sich, indem sie Dowding (wie Lawrence und Aldington) in den «Achill» ihres letzten Gedichtzyklus «*Helena in Egypt*» eingehen ließ, in dem sie «*die ich- und todeszentrierten Werte des Mannes durchgehend mit dem Faschismus identifiziert – wie es auch Gertrude Stein und Virginia Woolf taten.*» (Hesse 127)

Wetten, Freud hätte sich beteiligt an den Spiritismen gegen den Krieg – hätte er es nicht vorgezogen, ein paar Tage nach «Ausbruch» des Wahnsinns die Augen auf dieser Seite für immer zu schließen … (für immer?)

«*Tribute to Freud*» endet mit einem bösen Traum, der offen lässt: ist sie tot, ist sie lebendig. Es ist der 15. Juni 1933. Sie fuhr fort, ihm Grüße und Blumen zu schicken. Freud antwortet, nicht ohne H.D.'s Tochter Perdita mit zu grüßen. Seine letzte Nachricht an H.D., London 28. Nov. 1938, antwortet auf eine anonyme Blumensendung; Gardenien natürlich. Ihr lag ein Zettel bei mit den Worten: «to greet the return of the Gods», dem Freud ironisch anfügt: «other people read: Goods». Und fährt fort:

«No name. I suspect you to be responsible for the gift. If I have guessed right don't answer but accept my hearty thanks for so charming a gesture.

In any case
affectionately yours
Sigm. Freud»

Da wir keine Antwort von ihr haben: –

[Dies ist ein Teil aus Klaus Theweleits noch nicht erschienenem *Buch der Könige*, Bd. 3, überarbeitet am 21. Juli 2008.]

Schrift an der Wand

Für Sigmund Freud
ἀμύμων ἰητήρ

Arzt ohne Fehl und Tadel

1

Es war in Wien, 1933-1934. Ich hatte ein Zimmer im Hotel Regina, Freiheitsplatz. Auf meinem Tisch lag ein kleiner Kalender. Ich zählte die Tage und strich sie ab, rechnete die Wochen nach. Meine Sitzungen waren begrenzt, die Zeit verging so schnell. Als ich unten an der Rezeption meinen Schlüssel hinterließ, sagte der Hallenportier: «Wollen Sie mich bei Gelegenheit dem Professor empfehlen?» Ich antwortete, gern, wenn sich ein günstiger Moment ergebe. Er sagte: «– und ah, die Frau Professor! Das ist eine wunderbare Frau.» Ich erwiderte, ich sei der Frau Professor zwar nicht persönlich begegnet, hätte aber gehört, sie sei für ihn die vollkommene Frau, und ein größeres Kompliment konnte man ihr doch gewiss nicht machen. Der Portier sagte: «Sie kennen die Berggasse? Nach dem – nun, später, wenn der Professor nicht mehr unter uns ist, wird man ihr den Namen Freudgasse geben.» Ich ging die Berggasse hinunter und bog in den vertrauten Eingang ein: *Wien IX., Berggasse 19*. Das Haus hatte breite Steinstufen mit einem Geländer. Manchmal traf ich jemanden beim Hinaufgehen.

Die Steintreppe war geschwungen. Es gab zwei Türen auf dem Absatz. Die rechte war die Ordinationstür des Professors, die linke die Freudsche Familientür. Sichtlich hatte man die beiden Wohnungen so eingeteilt, dass es möglichst wenig Durcheinander zwischen Familie und Patienten oder Schülern gab; da war der Professor, der uns gehörte, und da war der Professor, der seiner Familie gehörte; es war eine große Familie, mit Verzweigungen, Anverwandten, entfernten Angehörigen, Freunden der Familie. Weiter oben befanden sich noch andere Wohnungen, aber außer dem Analysanden, der seine Stunde vor mir hatte, begegnete ich nicht oft jemandem auf der Treppe.

Nach der Einteilung, die man für mich getroffen hatte, lagen meine Stunden oder Sitzungen an vier Tagen in der Woche zwischen fünf und sechs und an einem Tag zwischen zwölf und eins. Zumindest war das die Einteilung für die zweite Serie von Sitzungen, die nach meinen Notizen Ende Oktober 1934 begann. Als ich die Schweiz verließ – es war nach Kriegsausbruch –, ließ ich dort eine Anzahl Bücher und Briefe zurück; darunter war mein Wiener Tagebuch von 1933. Wenn mich mein Eindruck nicht täuscht, hatte der Professor die zweite Serie so gelegt, dass sie mit der ersten übereinstimmte; denn ich hatte ihm oft gesagt, jene Spätnachmittagsstunde sei mir von allen Stunden des Tages fast die liebste. Jedenfalls hatte ich damals fünf Wochen. Die letzte Sitzung war am 1. Dezember 1934. Die erste Serie begann im März 1933 und dauerte etwas länger, zwischen drei und vier Monate. Ich hatte nicht geplant, nach Wien zurückzukommen, doch war zwischen dem Sommer 1933 und dem Herbst 1934 eine Menge geschehen. Die Nachrichten über die Dollfuß-Affäre hatten mich persönlich, bei aller Angst, nicht einschneidend berührt. Ich kam nach Wien zurück, weil ich von dem Mann hörte, der mir manchmal auf der Treppe begegnet war. Er hatte auf einer Konferenz in Johannesburg einen Vortrag gehalten. Er flog sein eigenes Flugzeug dorthin. Auf dem Rückweg stürzte er in Tanganyika ab.

2

Nicht immer traf ich ihn auf der Treppe. Er trödelte manchmal ein wenig und zog das Gespräch im Studier- oder Sprechzimmer des Professors in die Länge; dann konnte ich ihn verfehlen, wenn ich meinen Mantel im Flur aufgehängt hatte. Ich wurde gewöhnlich direkt ins Wartezimmer gebeten. Oder es konnte geschehen, dass mein Vorgänger im selben Moment aus dem Allerheiligsten des Professors auftauchte, in dem ich zur Tür hereinkam. Er griff dann nach seinem Mantel oder Hut, während ich meinen ablegte. Er war sehr groß, er sah aus wie ein Engländer – aber ein Engländer mit einem Haken. Er hatte, wie sich später zeigte, einige Zeit in Oxford verbracht, bevor oder nachdem er auf dem Kontinent seinen Doktor gemacht hatte – jedenfalls war er kein Deutscher und kein Amerikaner; doch woher weiß man so etwas? Er war am Ende genau das, wofür ich ihn hielt: «ein Engländer mit einem Haken», nämlich ein Holländer.

Ich erfuhr erst hinterher, dass er J. J. van der Leeuw hieß.[1] Einmal sprach er mich wegen eines Stundentauschs an; der Professor hatte ihn dazu aufgefordert. Das war an einem Sommertag, in dem großen Haus außerhalb der Stadt, in Döbling, wohin die Familie in den heißen Monaten übersiedelte. Es muss Ende Juni oder Anfang Juli 1933 gewesen sein. Die Regelung unseres Empfangs war dort formloser, und man hatte nicht ganz dasselbe Gefühl der Echtheit oder *Wirklichkeit* wie in der richtigen Wohnung des Professors. Jedoch verabschiedete ich mich von Wien nicht in dem Haus eines Fremden am Stadtrand. Ich kam zurück.

Ich erzählte dem Professor, warum ich zurückgekommen war. Der Professor war zur Zeit unserer ersten Sitzungen 77. Ich war 47. Dr. van der Leeuw war beträchtlich jünger. Der Professor erzählte mir, dass er unter ihnen als der Fliegende Holländer bekannt war. Er war ein hervorragender Gelehrter. Offiziell hatte er sein Studium bei dem Professor begonnen, weil er die Grundsätze der Psychoanalyse auf die allgemeine Erziehung anwenden wollte, mit dem weitergehenden praktischen Ziel internationaler Zusammenarbeit und Verständigung. Er war wohlhabend, einflussreich und aus gutem Haus. Er besaß riesige Plantagen in Niederländisch Ostindien und hatte zum Zweck okkulter Forschungen Indien bereist. Dort hatte er mit einem Lehrer oder Jünger Verbindung aufgenommen und war durch die Lehren des Ostens beeinflusst worden, aber das hatte ihn nicht befriedigt. Er wollte die Gesetze einer geistigen Existenz auf die akuten Fragen von heute anwenden. Es schien mir, er war der richtige Mann für die richtige Aufgabe. Der Professor hatte mir nicht erzählt, dass J. J. van der Leeuw selbst erkannte, wie seine glänzenden Flugkünste mit einem tief verwurzelten Wunsch oder einer unbewussten Neigung zusammenhingen. Der Fliegende Holländer wusste, dass er in der Luft, seinem Element, jeden Augenblick Gefahr laufen konnte, zu hoch zu fliegen, zu schnell zu fliegen. «Das war es, was mir wirklich Sorgen machte», sagte der Professor. «Jetzt kann ich Ihnen ja erzählen, dass es das war, was uns beiden wirklich Sorgen machte.» Der Professor fügte hinzu: «Nach seiner letzten Abreise hatte ich das Gefühl, dass ich die Lösung gefunden hatte, ich hatte wirklich die Antwort. Aber es war zu spät.»

Ich sagte dem Professor: «Ich empfand immer eine gewisse Befriedigung, eine gewisse Sicherheit, wenn ich Dr. van der Leeuw auf der Treppe traf oder ihn im Flur sah. Er schien so unabhängig, so ausgeglichen – und Sie hatten mir von seiner Arbeit erzählt. Ich hatte die ganze Zeit das Gefühl, dass er berufen sei, die Fakkel weiterzutragen – Ihre Ideen weiterzutragen, aber auf neuen Wegen. Ich hatte das Gefühl, Sie und Ihre Arbeit und die Zukunft Ihrer Arbeit seien bei ihm in den besten Händen. Oh, ich weiß, es gibt die große Gruppe der Psychoanalytischen Vereinigung, Forscher, Ärzte, ausgebildete Analytiker und so weiter. Aber Dr. van der Leeuw war etwas Besonderes. Ich weiß, dass Sie das sehr tief gefühlt haben. Ich kam nach Wien zurück, um Ihnen zu sagen, wie leid es mir tut.»

Der Professor sagte: «Sie sind gekommen, um seinen Platz einzunehmen.»

3

Ich dachte nicht bewusst über den Fliegenden Holländer nach, weder verknüpfte ich ihn mit meiner eigenen Arbeit, noch wob ich ihn in meine Träumereien ein. Meine eigenen Probleme, mein eigenes angespanntes, dringendes Interesse an der Aufdeckung der unbewussten oder unterbewussten Struktur, schienen ihn nicht miteinzuschließen. Er war so stattlich, so anständig, intellektuell und materiell so sichtlich reich begabt. Ich denke, ich beneidete ihn um seine sichtlich unkomplizierte Persönlichkeit. Er war der Typ eines Intellektuellen, aber nach außen gewandt, der Typ des Diplomaten oder sogar Geschäftsmannes; man konnte sich ihn nicht zerquält oder betrübt vorstellen; er schien nichts von «Sturm und Drang» an sich zu haben. Er machte einen gebildeten Eindruck, ja, aber nicht im Sinne eines in sich gekehrten Stubengelehrten. Man musste sagen, sein Körper passte ihm ebenso vollendet und faltenlos wie das graue oder blaue Tuch, das ihn bedeckte. Seine Seele passte seinem Körper, musste man sagen, und sein Geist passte seinem Hirn oder seinem Kopf. Hoch und glatt war seine Stirn; seine Augen hatten einen scharfen Blick, den blauen Blick eines Seemanns; sie spielten ins Blaugraue hinüber oder hinein, man sah die graue Nordsee in ihnen. Ja – kühl, kalt, scharfblickend, doch ungetrübt, musste man sagen. Als ich später wieder daran dachte, ja, da war es für mich ausgemacht: Er war merkurisch, Merkur.

Ich glaube nicht, dass der Name des geflügelten Boten, Hermes bei den Griechen, Merkur bei den Römern, je in meinen Gesprächen mit dem Professor auftauchte – außer bei einer Gelegenheit, auf Umwegen, als in einer meiner Traumsequenzen unter anderem auch eine Figur des berühmten Raphael-Donner-Brunnens auf dem Marktplatz vorkam. Es ist ein sehr schöner Brunnen mit Figuren: Flussgötter, die sich zurücklehnen, zwei Frauen und zwei Männer. Mein Traum war mit einem jungen Mann aus meinem Londoner Bekanntenkreis verknüpft; er heißt nicht Brooks[2], aber sein Name legt wirklich Ströme und Flüsse nahe, also nennen wir ihn Brooks. Ich verknüpfte diesen jungen Mr. Brooks in meiner Traumsequenz mit der Figur des jüngeren männlichen Flussgottes. Da nun sagte ich dem Professor, die zurückgelehnte bronzene Brunnenfigur habe eine gewisse Verwandtschaft mit dem so ausgewogenen Merkur von Bologna. Wir waren uns einig, dass die Raphael-Donner-Figur von den beiden die reizvollere und originellere war, dass jedoch der zurückgelehnte Flussgott, aufgerichtet und auf die Füße gestellt, dem Merkur von ferne ähneln könnte – oder umgekehrt, man setze den Merkur nieder und lasse ihn sich auf den Ellbogen stützen, und er könnte fast den Platz der bronzenen Brunnenfigur einnehmen. Wie auch immer, unser Professor hatte die charmante Eigenart, eine Idee aufzunehmen, ihr Gerechtigkeit geschehen zu lassen, unwichtige Einzelheiten aber nicht überzubetonen. Und das schien damals unwichtig.

Vielleicht ist es auch jetzt nicht sehr wichtig. Es ist jedoch spannend, im Rückblick die Versteckspiele des Geistes zu beobachten. Ich verknüpfte die Raphael-Donner-Figur, und ineins damit den Merkur, mit einem charmanten, aber nicht sehr wichtigen jungen Londoner Bekannten, während das eigentliche, stattliche Urbild hier in Wien existiert und existierte – existiert hatte –, sich jedes Mal in genau der Stunde vor meiner eigenen Sitzung auf dieser Couch hier zurücklehnte. Wie gesagt, ich dachte nicht bewusst über Dr. van der Leeuw nach, noch wob ich ihn in meine Träumereien ein. Noch verband ich ihn nach seinem Absturz mit Merkur, dem Götterboten und Totengeleiter.

Er war ein Fremder. Ich kannte ihn nicht wirklich. Wir hatten einmal miteinander gesprochen, im Haus in Döbling außerhalb von Wien. Auf einen Wink des Professors hin durchquerte er das große, unvertraute Empfangszimmer. Dr. van der Leeuw verbeugte sich, er sprach mich in höflichem, gepflegtem Deutsch an: ob die «gnädige Frau» etwas gegen eine einmalige Umlegung ihrer Stunde, morgen, einzuwenden hätte. Ich antwortete ihm auf Englisch, das sei überhaupt kein Problem, ich würde also um vier kommen und er um fünf. Er dankte mir liebenswürdig, in freundlichem Englisch ohne die Spur eines Akzents. Das war das erste und letzte Mal, dass ich mit dem Fliegenden Holländer sprach. Wir hatten «Stunden» getauscht.

4

Der Professor war 77. Sein Geburtstag im Mai war ein bedeutsames Ereignis. Das Sprechzimmer in dem fremden Haus enthielt einige seiner Schätze und seinen berühmten Schreibtisch. Das Zimmer sah aus wie immer, bis auf den Schreibtisch. Statt des Halbkreises kostbarer kleiner objets d'art stand dort eine sorgfältig angeordnete Reihe von Vasen; jede enthielt einen Orchideenzweig oder eine einzelne Blume. Ich hatte nichts für den Professor. Ich sagte: «Es tut mir leid, ich habe Ihnen nichts mitgebracht, weil ich nicht finden konnte, was ich suchte.» Ich sagte: «Jedenfalls wollte ich Ihnen etwas Besonderes schenken.» Meine Bemerkung mochte um eine Spur zu gedankenlos, um eine Spur zu anmaßend geklungen haben – gedankenlos oder anmaßend oder beides zugleich. Ich weiß nicht, wie der Professor sie auslegte. Er winkte mich zur Couch, zufrieden oder unzufrieden mit der offenbaren Gleichgültigkeit, mit der ich seinen Geburtstag behandelte.

Ich hatte nicht gefunden, was ich suchte, also schenkte ich ihm nichts. Bei einem unserer Gespräche in dem alten Zimmer in der Berggasse waren wir wieder einmal auf Reisen gegangen. Manchmal kannte der Professor mein Terrain tatsächlich, manchmal ergab sich eine Verbindung durch eine Statue oder ein Bild wie jenen altmodischen Stahlstich des Tempels von Karnak, der über der Couch hing. Ich hatte diesen bestimmten Tempel besucht, er nicht. Doch diesmal war es Italien;

wir waren zusammen in Rom. Die Jahre liefen vorwärts, dann zurück. Das Schiffchen der Zeit zog einen Faden, der mein Muster in das des Professors einwob. «Ah, die Spanische Treppe», sagte der Professor. «Nein, jene Mandelbaumzweige!», sagte ich. «Von all den Blumen und Blumenkörben sind sie mir am besten in Erinnerung geblieben.» «Aber», sagte der Professor, «die Gardenien! In Rom konnte sogar *ich* es mir leisten, eine Gardenie zu tragen.» Es war nicht so, dass er die Vergangenheit heraufrief und die Zukunft beschwor. Es war eine Gegenwart, die in der Vergangenheit, oder eine Vergangenheit, die in der Zukunft lag.

Sogar ich konnte Wien nach einer einzelnen Gardenie oder einem Gardenienstock durchfahnden. Aber ich konnte nichts finden. In einem anderen Jahr schrieb ich von London aus an eine Freundin in Wien – eine Engländerin, die dort studierte – und trug ihr auf, sie müsse unbedingt einen Gardenienstock zum Geburtstag des Professors finden. Sie schrieb zurück: «Ich suchte überall nach den Gardenien. Aber die Blumenfrauen erzählten mir, dass Professor Freud Orchideen liebt und dass die Leute zu seinem Geburtstag immer Orchideen bestellen; sie meinten, Du würdest Dich vielleicht über die Information freuen. Ich schickte für Dich die Orchideen.»

5

Einige Zeit später erhielt der Professor meine Gardenien dann doch. Es war kein Geburtstag, es war nicht in Wien. Ich sollte ihn in London, in neuer Umgebung, besuchen. Er war kurz zuvor angekommen, ein Emigrant. Ich fand ein großes Haus mit einem Garten vor. Es hatte viele Diskussionen und Ängste um die berühmte Sammlung griechischer und ägyptischer Antiquitäten und die verschiedenen chinesischen und sonstigen orientalischen Schätze des Professors gegeben. Die Kisten waren endlich angekommen, wenn auch die Familie manchen Zweifel äußerte, ob man den ganzen vergrabenen Schatz, oder auch nur ein Stück daraus, unversehrt finden würde oder nicht. Zumindest waren die Kisten eingetroffen, dank dem Einfluss und der Großzügigkeit von Madame Marie Bonaparte, Prinzessin Georg von Griechenland, der Freundin und Schülerin des Professors: Er nannte sie «die Prinzessin» oder «unsere Prinzessin». Ich hatte meine Überraschung kundgetan, als ich einige griechische Figuren auf seinem Schreibtisch sah. Es schien derselbe Schreibtisch zu sein, in einem Zimmer, das an jenes Sommerzimmer in dem Haus am Stadtrand aus der Zeit meines ersten Besuchs in Wien, 1933, erinnerte. Doch jetzt hatten wir Herbst 1938. «Wie schafften Sie es, die hier aus Wien mitzubringen?», fragte ich ihn. «Ich brachte sie nicht mit», sagte er. «Die Prinzessin hielt sie in Paris für mich bereit, ich sollte mich dort zu Hause fühlen.» So gab es doch auch Treue und Schönheit in einer bösen Welt voller Verrat. Es war eine gehetzte, entsetzliche Reise gewesen. Vor fünf Jahren hatte er mir in Wien erzählt, dass es mit dem Reisen schon damals für ihn vorbei war. Es war ihm von dem ausgezeichneten Spezialisten[3], der immer in Rufweite bereitstand, entschieden verboten worden. (Irre ich mich nicht, so begleitete dieser ergebene Freund den Professor auf seiner Reise durch den Kontinent.) Wenn man den vertrauten Schreibtisch, die vertrauten neu-alten Bildwerke auf dem Schreibtisch dort sah, konnte man sich nur schwer klarmachen, dass man in London war. Ja, man tat besser daran, dieses Haus als eine Art zeitweilige, halbvertraute Wohnung zu betrachten, vergleichbar jenem Sommerhaus in Döbling. Dieser freundliche Bezirk war geographisch gewissermaßen für London, was Döbling für Wien gewesen war. Doch es gab keine Rückkehr zur Berggasse mehr, zur Freudgasse vielmehr, wie es nun heißen musste.

6

Doch konnte ich zumindest in der Fantasie, im Dunst eines späten Nachmittags, eine Suche, eine Fahndung fortsetzen. Vielleicht gab es irgendwo Gardenien. Ich fand sie in einem Blumenladen im West End und kritzelte auf eine Karte: «der Rückkehr der Götter zum Gruß». Die Gardenien erreichten den Professor. Dies ist sein Brief.

20 Maresfield Gardens
London, N. W.3
28. Nov. 1938

Liebe H.D.
Ich bekam heute einige Blumen. Ob nun zufällig oder geplant, es sind meine Lieblingsblumen, jene, die ich am höchsten schätze. Einige Worte: «der Rückkehr der Götter zum Gruß» (andere lesen: Güter). Kein Name. Ich habe Sie im Verdacht, für das Geschenk verantwortlich zu sein. Wenn ich richtig geraten habe, antworten Sie nicht; nehmen Sie aber meinen herzlichen Dank für eine so charmante Geste entgegen. In jedem Fall bin ich
Ihr herzlich ergebener
Sigm. Freud.

7

Ich sah den Professor nur noch einmal. Wieder war Sommer. Glastüren öffneten sich auf ein freundliches Stück Rasen. Die Götter oder Güter waren auf wohlgeordneten Regalen passend aufgestellt. Ich war nicht allein mit dem Professor. Er saß ruhig da, ein wenig nachdenklich, wie es schien, zurückgezogen. Ich traute mich nicht (wie ich mich oft nicht getraut hatte) einzudringen, seine Distanziertheit zu durchbrechen, seine Lebenskraft abzugraben. Ich hatte freilich ohnehin keine Wahl. Wir waren eine kleine Runde, und die Konversation zog sich auf eine geordnete, förmliche Weise dahin. Wie die Götter oder Güter saßen wir in einem freundlichen Kreis beisammen; es herrschte eine förmliche Gastlichkeit, jedoch nur an der Oberfläche. Man hatte ein Gefühl von äußerer Sicherheit, zumindest wurde mit keinem Wort an eine verheerend nahe Vergangenheit erinnert oder einer fraglichen Zukunft nachgefragt. Ich war in der Schweiz, als kurz nach der Meldung, die Welt sei im Krieg, das amtliche Londoner Nachrichtenbulletin meldete, dass Dr. Sigmund Freud, der den Bereich des Unbewussten der Erkenntnis erschlossen hatte, der Erneuerer oder Gründer der Wissenschaft der Psychoanalyse, tot war.

8

Ich hatte ursprünglich geschrieben: «von uns gegangen war», doch ich strich es bewusst wieder aus. Ja, er war tot. Ich fühlte mich nicht betroffen. Der Professor war ein alter Mann. Er war 83. Der Krieg war über uns hereingebrochen. Ich trauerte nicht um den Professor, dachte auch nicht an ihn. Ihm blieb so viel erspart. Er hatte seine Forschungen auf das lebende Gewebe des gesunden wie des ungesunden Denkens beschränkt, aber nur, so könnte man sagen, des heutigen Denkens. Mit anderen Worten, er hatte die Vergangenheit in die Gegenwart eingebracht mit seinem *die Kindheit des Individuums ist die Kindheit der Gattung* – oder geht es anders herum: *die Kindheit der Gattung ist die Kindheit des Individuums*? In jedem Fall (ob so oder so, der umgekehrte Satz ist nicht weniger wahr) hatte er unter anderem jenen besonderen Bereich des Unbewussten erschlossen, in dem der Beweis lag, dass sowohl die Eigenarten und Neigungen obskurer eingeborener Stämme als auch die Gestalt und Substanz der Rituale untergegangener Kulturen noch heute dem menschlichen Geist innewohnten – oder, wenn man will, der menschlichen Psyche. Doch eine fassbare Existenz fand, ihre Form und Gestalt zeigte die Seele nach seinen Theorien nur am und im Medium des Geistes – und des Körpers, soweit er durch die Verzückungen oder Verwirrungen des Geistes beeinflusst wurde. Die höheren transzendentalen Probleme diskutierten wir nie. Doch tief in den Knochen saß uns ein unausgesprochener Gegensatz. Wir waren zusammengekommen, um etwas zu erhärten. Ich wusste nicht, was. Irgendetwas klopfte beständig in meinem Hirn; ich sage nicht in meinem Herzen – in meinem Hirn. Ich wollte es herauskommen lassen. Ich wollte mich von wiederkehrenden Gedanken und Erlebnissen befreien – meinen eigenen und denen vieler meiner Zeitgenossen. Mir war nicht klar, was genau ich eigentlich wollte, aber ich wusste, dass ich, wie die meisten meiner Bekannten in England, Amerika und auf dem europäischen Kontinent, dahintrieb. Wir trieben dahin. Wohin? Ich wusste es nicht, doch zumindest anerkannte ich die Tatsache, *dass* wir dahintrieben. Das zumindest wusste ich – und ehe der Sog mich geradewegs in die Hauptströmung hineinriss und weiter bis zum Katarakt, wollte ich an den Rand treten, wenn ich konnte (und wenn es nicht bereits zu spät war), und eine Bestandsaufnahme meines Besitzes machen. Man könnte sagen, dass ich – ja, ich hatte etwas, das klar und unverwechselbar mir gehörte. Ich selbst *gehörte* mir. Natürlich nicht wirklich. Ich gehörte meiner Familie, meinen Freunden, meinen Lebensumständen. Aber ich *hatte* etwas. Sagen wir, es war ein schmales Birkenrindenboot. Der große Wald des Unbekannten, des Übergewöhnlichen oder Übernatürlichen, umgab uns ringsum ganz und gar. Jetzt, wo die Strömung kräftiger wurde, konnte ich zumindest auf das seichte Ufer zurudern, ehe es zu spät war, und eine Bestandsaufnahme meines sehr bescheidenen Besitzes an Geist und Körper machen; und ich konnte den alten Einsiedler, der am Rand dieses unermesslichen Gebietes lebte, bitten, mit mir zu reden, mir, wenn er wollte, zu sagen, wie ich am besten meinen Kurs steuern könnte.

Wohl wahr, wir rührten leicht an einige der dunkleren transzendentalen Probleme, doch wir bezogen sie auf den vertrauten Familienkomplex. Verästelungen des Denkens und der Fantasie wurden jedoch nicht abgeschnitten, wurden nicht einmal zurechtgestutzt. Meine Fantasie wanderte nach Belieben umher; meine Träume waren aufschlussreich, und viele von ihnen zogen klassische oder biblische Symbole heran. Gedanken waren Dinge, zu sammeln, zu sichten, zu analysieren, aufzuheben oder aufzulösen. Bruchstückhafte Einfälle, ohne sichtbaren Zusammenhang, erwiesen sich oft als Teile einer besonderen Schicht oder Lagerung des Denkens und der Erinnerung und daher als zusammengehörig; sie wurden manchmal kunstreich zusammengesetzt, wie die erlesenen griechischen Tränenkrüge und irisierenden Glasschalen und Vasen, die mir aus dem Halbdunkel der Vitrinenfächer entgegenschimmerten, wenn ich mich ausstreckte und geradeaus sah, gestützt auf die Couch in dem Zimmer Wien IX., Berggasse 19. Die Toten waren lebendig, sofern sie im Gedächtnis lebten oder erinnert wurden im Traum.

9

In jedem Fall bin ich Ihr herzlich ergebener … Ich wusste nicht, was ihn plötzlich in Wut brachte. Ich schnellte herum, weg von der Couch, und setzte die Füße auf den Boden. Ich weiß nicht genau, was ich gesagt hatte. Ich habe ein paar flüchtige Notizen aus der Zeit meines Wiener Aufenthalts, aber ich habe sie seitdem kaum angesehen und nie überarbeitet. Ich will mich nicht an die strikt historische Abfolge halten. Ich will die Eindrücke erinnern oder vielmehr: ich will, dass die Eindrücke mich erinnern. Die Eindrücke sollen kommen, wie sie wollen, ihre eigene Abfolge bilden. «Es werden eine Menge Erinnerungen an den Professor herauskommen», sagte mir Walter Schmideberg. «Ich vermute, Sachs und die Prinzessin haben ihre bereits geschrieben.»

Der Analytiker Schmideberg sprach ironisch; er stand im Ersten Weltkrieg als junger österreichischer Offizier an der russischen Front, als «captain of horses», wie er sich mir gegenüber früher einmal bezeichnete, als sein Englisch noch nicht so ganz gefestigt war. «Captain of horses» sagte mir mehr als «cavalry officer» oder «officer of the guards», ebenso wie der «needle-tree», den er eines Tags erwähnte, verglichen mit «pine» oder sogar «evergreen».[4] So können die Konturen einer Sprache wie auch die Konturen eines Eindrucks «korrigiert» werden, «stilisiert» werden, ihre Lebendigkeit verlieren. Man fängt sich leicht wie Schmideberg in der Schlinge der Selbstkritik, man sagt leicht: «Jeder wird Erinnerungen zusammenkritzeln», aber die Antwort darauf ist: «Ja, gewiss, aber weder die Prinzessin Georg von Griechenland noch Dr. Hanns Sachs, vormals Wien und Berlin, später Boston, Massachusetts, können genau meine Eindrücke von dem Professor zusammenkritzeln.» Darüber hinaus glaube ich nicht, dass irgendjemand einen wärmeren, humorvolleren Bericht von dem Professor geben könnte als der einstige junge Rittmeister Schmideberg (ließe er sich von seinen Eindrücken mitreißen), der sein Meisterstück in puncto Weltklugheit lieferte, als er während der finstersten Tage jenes Kriegs Zigarren in die Berggasse schmuggelte, und dem der Professor während des bitteren Jahres die Treue hielt, als er, ironischerweise nach Kriegsende, in einem italienischen Lager gefangen saß.

10

So viel zu der Prinzessin, Hanns Sachs und Walter Schmideberg, dem ehemaligen Rittmeister des 15. Kaiserlich und Königlichen Husarenregiments, Erzherzog Franz Salvator von Österreich-Ungarn. Zurück zu mir: Ich schnelle also herum, sitze vorschriftswidrig kerzengerade da, die Füße auf dem Boden. Der Professor selbst benimmt sich vorschriftswidrig genug; er schlägt mit der Hand, mit der Faust auf das Kopfende des altmodischen Pferdehaarsofas, das mehr Geheimnisse gehört hat als je der Beichtstuhl eines volkstümlichen römisch-katholischen Beichtvaters auf dem Gipfel des Erfolgs. Dies war das schlichte historische Instrument, mit dessen Hilfe das ursprüngliche System der Psychotherapie entwickelt wurde: die Psychoanalyse, die Wissenschaft von der Entwirrung der verschlungenen Stränge des unbewussten Denkens und von der Heilung, die in dem Prozess miteinbegriffen ist. *Bewusst* war ich mir keiner Äußerung, die den Ausbruch des Professors erklären konnte. Und noch als ich herumschnellte und ihn ansah, besaß ich Distanz genug, um mich verwundert zu fragen, ob er sich vorstellte, er könne *so* die Produktion von analytischem Material beschleunigen oder den Fluss assoziativer Bilder umlenken. Der Professor sagte: «Das Schlimme ist – ich bin ein alter Mann –, *Sie halten es nicht für der Mühe wert, mich zu lieben.*»

11

Die Wirkung seiner Worte war verheerend – ich fühlte einfach gar nichts. Ich sagte nichts. Was für eine Antwort erwartete er von mir? Es war genauso, als hätte das Höchste Wesen mit der Faust auf die Lehne der Couch gehämmert, auf der ich lag. Wie auch immer – warum tat er das? Er musste alles wissen, oder er wusste überhaupt nichts. Er musste wissen, was ich fühlte. Vielleicht wusste er es, vielleicht drehte es sich eben darum. Vielleicht war es auch sowieso nur ein Trick, ein Mittel, um mich zu schockieren, um etwas in mir zu brechen, das mir zum Teil bewusst war – etwas, das nicht gebrochen werden wollte und durfte. Ich war hier, weil ich nicht gebrochen werden durfte. Wenn ich hier gebrochen werden sollte, konnte ich bei dem Professor nicht weitermachen. Glaubte er, es fiel mir leicht, eine freundliche, bequeme Umgebung zu verlassen und in eine fremde Stadt zu kommen, um ihm, ihm selbst, dem Drachen in seiner eigenen Höhle, die Stirn zu bieten? Wien? Venedig? Meine Mutter war in ihren Flitterwochen hierher gekommen, müde, nachdem sie Italien als Braut durchreist und «abgehakt» hatte. Vielleicht barg meine Mutter damals in ihrem Leib bereits das Kind, ein Mädchen, jenes erste Kind, das nur so sehr kurz lebte. Vom Brot erzählte sie, von Wien und wie sie die verschiedenen Semmeln liebte und ihre Formen und die mit Mohn und, ach – den Kaffee! Warum war ich nach Wien gekommen? Der Professor hatte ganz am Anfang gesagt, ich sei nach

Wien in der Hoffnung gekommen, meine Mutter zu finden. Mutter? Mama. Doch meine Mutter war tot. Ich war tot; das heißt, das Kind in mir, das sie Mama genannt hatte, war tot. Wie auch immer, er war ein alter Mann, der einem furchtbar Angst machte, alles in allem zu alt und zu distanziert, um auf diese Art mit der Faust zu schlagen, wie ein Kind, das mit einem Breilöffel auf den Tisch hämmert.

Ich rutschte auf die Couch zurück. Man könnte sagen, ich kroch zurück. Mit gebührender Vorsicht und äußerst behutsam legte ich die Decke wieder ordentlich hin, die auf den Boden gerutscht war. Die Couch war schlüpfrig, das Kopfende hinter mir hart. Ich war fast zu lang; nur wenige Zentimeter mehr, und ich würde mit den Füßen den altmodischen Kachelofen berühren, der schräg in der Ecke stand. «Der Ofen von Nürnberg» war ein Buch, das meine Mutter gemocht hatte. Ich konnte mich an kein einziges Ereignis aus dem Buch erinnern und wollte nicht meine Zeit damit vertun, in aller Umständlichkeit dem Professor zu erklären, dass ich an ein Buch mit dem Titel «Der Ofen von Nürnberg» dachte. Es war alles sehr offensichtlich: Da stand der Ofen, der eine wohltuend spürbare Glut ausstrahlte, da in der Ecke stand ja der Ofen. Ich sah den Kachelofen, und ich dachte an ein Buch mit dem Titel «Der Ofen von Nürnberg» – aber warum sollte ich meine Zeit mit all diesen Kleinigkeiten vertun?

Da stand der Ofen, doch es gab Augenblicke, in denen man ein wenig fröstelte. Ich glättete die Falten der Decke, ich blickte wiederholt auf meine Armbanduhr. Neulich hatte der Professor mich getadelt, weil ich plötzlich meinen Arm ausstreckte und auf meine Uhr sah. Er hatte gesagt: «Ich behalte die Zeit im Auge – ich sage es Ihnen, wenn die Sitzung vorbei ist. Sie brauchen nicht immerzu nach der Zeit zu sehen, als hätten Sie es eilig wegzukommen.» Ich befingerte mein Uhrenarmband, ich steckte meine kalten Hände unter die Decke. Die Decke lag, wenn ich hereinkam, immer sorgfältig zusammengefaltet am Fußende der Couch. Kam das kleine Mädchen Paula vom Flur aus ins Zimmer, um die Decke zusammenzufalten, oder faltete sie der Analysand vor mir zusammen, wie ich es vor dem Weggehen sorgfältig zu tun pflegte? Mein Vorgänger war der Fliegende Holländer; wahrscheinlich ließ er die Decke einfach so liegen – Männer machen das. Sollte ich den Professor fragen, ob alle die Decke beim Weggehen zusammenfalteten oder ob nur ich das zu tun pflegte? Der Professor hatte am Anfang gesagt, er stufe mich in dieselbe Kategorie ein wie den Fliegenden Holländer – wir waren Studenten. Ich war eine Studentin, die unter der Leitung des größten Geistes dieser und vielleicht noch vieler folgender Generationen arbeitete. Doch der Professor hatte nicht immer recht.

12

Ich diskutierte nicht mit dem Professor. Tatsächlich wusste ich ja, wie gesagt, die Antwort nicht. Wenn er erwartete, ich ließe mich nun zu einer Beteuerung meiner Zuneigung hinreißen, so hatte er sich für diesmal getäuscht – die Wurzel oder die Strömung lag zu tief. Eines Tages sagte er: «*Heute haben wir sehr tief gebohrt.*» Eines Tages sagte er: «Ich stieß auf Öl. Ich war es, der auf das Öl stieß. Aber bisher hat man von den Ölquellen nur Stichproben gemacht. Es ist genug Öl da, genug Material zu erforschen und auszubeuten, es könnte für 50 Jahre, es könnte für 100 Jahre reichen – oder länger.» Er sagte: «Meine Entdeckungen sind nicht in erster Linie ein Allheilmittel. Meine Entdeckungen sind die Basis für eine sehr gewichtige Philosophie. Es gibt sehr wenige, die das verstehen, *es gibt sehr wenige, die fähig sind, das zu verstehen.*» Auf all das hoffe ich später noch zurückzukommen. Im Augenblick liege ich auf der Couch. Ich habe gerade die Decke wieder ordentlich hingelegt, die auf den Boden geglitten war. Ich habe meine Hände unter die Decke gesteckt. Ich frage mich gerade, ob der Professor mich dabei ertappte, wie ich auf meine Armbanduhr sah. Ich bin wirklich etwas niedergeschmettert. Aber kein Rückschlag kommt als Reaktion.

13

Am Fußende der Couch steht der altmodische Kachelofen. Mein Vater hatte einen ähnlichen Ofen in der Arbeitshütte, dem separaten Studierzimmer, das er sich draußen im Garten unseres ersten Hauses hatte bauen lassen. Es gab dort ebenfalls eine Couch und eine zusammengefaltete Decke am Fußende. Sie hatte ebenfalls ein leicht erhöhtes Kopfende. Wie dieses Zimmer stand auch das Studierzimmer meines Vaters ringsum voller Bücher. Es roch nach Leder, Holz knisterte im Ofen, wie hier. Ein einzelnes Bild hing an der Wand, eine Fotografie von Rembrandts «Anatomie», und auf dem höchsten Regal lag obenauf ein Schädel. Es gab eine weiße Eule unter einer Glasglocke. Ich konnte mit einer Puppe oder einer Mappe von Papierpuppen auf dem Boden sitzen, aber ich durfte ihn nicht ansprechen, wenn er an seinem Tisch schrieb. Was er «schrieb», waren Kolonnen von Zahlen, doch konnte ich damals die Form einer Zahl kaum von einem Buchstaben unterscheiden oder erkennen, was was war. Ich durfte meinen Vater nicht ansprechen, wenn er ausgestreckt auf der Couch lag, weil er nachts arbeitete und daher nicht gestört werden durfte, wenn er sich bei Tag auf die Couch legte und die Augen schloss. Aber jetzt bin ich es, die auf der Couch liegt in dem Zimmer, das ringsum voller Bücher steht.

Doch nein, es gibt in diesem Zimmer nicht viele Bücher; es ist das andere Zimmer, das ringsum voller Bücher steht. Das Fenster in dem Zimmer hier blickt auf einen Hof, glaube ich, wie auch das in dem anderen Zimmer. Ich bin mir dessen nicht sicher. Jedenfalls ist es hier ruhig. Man hört keine Verkehrsgeräusche von der Straße und keine vertrauten Haushaltsgeräusche, etwa von der Seite des Hauses, wo die Familie Freud wohnt. Wir sind ganz allein hier in diesem Zimmer.

Doch in Wirklichkeit sind es zwei Zimmer, wenn auch das Zimmer drüben bei der weit offen stehenden Doppeltür fast ein Teil dieses Zimmers ist. Drüben hinter der offen stehenden Tür, rechts vom Ofen, wie ich hier liege, herrscht Dämmer und Dunkel. Auf der gegenüberliegenden Seite des Zimmers befindet sich die Tür, durch die man von dem kleinen Wartezimmer aus eintritt. Rechtwinklig dazu liegt die andere Tür, die Ausgangstür. Sie führt durch einen ziemlich dunklen Gang oder ein kleines Zimmer, das an eine Vorratskammer oder ein Laboratorium erinnert. Dahinter befindet sich dann der Flur, wo wir unsere Mäntel an Haken aufhängen, die irgendwie an Schule oder College erinnern. Der Fliegende Holländer ist auf und davon. Nicht nur gleichen wir einander in unserem Verhältnis zu dem Professor, als Suchende oder «Studenten», wie er uns nennt, sondern wir verhalten uns auch ähnlich zu der Couch, auf der ich liege. Als ich mich am Anfang leicht verlegen zeigte, weil ich «fast zu groß» sei, beruhigte mich der Professor mit dem Hinweis, der Analysand, der vor mir komme, sei «sogar noch beträchtlich größer».

14

Mein Bruder ist beträchtlich größer. Ich bin fünf, und er ist sieben, oder ich bin drei, und er ist fünf. Es ist Sommer. Das Gras ist etwas trocken, ein paar Blätter knistern unter unseren Füßen. Sie sind von einem Birnbaum gefallen, der große rostbraune Birnen trägt. Die Birnen sind geerntet.[5] Ihm gegenüber steht ein Baum, der kleine gelbe Birnen trägt; sie werden früher reif. Der Baum neben unserem Baum ist ein Holzapfelbaum, und unter ihm liegt ein großer Holzklotz. Der Klotz gleicht einem runden Tisch oder einem massiven, dicken Hocker. Wir können ihn nicht verrücken, er ist zu schwer für uns, aber Eric, unser Halbbruder (für uns ein Erwachsener), schob ihn mit Leichtigkeit zur Seite. Wir sahen, was unter dem schweren, unverrückbaren Klotz war. Es war eine reichhaltige, unterhaltsame Ausstellung: Kleine Dinger, Ameisen gleich, wimmelten hastig durcheinander; sie rasten wild umher, kehrten aber immer wieder zum selben feuchten Erdhäufchen, zum selben winzigen Lehmklumpen zurück. In sauber durchschnittenen Rinnen lagen zusammengerollt einige weiße, flügellose Wesen. Der Boden des Klotzes war das Dach einer Reihe kleiner Höhlen oder sauberer offener Gräber gewesen, ganz ähnlich den aztekischen oder ägyptischen Grabkammern, aber das wusste ich nicht. Diese zusammengerollten, weißen Maden waren noch ungeborene Dinger. Sie waren widerlich genug, wie unaufgestochene Furunkel. Oder vielleicht waren sie im Grunde auch gar nicht widerlich – es konnten kokonlose Larven sein, sie konnten eines Tages «ausschlüpfen». Doch ich sah sie nur, ich wusste nicht, was sie waren oder worauf sie vorausdeuten konnten. Mein Bruder und ich standen gebannt vor dieser Enthüllung. Eric beobachtete gespannt das rasende Kreisen der Ameisen. Dann setzte er den Klotz zurück, wobei er sorgfältig darauf achtete, möglichst wenige der Tiere zu zerquetschen und das schützende Dach über dem Kopf der weißen Maden möglichst wiederherzustellen.

Es gab Dinge unter den Dingen und Dinge in den Dingen.

15

Doch das war bei einer anderen Gelegenheit. Diesmal bin ich allein mit meinem Bruder, der beträchtlich größer ist. Er hatte mich gerufen. Er hatte einen Streifen Zeitungspapier in der Hand, daneben ein Vergrößerungsglas, das er nur vom Tisch unseres Vaters genommen haben konnte. Er sagte mir, ich solle aufpassen, und ich sah den vergrößerten Druck auf dem Zeitungsfetzen, aber ich wusste, dass das von dem Glas kam. Ich wusste nicht, warum er mir unbedingt diese Zeitung zeigen wollte. Ich las sie nicht. Wenn er mir etwas zeigen wollte, musste es schon etwas Aufregenderes sein und erst einmal den Aufwand lohnen. «Geh nicht weg», sagte er, «in einer Minute passiert es.» Die Sonne schien uns heiß auf den Rücken. Der Birnenzweig warf seinen Spätsommerschatten zu dem Holzapfelbaum hinüber. *«Jetzt»*, sagte er. Auf dem Papier erschien unter dem Glas ein brauner Fleck; im Nu brannte das Zeitungspapier lichterloh.

Es kam, wie es kommen musste: Eine große, bärtige Gestalt erschien in der Tür der Arbeitshütte, die wie eine Arche aussah (sie ruhte nicht flach auf der Erde, sondern saß auf dem Fundament einer Reihe quadratischer, säulenartiger Steine). Unser Vater kam die Treppe herab. Dieses Bild konnte man in einer alten Sammlung von Bibelillustrationen finden oder unter abgegriffenen, ausrangierten Reproduktionen von Gemälden, sagen wir des französischen Malers David aus dem frühen 19. Jahrhundert. Es ist ein Motiv der Zeit, gewiss. Doch kann man sein Urbild auch auf griechisch-römischen Münzen eingraviert finden oder, abgesetzt gegen einen roten oder schwarzen Hintergrund, auf den Krügen oder Amphoren der griechischen Klassik. Ich sagte bereits, ich sehe, wenn ich zurückgelehnt, doch aufgestützt – ein bisschen wie Madame Recamier – auf der Couch liege, die weit offene Doppeltür vor mir. Am Fußende der Couch steht der Ofen. Neben dem Ofen steht die Vitrine, in der die feineren Glaskrüge und die vielgestaltigen Flaschen und ägäischen Vasen aufbewahrt sind. An der Wandfläche auf der anderen Seite der Doppeltür steht noch ein Schränkchen oder eine Vitrine voller Raritäten und Antiken; auf diesem Schränkchen stehen Büsten bärtiger Männer – Euripides? Sokrates? Bestimmt Sophokles. Dann kommt die Ecke und, im rechten Winkel zu jener Vitrine, das Fenster, dann noch ein Schränkchen, das Tonfiguren und einige weitere griechische Figurenschalen enthält. Dann die Tür zum Wartezimmer. Wieder im rechten Winkel dazu kommt die Tür, die durch das laboratoriumsartige Kämmerchen oder Gelass zum Flur führt. Diese zwei letzten Türen, ich nenne sie Eingangstür und Ausgangstür, sind zu. Die Wand mit der Ausgangstür liegt hinter meinem Kopf, und an jener Wand, eingeklemmt in die Ecke, in die dreiseitige Nische, die von den zwei Wänden und der Rückseite der Couch gebildet wird, hat der Professor seinen Platz. Ruhig sitzt er dort, wie eine alte Eule in einem Baum. Gewöhnlich sagt er entweder gar nichts, oder er lehnt sich vor und redet über etwas, das zu dem Fortschreiten oder der Entfaltung unseres eigentlichen Trauminhalts oder unserer Gedankenassoziationen keinen Bezug zu haben scheint. Sein Arm schießt vor, manchmal etwas gar zu plötzlich, wenn er einen Punkt betonen will. Oder er steht auf – er macht immer ein «Ereignis» daraus – und sagt: «Also – *das* müssen wir feiern», und schreitet zu dem umständlichen Ritual – Aussuchen, Anzünden –, bis er sich schließlich wieder setzt und aus der Nische der Duft von Weihrauch aufsteigt, der Rauch seiner milden, wohlriechenden Zigarre.

16

Länge, Breite, Dicke, die Gestalt, das Gefühl, der Geruch von Dingen. Die Tatsächlichkeit der Gegenwart, ihre Beziehung zur Vergangenheit, ihrer beider Beziehung zur Zukunft. Vergangenheit, Gegenwart, Zukunft, diese drei – aber da ist noch ein Zeitmoment, volkstümlich die vierte Dimension genannt. Das Zimmer hat vier Seiten. Vier Jahreszeiten bilden ein Jahr. Diese vierte Dimension erscheint zwar in mannigfachen Verkleidungen und unter verschiedenen Untertiteln, die in den Bänden des Professors beschrieben und umständlich aufgelistet werden (noch umständlicher und ausführlicher werden sie in den Kompilationen seiner Anhänger, Schüler, Pseudoschüler und Plagiatoren dargestellt), aber sie ist trotz allem sehr einfach. Sie ist so einfach und in dem Gebäude der Zeitfolge so unentbehrlich wie die vierte Wand für ein Zimmer. Wenn wir unseren Rundgang durch dieses Zimmer hier, in dem ich mich eben noch mit dem Professor unterhalten habe, umkehren und mit der Wand links von mir, an der die Couch steht, beginnen und gegen den Uhrzeigersinn vorgehen, können wir die Wand des Professors mit der Ausgangstür als Nummer 2 bezeichnen, die Wand mit der Eingangstür (und dem Schränkchen voller Tonfiguren und flacher griechischer Schalen) als Nummer 3 und die Wand gegenüber der Couch als Nummer 4. Diese Wand ist eigentlich zum großen Teil eine Nicht-Wand, weil die Fläche dort von der weit offenen Doppeltür freigelassen wird.

Manchmal erscheint das Zimmer drüben sehr dunkel, manchmal herrscht dort auch ein Wechselspiel von Licht und Schatten. Und manchmal betritt man gar leibhaftig jenes Zimmer, wie ich eines Tages, als mich der Professor einlud, die Dinge auf seinem Tisch anzusehen.

17

Auf dem Tisch meines Vaters lagen Federn, Tintenfässer und eine Metallschale für die Federn. Er benutzte verschiedene Federn für seine verschiedenen Tinten, schwarz und rot. Auf dem Tisch lag ein Papiermesser von chinesischer oder pseudochinesischer Machart; eine gedrungene Figur war der Griff; aus dem Topf oder Krug auf dem Kopf dieser Missgeburt wuchs ein Blatt, das die Klinge des Papiermessers war, wenn auch ein Flachrelief sich kreuzender Blätter und Ranken der Papiermesserklinge eine zusätzliche Dimension verlieh; das Papiermesser war ein Papiermesser, gleichzeitig war es ein flacher Baum oder Stab, den zarte Ranken über- oder durchzogen. Auf dem Tisch lagen eine übergroße Papierschere und mehrere Briefbeschwerer; einer aus Glas zeigte verschiedene Spiegelbilder, wenn man bei einem bestimmten Licht hineinsah. Es war reines Glas, es war ein Briefbeschwerer, aber es war ein System prismatischer Dreiecke, das auf einem zweiten Dreiecksystem aufsaß. Wenn man ihn hinlegte, lag er immer auf der Seite; die Spitze, in die das eine Dreiecksystem auslief, wies nach dem Nordpol oder Südpol oder hätte dorthin weisen können. Auf dem Tisch liegt das Vergrößerungsglas, das mein Bruder immer noch in der Hand hält.

18

«Aber ihr wisst doch, dass ihr Kinder niemals mit Streichhölzern spielen sollt.» Es war eine der unverzeihlichen Sünden.[6] Mein Bruder weiß die Antwort. Die Antwort ist eine mutige, kecke Replik: «Aber wir spielen doch gar nicht mit Streichhölzern.» Er gibt die Antwort nicht. Ich stehe neben ihm. Mein Bruder ist sehr groß. Mein Kopf reicht ihm kaum bis zur Schulter. Ich habe das runde Glas mit seinem Metallrahmen gesehen; den geraden Griff umklammert eine feuchte, etwas verschmierte Pfote auf dem Rücken meines Bruders. Ich weiß nicht, und er weiß nicht, dass das nicht nur das Vergrößerungsglas vom Tisch unseres Vaters ist, sondern auch ein heiliges Symbol. Es ist ein Kreis, und der Stil des Kreises, der Stängel oder Ständer dieser Blume, ist der Griff des Glases, den mein Bruder hinter dem Rücken umklammert. Das ist das heilige «ankh», das ägyptische Symbol des Lebens, aber das wissen wir nicht – unser Vater weiß es vielleicht. Er benutzte genau dieses Zeichen, den Kreis mit der geraden Standlinie plus einem kleinen Querstrich, mit einem Kreuz also, um den Planeten Venus zu bezeichnen. Ich weiß nicht, ob unser Vater weiß, dass das «ankh» das Symbol des Lebens ist und dass das Zeichen, das er so oft am Kopf einer seiner Zahlenkolonnen benutzt, dasselbe Zeichen ist. Er schreibt Kolonnen und Kolonnen von Zahlen, doch über eine Kolonne zeichnet er immer eine Hieroglyphe; sie kann für eines der Häuser oder Zeichen des

Tierkreises stehen oder auch einfach einen Planeten darstellen: Jupiter oder Mars oder Venus. Ich wusste das nicht, als ich neben meinem Bruder im Garten stand. Viel später wusste ich es, aber ich verstand es nicht. Erst jetzt, wo ich dies schreibe, sehe ich, dass mein Vater heilige Symbole besaß, dass er, wie der Professor, uralte, heilige Gegenstände auf seinem Schreibtisch liegen hatte. Doch die Gestalt und Form dieser durch die Zeit geheiligten Gegenstände wurden nicht als solche erkannt. Sie waren nichts weiter als ein Briefbeschwerer aus Glas, ein Papiermesser aus Messing oder die simple Lupe, die mein Bruder immer noch in der Hand hält.

Was wird mein Bruder sagen? Er kann nicht sagen: «Ich brachte Feuer vom Himmel.» Er kann Vater Zeus nicht in eleganten Jamben antworten und erklären, wie er, Prometheus, durch seinen Witz und Wagemut, durch seine Liebe für das Unbekannte, durch sein Experimentieren mit finsteren, bisher unerklärlichen Gewalten Feuer aus dem blauen Himmel herabgezogen hat. Es ist eine unbestreitbare Tatsache. Aber mein Bruder hat nie etwas von Prometheus gehört, er kann kein Griechisch. Er hat das Vergrößerungsglas vom Schreibtisch meines Vaters genommen, und das ist eine Sünde, wie es nach dem Spielen mit Streichhölzern wohl keine schlimmere gibt. Mein Vater zertritt den verkohlten Papierfetzen. In der stillen Luft hängen der Geruch von verbranntem Papier und eine schwache Rauchfahne; es ist ein Spätsommernachmittag, vielleicht des Jahres 1889, vielleicht des Jahres 1891.

Ich erinnere mich nicht daran, was mein Bruder zu meinem Vater sagt und was mein Vater seinerseits zu meinem Bruder sagt. «Ihr dürft das nicht wieder tun» liegt jedenfalls darin. Doch die gewöhnlichen Worte ihrer Umgangssprache gehen manchmal über meinen Kopf hinweg. Ich verstehe nicht einmal immer die Worte, die mein Bruder gebraucht. Er ist ein großer Junge und, wie jeder weiß, schlau und klug für sein Alter. Ich bin ein kleines Mädchen, klein für mein Alter und nicht sehr weit. Ich bin in einem gewissen Sinn immer noch ein Fremdling. Es gibt noch andere Fremdlinge; von Zeit zu Zeit kommen sie an, in unserem eigenen Haus, im Haus unseres Großvaters (das dieser mit einem Onkel und einer Tante teilt), im Haus über der Straße, in anderen Häusern längs der Church Street. Diese Fremdlinge wissen noch weniger als ich von den Gebräuchen der Menschen ringsum – dieser zivilisierten Menschen oder Barbaren. Es geschehen Dinge, die diese Menschen vor uns zu verbergen suchen; ein kleiner Junge ertrinkt im Fluss, ein Arbeiter im Stahlwerk verliert einen Arm, ein Fremdling oder, wie sie manchmal an der Hintertür sagen, «ein kleiner Gast», ist irgendwo irgendwie vor der Zeit angekommen. Man schnappt, unter dem Küchentisch versteckt, etwas auf, man rät oder reimt sich etwas zusammen, man flüstert mit gleichaltrigen oder manchmal etwas älteren Mit-Flüsterern aus der Church Street, die wie man selbst zwar nichts Genaues wissen, aber ein großes

Ahnungsvermögen besitzen; und all den mysteriösen Ereignissen, die doch offenbar nichts miteinander zu tun haben, ist eines gemeinsam: Am Rand oder im Mittelpunkt steht deutlich oder undeutlich immer ein Doktor.

19

Ein Doktor hat eine Tasche mit seltsamen Dingen darin, Eisen und Messer und Scheren. Unser Vater ist kein Doktor, aber er hat das Bild eines Arztes oder das Bild von Ärzten in seinem Zimmer hängen. Er ist ruhig und seltsam zärtlich, wenn wir krank sind. Gern erzählt er den Leuten, dass er eine Zeitlang zögerte, bevor er sich für seinen Beruf entschied, und dass Ärzte immer sagen, er sei eigentlich einer von ihnen. Seine Stimme ist ruhig und gleichmäßig und tief. Seine Stimme ist fast monoton, so ruhig. Nie erhebt er seine Stimme. Nie ist er gereizt oder zornig. In meinem ganzen Leben sah ich ihn nie wirklich zornig, mit zwei oder drei Ausnahmen, und das waren denkwürdige Gelegenheiten. Wie ich so auf dieser Couch im Zimmer des Professors liege, habe ich das Gefühl, dass ich eines Tages den Zorn meines Vaters erinnern und (sozusagen) kommentieren muss. Aber dies hier ist keine jener Gelegenheiten. Jetzt ist mein Vater nicht zornig, vielmehr liegt, obwohl die Sonne scheint und das verbrannte Papier zu unseren Füßen verglimmt, ein eisiges Frösteln in der Luft. «Vielleicht», mag er gesagt haben (denn unser

Vater ist ein gerechter Mann), «vielleicht habe ich euch nicht ausdrücklich *verboten*, das Vergrößerungsglas zu nehmen» – denn mein Bruder hat es ihm jetzt zurückgegeben. «Ich weiß, dass ich euch gesagt habe, ihr dürft das Schreibzeug nicht berühren und die Papierschere nicht nehmen und den Leimtopf nicht für eure Pappsoldaten benutzen. Ich dachte, es sei klar, dass ihr *überhaupt* nichts auf meinem Tisch durcheinanderbringen dürft.»

Frost liegt in der Luft. Ich rutsche näher an meinen Bruder heran. Ich bin mitgemeint, obwohl mich keinerlei Vorwurf getroffen hat.

20

Bei einer früheren Gelegenheit scheint wieder die Sonne. Aus dem Leinenkleid, das meine Mutter trägt, schließe ich, dass es Frühling sein muss, oder es ist ein Altweibersommertag – auf jeden Fall befinden wir uns zwischen den Jahreszeiten, denn meine Mutter trägt ein Leinenkleid ohne Mantel. Sommer ist es nicht, denn wir gehen so regelmäßig und so unweigerlich zu Sommerkleidern über wie Menschen, die in den Tropen leben. Wir leben in den Subtropen, in einer Stadt in Pennsylvania, auf einem Breitengrad, der, glaube ich, der Gegend südlich von Rom entspricht. Die Winter sind kalt, die Sommer heiß, daher kennen wir sowohl die Stimmung der Nordländer als auch die der südlichen Völker, verbinden beide in harmonischer Mischung und ändern Tonart oder Schwingung in genauer Übereinstimmung mit dem Rhythmus der Jahreszeiten – oder auch nicht. So oder so, im Gesicht meiner Mutter ist Sommer, denn sie lacht.

Wir sind mit ihr aus gewesen, haben ihr beim Einkauf geholfen oder bei einem ihrer vielen Verwandten oder Freunde vorbeigeschaut. Es gibt in der Stadt so gut wie keinen, mit dem sie nicht verwandt oder befreundet ist – jedenfalls nicht in der «Altstadt»; und hier sind wir in der Altstadt, denn wir sitzen auf einer leichten Erhebung des Gehwegs, auf dem Bordstein, wo er in einer weitgeschwungenen Kurve die Church Street verlässt und unterhalb der Kirche entlang zu den Läden, dem Hotel, den Einkaufszentren der Main Street führt – ich glaube, sie hieß Main Street; wie auch immer, es *war* die Hauptstraße.

Es scheint sonderbar, dass meine Mutter ausgerechnet lacht. Mein Bruder trotzt. Er sitzt steif und fest auf dem Bordstein. Er will nicht heimgehen. Als er das feierlich wiederholt, lacht meine Mutter noch mehr. Leute halten an und fragen, was los ist. Meine Mutter erzählt es ihnen, und sie lachen ebenfalls. Sie stehen rechts und links von meiner Mutter, noch mehr Leute, Freunde und Fremde, und alle lachen. «Aber wir verursachen ja einen Auflauf», sagt sie, «wir können hier nicht herumstehen und das Trottoir verstopfen.» Sie erhält Unterstützung; Fremde und Fast-Fremde wiederholen ihre Worte, wie ein griechischer Chor den Stichworten des Chorführers folgt.

Es gibt eine kurze, geflüsterte Verschwörung. Die Fremden verflüchtigen sich, und meine Mutter schlendert mit gespielter Gleichgültigkeit davon. Mein Bruder weiß ganz genau, dass sie weich werden wird: sie wird so tun, als ginge sie weg, aber sie wird hinter der Ecke warten und zurückkommen, wenn wir ihr nicht folgen. Er hat ihr gesagt, dass er weggehen und für sich allein leben will, und er hat ihr darüber hinaus gesagt, dass seine Schwester mit ihm kommen will. Seine Schwester wartet ängstlich, aufgeregt, doch regungslos neben ihm auf dem Rinnstein. Zusätzlich zu diesem endgültigen Ultimatum meines Bruders durften wir eigentlich nicht auf dem Bordstein sitzen. Aber da sitzen wir, wir «verstopfen» nicht das Trottoir, sondern bilden eine kleine Gruppe, ein Muster, ein Standbild am Kreuzweg. Es erscheint verschiedentlich in griechischen Tragödien unter griechischen Namen, und man kann es in der Originalfassung von Grimms Märchen oder in einer Bearbeitung für Kinder finden; es heißt dort «Brüderchen und Schwesterchen». Manchmal ist eines der Schatten des anderen; oft hat sich eines verirrt, und das eine sucht das andere wie in der ältesten Mär von Zwillingsbruder und -schwester, die aus dem Niltal stammt. Manchmal sind beides Jungen, wie die Sterne Kastor und Pollux, manchmal sind es mehr als zwei. Im Fall von Kastor und Pollux waren es eigentlich vier, wenn man Helena und Klytaimnestra dazuzählt, die Kinder einer Lady, heißt es, und eines Schwans. Sie bilden eine Gruppe, eine Konstellation, sie bilden ein Klischee oder ein Muster, in das oder auf das sich andere Muster legen lassen, die passen oder, wenn sie nicht passen, durch die Umstände passend zurechtgeschnitten werden. Jedenfalls ist es ein Feld-, Wald- und Wiesenmuster, obwohl es manchmal sein Gegenstück in einer himmlischen Gestalt findet. Und ihre Mutter ist weggegangen. *Er* weiß, dass sie wiederkommen wird, denn er ist älter und unbestritten der Liebling seiner Mutter. Aber *sie* weiß es nicht. Doch obwohl sie vor Angst und Stolz und Schrecken fast die Besinnung verliert, denkt sie nicht im Traum daran, ihr leichtes Gewicht in die Waagschale des konventionellen Verhaltens zu werfen, der Mutter zu folgen und ihren Bruder seinem Schicksal zu überlassen.

21

Diese Bilder sind so klar. Sie sind wie von Kerzen erleuchtete Transparente in einem dunklen Zimmer. Vielleicht habe ich diese Vorfälle vor dem Professor erwähnt, vielleicht auch nicht. Doch sie waren da. Auf den kunstvollen Aufbau von Erinnerungen an die Vergangenheit, über das verwickelte Netzwerk der Haarlinien, die im Puzzlebild ein krummes Steinchen vom anderen trennten, fiel unweigerlich ein Schatten, eine Schrift-an-der-Wand, eine gekrümmte Linie gleich einem umgekehrten, unvollendeten *S*, mit einem Punkt darunter, ein Fragezeichen, der Schatten einer Frage *ist es das?* Das Fragezeichen drohte alle Antworten zu überschatten, auch wenn sie noch so befriedigend schienen. Keine Antwort war endgültig. In der Antwort an sich lag schon etwas von Tod, von Endgültigkeit, von Frucht des Toten Meeres. Die Erklärungen des Professors waren zu erhellend, schien es manchmal; schmerzhaft flatterten dann meine fledermausartigen Gedankenflügel in jenem plötzlichen Scheinwerferlicht. Oder umgekehrt, andere Flügel (Möwen- oder Lerchenflügel), die mich eben aus den Niederungen des Gemeinplatzes emporzuheben schienen, flatterten auf einmal im beschränkten Raum eines Weidenkäfigs oder hingen nutzlos in den Maschen eines Vogelnetzes. Doch nein – er stellte keine Fallen, er warf nicht wirklich Netze aus. Ich selbst war es, die, getrieben von meinem eigenen unterbewussten Wollen oder unbewussten Willen, in sie hineintrat oder -flog. Ich setzte zu starke Akzente oder Gegengewichte; vorsätzlich und mit schmerzhafter Umständlichkeit hielt ich mich bei gewissen Ereignissen in der Vergangenheit auf, über die ich alles andere als glücklich war, damit es ja nicht so aussah, als drücke ich mich vor der Analyse oder als wolle ich den betrügen, der über unsere Taten im Buch des Lebens Bericht erstattet, als wolle ich den Berichtsengel höchstpersönlich täuschen, um dem Tag des Gerichts zu entgehen. Als ich einmal mit schmerzhafter Umständlichkeit einen schmuddeligen, sorglos gewebten Streifen des Teppichs entwirrte, in dem Ursache und Wirkung verknüpft sind, und mich in übersorgfältiger Detailtreue über einige alles andere als glückliche Freundschaften ausließ, wischte er es alles beiseite, nicht gelangweilt, nicht gekränkt oder überrascht, sondern einfach ein wenig nachdenklich, wie mir schien, als hätten wir kostbare Zeit, unsere kostbaren Stunden miteinander auf etwas Belangloses verschwendet. «Aber warum kümmern Sie sich denn um diese Sachen?», fragte er. «Warum hielten Sie es für nötig, mir all das zu erzählen? *Jene zwei spielten keine Rolle.* Aber Sie verspürten den Wunsch, es Ihrer Mutter zu erzählen.»

All das schien damals fast zu einfach. Meine Mutter war tot; vor ihrem Tod waren viele Dinge geschehen, gewöhnliche und unglaubliche Dinge, die ich ihr nicht erzählt hatte. In einigen Fällen wollte ich ihr Kummer und Schmerz ersparen, wie etwa während der Dauer des Ersten Weltkriegs, als ich in England war und sie in Amerika. Später musste dann berücksichtigt werden, wieviel sie selbst verloren hatte: Der Tod meines Vaters folgte unmittelbar auf die Nachricht, dass mein Bruder in Frankreich gestorben war. Mein Vater war als siebzehnjähriger Junge mit seinem älteren Bruder in unserem amerikanischen Bürgerkrieg gewesen, und mein Vater hatte diesen einzigen Bruder in jenem Krieg verloren; er war ein Mathematiker, ein Astronom, distanziert und unparteiisch, ein Gelehrter oder «savant», um das farbigere französische Wort zu gebrauchen. Aber auf die Nachricht, dass mein Bruder in Frankreich gefallen war, traf ihn der Schlag. Mein Vater starb buchstäblich an dem Schock. Der Professor hatte Schock auf Schock erlebt. Doch er war nicht gestorben.

Mein Vater war 74 oder 75, als er starb – jedenfalls nicht so alt wie der Professor jetzt. Meine Mutter hatte ihren 70. Geburtstag in den frühen zwanziger Jahren gefeiert. Sie wohnte einige Jahre bei mir in London und im Schweizer Kanton Waadt. Sie ging auf Besuch nach Amerika zurück. Ich wusste, sie würde dort sterben; sie wusste es auch. Aber ich wollte einfach nicht daran denken. Ich wollte dem nicht ins Auge sehen. Man kann auf verschiedenen Wegen versuchen, dem Unvermeidlichen zu entgehen. Man kann sich um und um im Kreise drehen, wie die Ameisen unter jenem Klotz, den Eric für uns in die Höhe stemmte. Oder die Psyche, die Seele, kann sich zusammenrollen und schlafen, wie jene weißen Maden.

22

Jene zwei spielten keine Rolle. Zweierkonstellationen gab es in meinem Leben immer und immer und immer wieder. Da waren die zwei wirklichen Brüder (wir drei wurden innerhalb von vier Jahren geboren). Da waren die zwei Halbbrüder; da waren die zwei winzigen Gräber der zwei Schwestern (eine von ihnen war eine Halbschwester, aber es gab die zwei oder Zwillingsgräber). Da waren die zwei Häuser, unseres und das unserer Großeltern, in derselben Straße, mit demselben Garten. Da waren die zwei biblischen Städte in Pennsylvania, Bethlehem, wo ich geboren wurde, und Philadelphia, wohin wir zogen, als ich acht war. Und zeitweilig gab es in meinem Bewusstsein zwei Väter und zwei Mütter, denn wir hielten «Papalie» und «Mamalie» (die Eltern unserer Mutter) für unsere eigenen «anderen» Eltern, was sie tatsächlich auch waren.

Alle waren zu zweit in jenem ersten Haus in der Church Street – außer mir. Da waren die zwei Brüder, die sich dasselbe Zimmer teilten; die zwei Halbbrüder konnten jederzeit aufkreuzen, zusammen; da waren die zwei Dienstmädchen, die in dem Zimmer über der Küche schliefen; da waren meine zwei Eltern in ihrem Zimmer. (Später gab es noch einen Zuwachs in dieser Arche Noah, aber mein jüngster Bruder kam zur Welt, als dieses Muster im Bewusstsein schon fixiert war.)

Mein Vater hatte zweimal geheiratet; so gab es da wieder zwei Frauen, wenn auch eine von ihnen tot war.

Später im Leben gab es dann zwei Heimatländer; England und Amerika, die voneinander getrennt waren durch eine weite Kluft im Bewusstsein und eine sehr weite Meeresfläche.

Das Meer schrumpft zusammen, die Kluft im Bewusstsein scheint manchmal gleich null; und trotzdem gibt es da eine Zweiheit, die englisch-sprechenden Völker sind verwandt, sogar Zwillinge, aber sie sind nicht eins. So wollen auch in mir zwei gesonderte ethnische, biologische oder psychologische Einheiten allmählich zusammenwachsen oder gar ineinanderschmelzen, denn die Zeit heilt alte Brüche im Bewusstsein. Die zweite Frau meines Vaters stammte von einer der Gründergruppen jener schwärmerischen protestantischen Gemeinschaft aus dem frühen 18. Jahrhundert ab, die sich Unitas Fratrum, Böhmische oder Mährische Brüder, nannte. Der Vater unserer Mutter, ein Pfarrer der Brüdergemeinde, war seiner ethnischen Herkunft nach zum Teil ein Mitteleuropäer – ich glaube, «Polen» nannte sich das Land damals, als seine Vorväter es verließen, obwohl es später zu Deutschland kam und dann, ähnlich den anderen, verwandten Gebieten, herüber- und hinüberwechselte wie schon früher in den Tagen des Dreißigjährigen Krieges. Livland, Mähren, Böhmen – Graf Zinzendorf, der Neubegründer der Böhmischen Brüder, war ein Österreicher, dessen Vater wegen seines protestantischen Bekenntnisses nach Sachsen vertrieben wurde oder auswanderte. Der Professor selbst war ein Österreicher, der Geburt nach eigentlich ein Mähre.

23

Mutter? Vater? Den einen haben wir im Garten des Hauses an der Church Street getroffen, die andere haben wir weiter unten auf der Straße gesehen, dort wo der Gehweg unterhalb der Kirche in einer weitgeschwungenen Kurve zu den Kaufläden führt. Doch im Augenblick kaufen wir nicht ein. Wir schauen bei niemandem vorbei, Freund oder Fast-Freund, naher oder entfernter Verwandter. Jeder kennt unsere Mutter, daher sind wir nie ganz sicher, wer mit uns verwandt ist und wer nicht – und in einem gewissen Sinn ist jeder mit uns verwandt, denn da gibt es die

Kirche, und wir alle gehören auf eine sehr spezielle Art zusammen, weil wir am Heiligabend unseren Kerzengottesdienst haben, den sonst niemand nirgendwo kennt, ausgenommen vielleicht einige Orte in Europa. Europa ist weit weg und ist ein Ort, wohin unsere Eltern in ihren Flitterwochen fuhren. *Sie* ist es, auf die es ankommt, denn sie lacht, nicht so sehr über uns als mit uns und über unseren Köpfen und um uns herum. Sie hat gebundene Notenbände und lose Blätter auf unserem Klavier liegen. *Sie* steht außer Frage. Das Dumme ist nur, dass sie so viele Leute kennt, und sie kommen und unterbrechen einen. Und außerdem hat sie meinen Bruder lieber als mich. Wenn ich bei meinem Bruder bleibe, fast ein Teil meines Bruders werde, kann ich vielleicht näher an *sie* herankommen.

Aber man kommt nie nahe genug heran, oder wenn man ihr nahekommt, dann weil man Masern oder Scharlach hat. Wenn man ihr immer nahe bleiben könnte, gäbe es keinen Bruch im Bewusstsein – aber ein halber Laib ist besser als gar kein Brot, und es gibt durchaus nennenswerte Dinge zu *seinen* Gunsten zu sagen. Er hat einige geheimnisvolle Gewohnheiten: wie er etwa nachts hinausgeht und tags auf der Couch in seinem Studierzimmer schläft. Aber immerhin, es *gibt* sein Studierzimmer. Vorausgesetzt, man spricht ihn nicht an, wenn er an seinem Tisch sitzt, oder stört ihn nicht, wenn er sich hinlegt, so kann man ungehindert kommen und gehen. Es ist ein ruhiger Ort. Keiner mischt sich ein oder unterbricht einen. Seine Regale sind mit Büchern gefüllt, das Zimmer steht ringsum voller Bücher. Da ist der Schädel oben auf dem höchsten Bücherschrank und die weiße Eule unter einer Glasglocke. Er hat noch mehr Bücher als unser Großvater, und er hat jenen dreieckigen Briefbeschwerer, in dem man die Dinge im Zimmer noch einmal und in verschiedenen Dimensionen sieht. Ich habe das natürlich damals nicht wirklich in Worte gefasst, kaum in Gedanken. Aber hier bin ich, auf eine besondere Weise bevorzugt. Seine Tochter ist es, der er später das Papiermesser anvertraut; er überlässt ihr seine unaufgeschnittenen Magazine und Zeitschriften. Sie kennt sich damit aus, wie man das Papiermesser sorgfältig unter der Oberfläche der Doppelseite entlangführt, und das ist besonders wichtig, weil ihr älterer Bruder nie aufgefordert wird, die Seiten aufzuschneiden. Natürlich hat er viele andere Dinge zu tun. Unsere Mutter ist eine Mischung aus frühen Ansiedlern in Pennsylvania, Einwanderern von dieser Insel hier, von England, und anderen Einwanderern aus Mitteleuropa – er dagegen ist etwas Einheitliches. Er ist Neuengländer, obwohl er weder dort lebt noch dort geboren wurde. Er stammt von jenen puritanischen Vätern ab, die in den Thanksgiving-Day-Nummern der Magazine die hohen, spitzen Hüte aufhaben. Sie kämpften mit Indianern und verbrannten Hexen. Ihre Hüte glichen den Hüten, die auf dem einzigen Bild, das in seinem Studierzimmer hing, die Ärzte aufhatten. Das Original war von Rembrandt, wenn ich mich nicht irre. Der halbnackte Mann auf dem Tisch war tot, daher tat es ihm nicht weh, wenn die Ärzte ihm den Arm mit einem Messer oder einer Schere aufschnitten. Heißt das Bild «Anatomie des Dr. Tulp»?

Es spielt keine große Rolle, wie das Bild heißt. Es handelt von Doktoren. Ein Doktor sitzt hinter der Couch, auf der ich liege. Er ist ein sehr berühmter Doktor. Er heißt Sigmund Freud.

24

Wir unternehmen weite Reisen in Gedanken, in der Einbildung oder im Reich der Erinnerung. Vorfälle geschahen, *wie* sie geschahen; natürlich gilt es nicht für alle, doch hier und da ist eine Erinnerung oder das Bruchstück eines Traumbildes wirklich, ist real, gleicht einem Kunstwerk oder ist ein Kunstwerk. Ich habe davon gesprochen, dass die zwei Szenen mit meinem Bruder für sich stehen, wie von Kerzen hell erleuchtete Transparente in einem dunklen Zimmer. Jene Erinnerungen, Visionen, Träume, Träumereien – oder was immer man will – sind etwas Besonderes. Ihre Webstruktur ist etwas Besonderes, ihre Wirkung auf Geist und Körper ist etwas Besonderes. Sie sind heilsam. Sie sind wirklich. Sie sind ebenso wirklich in den Dimensionen von Länge, Breite, Dicke wie nur einer von den Bronze-, Marmor-, Keramik- oder Tongegenständen, die ringsum die Schränkchen an der Wand füllen oder mit eleganter Präzision in einem weiten Bogen auf dem Tisch des Professors im anderen Zimmer aufgestellt sind. Aber wir können nicht beweisen, dass sie wirklich sind. Wir können als Kenner (wie der Professor bei seiner kostbaren Sammlung hier) zwischen falsch und echt unterscheiden; eine gute Kopie eines seltenen Objekts ist nicht ohne Wert, doch dürfen wir nicht eine treue Kopie mit einer läppischen Imitation verwechseln; auch gibt es gewisse Legierungen, die im Lauf der Zeit verrosten und verderben können, und so zerfressene Gegenstände müssen ausrangiert und zum alten Eisen geworfen werden; es gibt kostbare Bruchstücke, die nichts bedeuten, bis wir die anderen Scherben finden, die sie ergänzen.

Es gibt banale, verworrene Träume, und es gibt wirkliche Träume. Der banale Traum steht zum wirklichen in genau demselben Verhältnis wie die Spalte eines Groschen- und Gossenblattes zur Folioseite eines Shakespeare-Stücks. Die Träume sind so verschiedenartig wie die Bücher, die wir lesen, die Bilder, die wir ansehen, oder die Menschen, denen wir begegnen. «*Ach Träume – wir wissen, woher nach euch Freudianern eure Träume kommen!*» *Eure Jünglinge sollen Gesichte sehen, und eure Ältesten sollen Träume haben.* Eine ganze Reihe von ihnen kommt aus derselben Quelle wie das Buch, das Buch der Bücher, die Heilige Schrift oder das Wort Gottes. Und dort lesen wir auch von Joseph und wie seine Brüder höhnten: *Sehet, der Träumer kommt daher.*

Mit dem Professor besprach ich einige wenige wirkliche Träume, einige Träume des Zwischenbereichs, die wirkliche Bildelemente enthielten oder deren

«Hieroglyphen» mit authentischen Bildern verknüpft waren, und einige wunderliche, banale, Spottträume, die gleichsam tanzten wie Fastnachtsfiguren und Maiköniginnen um den Maibaum. Doch der Traum mit dem hellsten Inhalt von allen, der mit den klarsten Umrissen, war in meiner Zeit bei dem Professor der Traum von der Prinzessin, wie wir sie nannten.

25

Sie war eine Dame und hatte dunkles Haar. Sie trug ein hellfarbenes Gewand, gelb oder zart orange. Sie hatte es wie in einem Stück um sich geschlungen, es glich einem Sari, wie ihn nur eine vornehme Inderin aus einer hohen Kaste tragen konnte. Aber sie ist keine Inderin, sie ist Ägypterin. Sie erscheint am Kopf einer langen Treppe; Marmorstufen führen zu einem Fluss herab. Sie trägt keinen Schmuck, kein Reif oder Zepter zeigt ihren Rang an, doch jedermann würde sofort erkennen: *Das ist eine Prinzessin.* Stufe um Stufe kommt sie die Treppe herab. Sie dreht sich nicht um, sie hält nicht an, sie ändert nicht den langsamen Rhythmus ihres Schritts. Sie hat nichts im Arm, niemand ist bei ihr; kein weiterer Gegenstand ist bei ihr oder in ihrer Nähe oder in der Nähe der gehauenen Stufen, der auch nur im geringsten auf ein mithineinspielendes symbolisches Detail oder Nebenmotiv verweisen könnte. Es gibt kein Detail. Die Stufen sind geometrisch, symmetrisch, und sie ist so abstrakt, wie es eine Dame oder Lady nur sein kann; und dennoch ist sie ein wirkliches Wesen, eine wirkliche Person. Ich, die Träumerin, warte am Fuß der Treppe. Ich habe keine Ahnung, wer ich bin oder wie ich dorthin kam. Es gibt kein Vorher oder Nachher, es ist ein vollkommener Augenblick in der Zeit oder außerhalb der Zeit. Ich mache mir jedoch um etwas Sorgen. Ich warte unterhalb der untersten Stufe. Dort, im Wasser neben mir, befindet sich ein flaches Körbchen oder Kästlein oder Kistchen oder Boot. Natürlich liegt ein Baby darin. Die Prinzessin muss das Baby finden. Ich weiß, sie wird dieses Kind finden. Ich weiß, sie wird das Kind beschützen und behüten, alles andere spielt keine Rolle.

Wir alle haben dieses Bild schon einmal gesehen. Als Kind brütete ich über diesem Bild aus unserer illustrierten Doré-Bibel, noch ehe ich lesen konnte. Doch die schwarz-weiße Doré-Illustration hat außer dem Thema mit meinem Traum nichts gemein. Der Titel des Bildes ist «Mose im Schilf», und natürlich weiß der Professor das. Wir besprechen das Bild. Der Professor fragt, ob ich, die Träumerin, das Baby in dem Binsenkörbchen bin. Ich glaube nicht. Erinnere ich mich, ob in dem Bild, wie ich es als Kind kannte, noch eine andere Figur vorkam? Ich kann mich nicht erinnern. Der Professor meint, dass da noch das Kind Miriam ist, halbverborgen im Schilf; erinnere ich mich? Ich erinnere mich halb. Bin ich vielleicht das Kind Miriam? Oder bin ich in meiner Fantasie schließlich doch das Baby? Wünsche ich mir in den tiefsten unbewussten oder unterbewussten Schichten meines Seins, der Begründer einer neuen Religion zu sein?

26

Jeder Dilettant, der mit den Theorien der Psychoanalyse herumpfuscht, kann schon von dieser bisher schmalen Beweisbasis aus das Motiv oder Material, den unterdrückten oder verdrängten psychischen Impuls rekonstruieren, der dieses Traumbild projizierte. Da ist das kleine Mädchen mit ihrer Puppe im Studierzimmer ihres Vaters. Sie ist ins Studierzimmer ihres Vaters gekommen, um allein oder mit ihm allein zu sein. Die Interessen ihres Bruders sind vitaler, mehr nach außen gerichtet, und ihr Bruder lässt sich nicht widerstandslos in ihre Puppenfamilienspiele einbauen. Er ist als Puppenvater vorgesehen oder als Puppendoktor, der gelegentlich gerufen wird. Aber das interessiert ihn nicht. Er hat Soldaten und Murmeln und rennt gern herum, draußen und drinnen. Hier im Studierzimmer unseres Vaters müssen wir still sein. Ein kleines Mädchen, eine Puppe, ein ferner, schweigsamer Vater bilden dieses Dreieck, diesen Familienroman, diese Dreieinigkeit, die dem bekannten religiösen Muster folgt: der *Vater*, weit weg in der Ferne, der Ernährer, der Beschützer – aber ein bisschen arg unzugänglich, ein bisschen zu weit entfernt und riesenhaft in den Ausmaßen, alles in allem ein bisschen eisig: die *Mutter*, eine Jungfrau, das heißt *die*

Jungfrau, ein unberührtes Kind, ganz Anbetung und Glauben; sie schafft sich einen Traum, und das Symbol des Traumes ist das dritte Glied der Dreieinigkeit, das Kind, die Puppe in ihrem Arm.

27

Die Puppe ist der Traum oder symbolisiert den Traum dieses besonderen Kindes ebenso, wie die verschiedenen Figuren von Ra, Nut, Hathor, Isis und Ka, die man verschwommen in ihren Fächern oder auf dem Tisch des Professors wahrnimmt, den Traum anderer sehnsuchtsvoller und verrückter Seelen darstellen oder symbolisieren. Die Kindheit des Individuums ist die Kindheit der Gattung, hat der Professor, wie wir notierten, irgendwo geschrieben. Das Kind in mir gibt es nicht mehr. Das Kind ist verschwunden und ist doch nicht tot. Dieser Kontakt mit dem Professor verstärkt oder projiziert diesen Traum von einer Prinzessin, dem Fluss, den Stufen, dem Kind. Der Fluss ist ein ägyptischer Fluss, der Nil. Die Prinzessin ist eine ägyptische Dame. Ägypten ist hier, wie gesagt, als Wirklichkeit, Schlussfolgerung oder Anspielung gegenwärtig, sowohl in dem altmodischen Druck oder Stich des Tempels von Karnak, der über mir an der Wand hängt, als auch in den verschwommenen Umrissen der eiförmigen Ra-, Nut- oder Ka-Figuren auf dem Tisch des Professors im anderen Zimmer. Eine Königin oder Prinzessin ist offensichtlich ein Muttersymbol; überdies war gelegentlich und beiläufig Mme. Marie Bonaparte erwähnt worden, die die Schriften des Professors ins Französische übersetzte, «die Prinzessin» oder «unsere Prinzessin», wie der Professor sie nennt.

Vielleicht zeigte sich hier derselbe Wunsch wie beim Geburtstag des Professors im Haus in Döbling: Ich wollte etwas Besonderes, oder ich wollte dem Professor etwas Besonderes schenken. Die Prinzessin Georg von Griechenland war in jeder Hinsicht eine verlässliche Hilfe gewesen und benutzte ihren Einfluss zugunsten der allgemeinen Interessen der Psychoanalytischen Vereinigung. Darin war sie «unsere Prinzessin»; als Marie Bonaparte hatte sie das schwierige Deutsch des Professors ins Französische übersetzt, und sie hielt sich jetzt, wo die nazistische Gefahr Wien schon bedrohte, zur Unterstützung bereit. In der Welt war sie «unsere Prinzessin», ergeben und einflussreich. Könnte es aber nicht sein, dass ich die Existenz einer anderen Welt, einer anderen Prinzessin spürte? Könnte es nicht sein, dass ich, alle denkbaren intellektuellen Hürden und Hindernisse überspringend, nicht nur wünschte, sondern *wusste*, der Professor würde wiedergeboren werden?

28

Denn in meinem Leben waren Dinge geschehen, Bilder, «wirkliche Träume», tatsächliche okkulte oder übersinnliche Erlebnisse, die, wenigstens oberflächlich betrachtet, außerhalb des Bereichs der etablierten Psychoanalyse lagen. Aber ich arbeite ja mit dem alten Professor selbst; ich möchte seine Meinung über eine Reihe von Vorfällen hören. Ich hatte zwar nie mit jemandem über diese Erlebnisse offen gesprochen, aber ich hatte doch bei einem oder zwei Menschen, die jedenfalls ich für außergewöhnlich weise und begabt hielt, in der Vergangenheit Hilfe gesucht, und sie hatten mir nicht geholfen. Zumindest hatten sie sozusagen den Geist nicht bannen können. Wenn der Professor das auch nicht konnte, so dachte ich, konnte es niemand. Es gelang mir nicht, das Erlebnis loszuwerden, indem ich darüber schrieb. Ich hatte es versucht. Es nützte nichts, wenn ich die Geschichte sozusagen immer wieder in den freien Raum hinein erzählte wie der «Ancient Mariner»[7], der mit seiner dürren Hand den Hochzeitsgast am Gewand zupfte. Meine eigene dürre Hand würde nun sozusagen die Karten auf den Tisch legen – hier und jetzt, hier bei dem alten Professor. Er war mehr, als er in den Augen der Welt darstellte – das wusste ich wohl. Wenn er mir nicht «wahrsagen» konnte, konnte es niemand. Er würde es nicht «wahrsagen» nennen – Gott behüte! Doch würden wir allmählich zu den okkulten Erscheinungen überleiten, wir würden ihm zeigen, wie es geschah. Das zumindest konnten wir tun – jedenfalls zum Teil. Ich konnte sagen und sagte auch, dass ich eine Anzahl schwerer Schocks erlebt hatte: Die Nachricht, dass mein Vater gestorben war, unmittelbar nachdem mein Bruder in Frankreich gefallen war, erhielt ich, als ich allein außerhalb von London lebte, im Vorfrühling nach jenem bösen Grippewinter von 1919. Ich selbst erwartete gerade mein zweites Kind – das erste hatte ich 1915 verloren, unter dem schockhaften und nachhallenden Eindruck von Kriegsnachrichten, die mir ziemlich brutal beigebracht worden waren.

Aus irgendeinem Grund *musste* das zweite Kind geboren werden – ich wusste das. O ja, das Mädchen würde geboren werden, keine Frage, obwohl es eine anerkannte wissenschaftliche Tatsache war, dass eine schwangere Mutter, die an einer Lungenentzündung, einer beidseitigen Lungenentzündung litt, die Geburt nicht überleben würde. Doch – sie konnte überleben – dann aber nicht das Kind. Selten, wenn je, überleben sie beide. Aber es gab Gründe, warum wir beide am Leben bleiben mussten, also blieben wir am Leben. Freilich um einen gewissen Preis. Die in materieller wie geistiger Hinsicht beschwerliche Aufgabe, uns aus der Gefahrenzone zu ziehen, fiel einer jungen Frau zu, der ich erst vor Kurzem begegnet war – jeder, der mich kennt, weiß, wer sie ist. Ihr Pseudonym ist Bryher, und wir alle nennen sie Bryher. Sobald es mir gut ging, wollte sie selbst für Pflege und Obhut des Kindes sorgen, und mich wollte sie in eine neue Welt führen, in ein neues Leben, in das Land, das meine geistige Heimat und das Reiseziel meiner Träume war. Wir wollten nach Griechenland gehen, es ließ sich einrichten. Es wurde eingerichtet, obwohl wir zwei nach jenem Krieg die ersten nicht offiziellen Besucher in Athen waren.

Das war im Frühling 1920. Dieser Frühling von 1920 bedeutete für mich eine Zeit der ungelösten Schrecken, Bedrohungen, Herzschmerzen und physischen wie geistigen oder intellektuellen Gefahren. Wenn ich ein wenig unausgeglichen oder sogar leicht verwirrt gewesen wäre, es wäre kaum verwunderlich gewesen. Doch aus einer Reihe seltsamer Erlebnisse griff der Professor nur eines heraus als gefährlich oder als das Anzeichen einer Gefahr oder einer gefährlichen Tendenz oder eines Symptoms. Ich sehe noch heute nicht ganz, warum er die Schrift-an-der-Wand als das Gefahrensignal herausgriff und beiseite ließ, was jedenfalls für mich gleich wichtige oder gleich «gefährliche» Tendenzen oder Vorfälle waren. Da jedoch der Professor die Schrift-an-der-Wand als das gefährlichste oder als das einzige wirklich gefährliche «Symptom» herausgriff, wollen wir sie uns hier noch einmal vorführen.

29

Die Reihe der Schatten- oder Lichtbilder, deren Projektion ich Ende April 1920 an der Wand eines Hotelzimmers auf der jonischen Insel Korfu erblickte, gehört, was Qualität und Intensität, Klarheit und Echtheit betrifft, zur selben psychischen Kategorie wie der Traum von der Prinzessin, der Pharaonentochter, die die Treppe herabkommt. – Für meine Person betrachte ich diese Art Traum oder Bildprojektion oder Vision als eine Art Zwischenzustand zwischen dem gewöhnlichen Traum und den Visionen jener, die wir mangels eines treffenderen Begriffs Telepathen oder Hellseher nennen müssen. Auch Erinnerungen wie die zwei, die ich festgehalten habe, an meinen Vater im Garten und an meine Mutter auf der Church Street, sind auf eine Weise Über-Erinnerungen; sie sind gewöhnliche, «normale» Erinnerungen, aber mit so lebhaften Einzelheiten erhalten, dass sie fast zu Ereignissen außerhalb der Zeit werden, wie der Prinzessinnentraum und die Schrift-an-der-Wand. Sie sind Stufen im Mechanismus der abnormalen, ungewöhnlichen (über- oder untergewöhnlichen) Geisteszustände, dessen Aufbau oder Bestandteile bisher nur oberflächlich registriert sind. Stufen? Die Prinzessin kommt die Stufen herab von einem Haus, Palast oder Saal weit jenseits unserer menschlichen Behausungen. Die Stufen führen zu einem Fluss herab, vermutlich dem Fluss des Lebens, jenem Fluss, der in Ägypten Nil heißt. Sie ist «unsere Prinzessin» – das heißt, sie ist auf eine spezifische Weise des Professors und meine Prinzessin, «unsere» persönliche Wächterin oder Inspiration. Sie ist auf eine eigentümliche Weise «seine» Prinzessin, denn offenbar wünsche ich mir hier, in einer Projektion in oder auf ein Bild aus der Geschichte seiner Rasse, seiner Vorfahren, dass der Professor weiterleben soll. Wir haben von seinem Alter gesprochen; seine 77 symbolisierte für mich eine okkulte Macht, ein Mysterium. Ich sagte ihm das offen, ohne Angst davor zu haben, er könnte mich abblitzen lassen oder für lächerlich oder abergläubisch halten. Sie ist wichtig für mich, jene 77, und wenige Monate nach seinem Geburtstag im Mai habe auch ich eine 7 oder werde eine erwerben. Ich habe damals eine 47, also liegen 30 Jahre zwischen unseren Altern. Was heißt aber Alter? Rings um uns stehen die alten Bildwerke oder «Puppen» aus dem prädynastischen Ägypten, und vielleicht war Mose noch nicht geboren, als zu jener kleinen Ra- oder Nut- oder Ka-Figur auf dem Schreibtisch des Professors ein Priesterschmied des Ptah am Ufer des Nils den ersten Hammerschlag tat.

30

Ich bin zweifellos beeindruckt von jener begabten Dame, «unserer Prinzessin», wie der Professor sie nennt, und wahrscheinlich beneide ich sie nicht wenig. Zweifellos plagt mich unbewusst der Wunsch nach ihrer Position in der Welt, ihren intellektuellen Talenten, der Sprachmächtigkeit, mit der sie das schwierige, gelehrte, schöne Deutsch Sigmund Freuds in ein zweifellos ebenso ausgezeichnetes und schönes Französisch übersetzt. Ich kann mit ihr nicht konkurrieren. Bewusst strebe ich auch nicht danach. Doch unbewusst wünsche ich mir wahrscheinlich, als gleichwertiger Faktor oder mit gleicher Mächtigkeit dem Professor zu Diensten zu sein und ihn zu beschützen. Auch mache ich mir, obwohl ich das nicht offen zugebe, Sorgen um die Einstellung des Professors zu einem zukünftigen Leben. Eines Tages war ich tief bekümmert, als der Professor das Gespräch auf seine Kinder brachte – was würde aus ihnen werden? Er fragte mich das, als wäre die Zukunft seiner unmittelbaren Familie die einzige Zukunft, die es zu bedenken galt. Natürlich war da die völlig gesicherte Zukunft seines eigenen Werks, seiner Bücher. Aber es gab noch eine näherliegende, unmittelbarere Zukunft zu bedenken. Es schmerzte mich, zu bemerken, wie er keine Vorstellung – es schien unmöglich –, wie er wirklich keine Vorstellung davon hatte, dass er, hatte er erst die zarte Heuschreckenhaut seiner Jahre abgestreift, «erwachen» würde zu neuem Leben.

31

Ich sagte ihm das nicht. Ich machte mir nicht wirklich klar, wie tief besorgt ich deswegen war. Es war eine *Tatsache,* aber eine Tatsache, die ich persönlich oder konkret nicht bewältigt hatte. Ich hatte die abstrakte Vorstellung der Unsterblichkeit als Teil meines ethnischen, meines religiösen Erbes hingenommen, die Vorstellung, dass die persönliche Seele in dieser oder jener Form weiterexistiert, wenn sie den abgetragenen oder ausgewachsenen Körper abgestreift hat. Als ich zur Schule ging, war der *«Chambered Nautilus»*[8], von dem neuengländischen Dichter Oliver Wendell Holmes, eines meiner liebsten Lieblingsgedichte gewesen; damals dachte ich nicht daran, doch jetzt, da ich dies schreibe, klingt sein Rhythmus in meinem Kopfe nach. *Till thou at length art free,* endet die letzte Strophe, *Leaving thine outgrown shell by life's unresting sea.* Und *Build thee more stately mansions,* o *my soul,* heißt eine weitere Zeile, und bei dem Professor hatte ich wirklich das Gefühl, als sei ich auf dem Höhepunkt des Erreichbaren angelangt; ich will damit sagen, ich empfand die Tatsache, dass ich ihm mit 47 Jahren begegnete und von ihm als Analysandin oder Studentin angenommen wurde, als die Krönung all meiner sonstigen persönlichen Kontakte und Beziehungen, als die Rechtfertigung für all die verschlungenen Zickzackwege, die mein Geist und Körper gegangen waren. Ich war tatsächlich heimgekommen. Und das gibt mir unvermeidlich das Stichwort für ein weiteres Gedicht:

On desperate seas long wont to roam,
Thy hyacinth hair, thy classic face,
Thy Naiad airs, have brought me home
To the glory that was Greece
And the grandeur that was Rome.[9]

Die Zeilen sind natürlich aus E. A. Poes viel zitierter «Helen», und der Name meiner Mutter war Helen.

32

Der Professor übersetzte die Bilder an der Wand oder die Bilderschrift an der Wand eines Hotelzimmers auf Korfu, der jonischen, zu Griechenland gehörigen Insel, jene Bilder, deren Projektion ich dort im Frühling 1920 sah, als das Verlangen nach der Vereinigung mit meiner Mutter. Ich war leibhaftig in Griechenland, in Hellas (Helen). Ich war heimgekommen in die Herrlichkeit, die Griechenland war. Vielleicht hätte man meine Reise nach Griechenland in jenem Frühling als eine Flucht aus der Wirklichkeit deuten können. Vielleicht könnte man meine dortigen Erlebnisse auslegen als eine weitere Flucht – vor einer Flucht. Jedenfalls kamen Flügel vor. Ich darf sagen, dass ich niemals zuvor und niemals seither ein derartiges Erlebnis gehabt habe. Ich sah eine halbhelle Gestalt sich an der Wand zwischen dem Fußende des Bettes und dem Waschtisch bilden. Es war später Nachmittag; die Wand war ockerfarben, trübe und stumpf. Zuerst glaubte ich, es seien Lichtflecken, von der Sonne im Spiel mit den schwankenden Schatten gebildet, die die Orangenbäume vor dem Zimmerfenster, im vollen Schmuck ihrer Blätter, Blüten und Früchte, warfen oder durchließen. Doch sofort fiel mir ein, dass unsere Seite des Hauses ja bereits im Schatten lag. Die Bilder an der Wand glichen farblosen Abziehbildern oder «Lithos», wie wir sie als Kinder anspruchsvoll nannten. Das erste war ein Kopf mit Schultern, Halbprofil, keine ausgeprägten Züge, ein Soldat oder Flieger, wie gestempelt oder gestanzt; doch stand die Figur halbhell vor einem Schattenhintergrund, nicht als Schatten vor Licht. Es war eine aus Licht geschnittene Silhouette, kein Schattenriss, und so unpersönlich, dass sie fast jedermann aus einem beliebigen Land sein konnte. Und doch war ein entschieden vertrauter Zug um jenen Kopf mit der Schirmmütze; es war sofort *jemand*, den ich zwar nicht identifizieren konnte, der aber eine Frage aufwarf – toter Bruder? verlorener Freund?

Dann kam der traditionelle Umriss eines Pokals oder Bechers, der zutiefst an den mystischen Kelch erinnerte, aber es war die vertraute Gestalt eines Pokals, wie wir sie alle kennen, mit rundem Fuß und Glasstil. Dieser Kelch ist so groß wie der Kopf des Soldaten, oder vielmehr: er nimmt einfach ebenso viel Raum ein, als wären es beides festgeprägte Formen, gestempelt auf Bildkarten oder gar (jetzt, da ich daran denke) auf Spielkarten. Ich habe gesagt, dass ich bei dem Professor meine Karten auf den Tisch legen würde. Dies waren jene Karten – bisher zwei von ihnen. Die dritte folgt sofort, oder ich nehme sie jetzt wahr. Es ist eine einfache perspektivische Zeichnung, sie hat zumindest etwas Perspektivisches nach den zwei anderen flachen Formen. Es ist ein Kreis oder zwei Kreise, der größere der beiden bildet den Fuß; dazu kommen drei Linien, nicht flach, wie gesagt, sondern perspektivisch, ein einfach zu zeichnender Gegenstand, wenn man erst einmal darauf gekommen ist, wie man die Ebenen kippen muss, um eine Raumvorstellung zu erzeugen. Und dieser Gegenstand ist so schlicht und doch so vertraut, dass ich wieder denke: «Es ist der Schatten von etwas.» Genau besehen konnte er es nicht sein, da dieser Schatten «Licht» war; aber das exakte Doppel dieser

Form stand auf dem oberen Brett des altmodischen Waschtischs, neben Zahnbecher und Seifenschale und all dem verschiedenen Krimskrams. Es war haargenau das Gestell der kleinen Spirituslampe, die wir mithatten. *(Spiritus-Lampe?)*[10] Und ich weiß, wenn diese Gegenstände aus meinem eigenen Kopf nach außen projiziert werden, so ist das ein sauberer Streich, ein Kurzschluss, ein Witz, eine Art Scherz. Denn das dreibeinige Lampengestell aus dem zusammengewürfelten Wirrwarr auf dem Waschtisch ist nichts anderes als unser alter Freund, der klassische Dreifuß von Delphi. So wird assoziativ der Dreifuß, dieser Gegenstand der Verehrung im Kult des Sonnengottes, das Symbol von Dichtung und Weissagung, verknüpft mit diesem ganz gewöhnlichen kleinen Metallrahmen, der dem kleinen Kessel eingepasst ist und uns als Ständer dafür dient, wenn wir für jene Extratasse Tee zur Stärkung oben in unserem Zimmer Wasser kochen. Der Dreifuß wird also in Gedanken mit etwas Freundlichem und Gewöhnlichem verknüpft, mit dem dritten oder zweiten Einzelteil meiner Reisegarnitur, das als Fuß für die flache Spirituslampe und als Ständer für das Aluminiumgefäß dient. Der Dreifuß wird jetzt um so mehr ein Gegenstand der Verehrung. Wie auch immer, da liegt sie nun auf dem Tisch, meine dritte Karte.

33

So weit, so gut – oder so weit, so gefährlich, so unnormal und «symptomatisch». Wenigstens ist die Schrift in sich konsistent. Sie wird von einer Person gebildet, sie wird von *einer* Hand gezeichnet oder geschrieben. Ob ich nun selbst jene Hand oder Person bin und die Bilder als ein Zeichen, ein Warn- oder Wegzeichen, aus meinem eigenen Unterbewusstsein projiziere oder ob sie von außen projiziert werden – sie sind zumindest klar genug, abstrakt und doch zur selben Zeit Bildern aus unserem gewöhnlichen Raum und unserer gewöhnlichen Zeit verwandt. Doch an diesem Punkt halte ich inne, oder die Hand hält inne – es ist, als erhöbe sich eine leise Frage, was nämlich aus den Symbolen folgert oder wohin sie führen. Ich will sagen, es war, als wäre ein Maler von einer Leinwand zurückgetreten, um die Bildkomposition besser überblicken zu können, oder als hätte ein Musiker vor dem Notenpult einen Moment innegehalten, vielleicht im Zweifel, ob er sein Thema weiterspielen sollte, oder auch mit dem mehr praktischen Problem beschäftigt, ob er das Blatt auf seinem Pult umwenden könnte, ohne den Fluss der Musik zu unterbrechen. Das empfinde ich jetzt auch – das Problem, ob es ungehörig oder auch nur zu riskant ist, wenn ich diese Erfahrung oder dieses Experiment fortsetze. Denn obwohl die Bilder der messbaren Zeit nach nicht sehr lange gebraucht haben können, um sich zu bilden, warnt mich mein Kopf bereits, dass dies eine ungewöhnliche Dimension, eine ungewöhnliche Art zu denken ist, dass mein Gehirn oder Geist der Gelegenheit nicht gewachsen sein könnten. Vielleicht hatte in diesem Sinn der Professor recht (eigentlich hatte er immer recht, wenn wir auch manchmal unsere Gedanken in verschiedene Sprachen oder Medien übersetzten). Aber da sitze ich auf dem altmodischen viktorianischen Sofa in dem Zimmer eines griechischen Inselhotels, und hier lehne ich mich auf der Couch im Zimmer des Professors zurück und erzähle ihm das alles, und wiederum zehn Jahre später sitze ich an meinem Schreibtisch in meinem eigenen Zimmer hier in London. Doch es gibt keine messbare Zeit, wenn wir auch peinlich bemüht sind, die Zeit jeweils zu fixieren und ein Thema, das keine Schranken der Rasse oder Zeit kennt, dennoch nach allen Regeln der Kunst abzuhandeln. Hier ist diese Hieroglyphe des Unbewussten oder Unterbewussten, wie es der Professor entdeckt und sein Leben lang untersucht hat, hier sehen wir tatsächlich die Hieroglyphe vor unseren eigenen Augen in Tätigkeit. Aber es ist keine leichte Sache, diese Stimmung, dieses «Symptom» oder diese Inspiration aufrechtzuerhalten.

Da saß ich also, und da ist meine Freundin Bryher, die mich nach Griechenland geführt hat. Ich kann mich jetzt an sie wenden, obwohl ich keinen Zentimeter von der Stelle rücke und vom hellsichtigen Starren an die Wand vor mir nicht ablasse. Ich sage zu Bryher: «Da waren Bilder – ich hielt sie zuerst für Schatten, aber sie sind aus Licht, keine Schatten. Es sind ganz einfache

Gegenstände – aber es ist natürlich sehr seltsam. Ich kann mich jetzt von ihnen losreißen, wenn ich will – es ist bloß eine Sache der Konzentration – was meinst du? Soll ich aufhören? Soll ich weitermachen?» Bryher sagt, ohne zu zögern: «Mach weiter.»

34

Während ich noch mit Bryher sprach, entsteht plötzlich eine Art optisches Surren – damit meine ich, um die Beine des Dreifußes tauchen plötzlich kleine Lebewesen auf, aber diesmal in Schwarz; sie wimmeln durcheinander, in den Beinen des Dreifußes und um ihn herum, aber sie sind sehr klein; sie sehen aus wie Ameisen oder ganz kleine, halbgeflügelte Insekten, die noch nicht gelernt haben zu fliegen. Fliegen? Es scheint, es sind Fliegen – doch nein, es sind winzige Menschen, alle in Schwarz oder wie in oder aus Schatten geschnitten, im Unterschied zu den Figuren der drei bereits beschriebenen «Karten». Sie sind kein eigenes Symbol, sie sind einfach eine Art Staub, eine Wolke oder ein Schwarm kleiner Mücken, die durcheinanderschwirren, doch auf einer Ebene – sie laufen mehr, als dass sie fliegen. Sowie ich über diese neue Seite der Schrift nachdenke, fühle ich mich gestört, belästigt – gerade wie man sich fühlt, wenn man plötzlich auf einem Feldweg im Abendlicht von einem Mückenschwarm überfallen wird. Sie sind nicht wichtig, aber es wäre eine Katastrophe, wenn einem eine davon ins Auge ginge. Das war so etwa die Empfindung, die ich hatte; Menschen, Menschen – störten sie mich so? Würden sie mir am Ende vielleicht den Blick vernebeln, oder noch schlimmer, würde mir einer von ihnen «ins Auge gehen»? Es waren Menschen, sie störten mich – ich hasste die Menschen nicht, es gab niemanden, der mir besonders zuwider war. Ich hatte so außerordentlich begabte und bezaubernde Menschen gekannt. Sie hatten viel von mir gehalten oder mich ignoriert, und doch waren Lob und Geringschätzung gleich unwichtig im Angesicht der tiefsten Probleme – Leben, Tod. (Ich hatte mein Kind zur Welt gebracht, ich war am Leben.) Und doch wusste ich seltsamerweise, dass ich dieses Erlebnis, diese Schrift-an-der-Wand vor mir, mit ihnen nicht teilen konnte – mit niemandem teilen konnte außer dem Mädchen, das da so tapfer neben mir stand. Dieses Mädchen hatte, ohne zu zögern, gesagt: «Mach weiter.» Sie war es, die wirklich die Distanz und Lauterkeit der delphischen Pythia hatte. Aber ich, zerschlagen wie ich war und ohne Verbindung mit meiner Familie in Amerika und meinen englischen Freunden, ich sah diese Bilder, las die Schrift oder wurde der inneren Vision gewürdigt. Oder vielleicht «sahen» wir sie in einem gewissen Sinn zusammen, denn ohne sie hätte ich freilich nicht weitermachen können.

35

Doch obwohl ich jetzt ihrer Unterstützung versichert bin, habe ich irrsinniges Kopfweh, weil ich mich so konzentrieren muss. Ich weiß, dass die Bilder verblassen werden, wenn ich loslasse, weniger intensiv starre und die Augen schließe oder auch nur mit den Augen blinzle, um sie zu schonen. Meine Neugier ist unersättlich. So etwas habe ich noch nie erlebt, vielleicht erlebe ich es nie wieder. Ich analysiere es nicht eigentlich, während ich die Bilder beobachte, doch könnte, wie mir jetzt scheint, durchaus irgendein Zusammenhang oder irgendwie eine Beziehung bestanden haben zwischen dem Mechanismus ihrer Projektion und meinen Gefühlen für das Heiligtum von Delphi. Eigentlich hatten wir beabsichtigt, einen Aufenthalt in Itea einzulegen; wir waren mit dem Schiff von Athen gekommen, hatten den Korinthischen Kanal durchquert und waren den Golf von Korinth hinaufgefahren. Delphi und das Heiligtum des Helios (Hellas, Helen) waren wirklich das Hauptziel meiner Reise gewesen. Athen belegte dicht dahinter den zweiten Platz in meiner Zuneigung; als wir jedoch Athen verlassen hatten und das Schiff in Itea anhielt, teilte man uns mit, es sei ganz ausgeschlossen, dass zwei Damen allein die damals gefährliche Fahrt über die kurvenreiche Straße nach Delphi machten – nach Delphi, das ich doch in der Fantasie so klar vor mir sah, wie es sich in den Hang des Parnass schmiegte. Bryher und ich waren gezwungen, uns damit zufrieden zu geben, dass wir etwas länger als zuerst geplant auf der schönen Insel Korfu blieben.

Doch der Gedanke an Delphi hatte mich immer sehr tief berührt, und im vergangenen Frühling hatten Bryher und ich im winterlichen London – in jenem Frühling war London noch winterlich – über den berühmten heiligen Weg geredet. Sie selbst hatte diese Orte mit ihrem Vater vor dem Krieg von 1914 besucht, und in der Zeit, als ich mich nach meiner Krankheit von 1919 wieder erholte, hatte ich ihr einmal gesagt: «Wenn ich nur das Gefühl hätte, ich könnte noch einmal den heiligen Weg nach Delphi gehen, ich würde sofort gesund werden.» Aber nein – da waren wir Delphi jetzt so nahe und konnten nicht hinfahren. Wir waren gerade dabei, in die entgegengesetzte Richtung abzufahren: Brindisi, Rom, Paris, London. Unsere halbgepackten Koffer, die Schreibmaschine und die Bücher lagen bereits verstreut im Zimmer herum; es war offensichtlich, wir *reisten* ab. Und wir reisten nicht von Korfu ab, um nach Athen zurückzukehren, wovon, als wir in Korfu anlegten, zuerst die Rede war – wir hatten damals gedacht, wir könnten uns vielleicht in Athen einer Exkursion einer der archäologischen Schulen anschließen und so von Athen selbst aus auf dem Landweg doch noch nach Delphi kommen. Reisen war schwierig und das Land selbst in einem Zustand politischer Umwälzung; Zufallsbekanntschaften im Hotel äußerten ihre Verwunderung darüber, dass man damals überhaupt zwei Frauen allein hatte einreisen lassen. Immer waren wir «zwei Frauen allein» oder «zwei Damen allein», doch wir waren nicht allein.

36

Es hatte schon früher Schriften-an-der-Wand gegeben, in der biblischen, in der klassischen Literatur. Zumindest hatte es über alle Zeiten hinweg eine Tradition von Warnungen oder Botschaften aus einer anderen Welt oder einem anderen Seinszustand gegeben. Delphi insbesondere war das Heiligtum des Propheten und Musikers, der Inspiration der Künstler und des Schutzherrn der Ärzte. Galt nicht der «Arzt ohne Fehl und Tadel», Asklepios selbst, als der leibliche Sohn des Phöbus Apoll? Religion, Kunst und Medizin trennten sich im Lauf der späteren Zeitalter voneinander; die Kluft zwischen ihnen wächst von Tag zu Tag. Wie diese drei zusammenwirkten, um ein neues Medium des Ausdrucks zu formen oder eine neue Form des Denkens oder Lebens zu gestalten, könnte durch den Dreifuß symbolisiert sein, das dritte der Bilder an der Wand vor mir, die dritte der «Karten», die ich zugunsten des alten Professors sozusagen auf den Tisch warf. Der Dreifuß war, wie wir wissen, das Symbol der Weissagung, der prophetischen Kundgabe okkulten oder geheimen Wissens; die Priesterin oder Pythia von Delphi saß auf dem Dreifuß, wenn sie ihre Zweizeiler verkündete, die berühmten delphischen Aussprüche, die man, so hieß es, auf zwei Weisen lesen konnte.

Wir können meine Schrift, die Tatsache, dass da eine Schrift war, auf zwei Weisen oder auf mehr als zwei Weisen lesen. Wir können sie lesen oder übersetzen als das unterdrückte Verlangen nach verbotenen «Zeichen und Wundern», das sich Bahn bricht, als das unterdrückte Verlangen, eine Prophetin zu sein, jedenfalls wichtig zu sein, Größenwahn nennen sie das – als das geheime Verlangen, «eine neue Religion zu begründen», wie es der Professor in dem späteren Mose-Bild aufspürte. Oder diese Schrift-an-der-Wand ist bloß eine Ausweitung des produktiven Geistes der Künstlerin, ein *Bild* oder ein illustriertes Gedicht, herausgeholt aus dem tatsächlichen Traum- oder Tagtrauminhalt und von innen (obwohl dem Anschein nach von außen) projiziert, eigentlich eine *Idee* unter Hochspannung, einfach überbetont, *über-gedacht*, könnte man sagen, das Echo einer Idee, der Reflex einer Reflexion, eine Gedanken«missgeburt», die aus der Reihe getanzt, zu weit gegangen ist, ein «gefährliches Symptom».

37

Doch Symptom oder Inspiration, die Schrift schreibt sich weiter oder wird weitergeschrieben. Freilich ist es eine Bilderschrift, aber ihre Symbole lassen sich in heutige Begriffe übersetzen; ihrem Charakter nach ist sie eher griechisch als ägyptisch. Das Original oder Urbild jedoch ist der ganzen Menschengattung gemeinsam und auf fast jede Zeit anwendbar.

38

Bisher haben sich die Bilder, die Abziehbilder oder «Lithos» an der Wandfläche zwischen dem Fuß des Bettes und dem Waschtisch, auf einer Höhe gehalten. Jetzt steigen sie nach oben oder scheinen im Begriff, es zu tun. Das «Surren» scheint aufgehört zu haben, oder die schwarzen Fliegen sind weggeflogen, oder die Schattenmenschen sind verblasst. Die ersten drei Bilder oder «Karten auf dem Tisch» waren statisch, sie zeigten sich sofort als ganze; oder wenn sie sich zunächst nur halbhell zeigten, wurden sie doch heller, sowie der Umriss und die Bedeutung erkennbar wurden. Das neue Bild oder Symbol dagegen beginnt sich vor meinen Augen zu zeichnen. *Der Finger bewegt sich und schreibt.* Zwei Lichtpunkte befinden sich oder erscheinen auf der Fläche über der Querstange des Waschtischs, und ein Strich bildet sich, aber so überaus langsam – als zögen die zwei ziemlich schweren Punkte sich von ihren Zentren aus in die Länge, als verblassten sie in ihrer Strahlkraft, während zwei Striche auftauchen, die sich langsam aufeinander zu bewegen. Sie werden sich treffen, das ist offensichtlich, und unser Muster (zwei Punkte auf einer schwarzen Tafel) wird zu einem einzigen Strich werden. Ich weiß nicht, wie lange es dauerte, bis diese zwei zarten Striche sich trafen und dann eins blieben, bekräftigt oder kursiv, sozusagen unterstrichen. Ein Strich? Es kann den Bruchteil einer Sekunde gedauert haben, doch kommt mir jetzt voll zu Bewusstsein, dass diese

Konzentration eine schwierige Sache ist. Meine Gesichtsmuskel scheinen steif vor Anstrengung, und ich mag sehr wohl zu Eis erstarren wie jene Feinde der Athene, der Göttin der Weisheit, denen Perseus das Gorgonenhaupt vorhielt. Schaue ich auf das Gorgonenhaupt, eine Verdächtige, eine Feindin, die es unschädlich zu machen gilt? Oder bin ich selbst Perseus, der Held, der für Wahrheit und Weisheit kämpft? Aber Perseus konnte seinen Weg mit Flügelsandalen und dem Mantel der Unsichtbarkeit finden. Außerdem wusste er selbst die widerliche Waffe des abgeschlagenen Gorgonenhauptes zu führen, denn Athene (oder war es Hermes, Merkur?) hatte ihm gesagt, was er tun musste. Er selbst sollte seine Waffe, dieses widerliche abgeschlagene Haupt der Feindin von Weisheit und Schönheit, dadurch handhaben, dass er es in dem polierten Metall seines Schildes anschaute. Selbst er, der Halbgott oder Heros, würde zu Stein verwandelt werden, erstarren, wenn er zu nahe und ohne den Schutz des Schildes, der nun zum Spiegel oder Reflektor geworden war, das widerliche Haupt oder die Quelle des Übels betrachtete. So überlegte ich, obwohl ich damals diese Parallele nicht zog, hin und her. Aber während ich auch überlegte, hielt ich doch meinen Blick fest und konzentriert auf die Wand vor mir gerichtet.

39

Dort ist jetzt ein Strich deutlich gezogen, aber ehe ich mich eigentlich davon erholt oder Zeit gehabt habe, sozusagen Atem zu schöpfen, erscheinen zwei weitere Punkte, und ich weiß, dass sich ein weiterer Strich auf die gleiche Weise bilden wird. Das geschieht auch, jeder Strich ist ein wenig kürzer als sein Vorgänger, und so steht sie schließlich da, diese Reihe sich verjüngender Striche, die eine Leiter bilden oder den Eindruck erwecken, als stünde eine Leiter dort an der Wand über dem Waschtisch. Es ist eine Leiter aus Licht, aber ich darf mir, wie gesagt, immer noch nicht die Zeit nehmen aufzuatmen. Vielleicht atme ich ganz natürlich, aber ich habe das Gefühl, als hielte ich unter Wasser den Atem an. Als suchte ich unter Wasser nach einem kostbaren Schatz, und wenn ich mich zur Oberfläche auftreiben ließe, wäre die Spur zu seinem Versteck auf ewig verloren. Obwohl ich also aufrecht dasitze, schwimme ich in einem gewissen Sinn kopfüber unter Wasser – in einem anderen Element; und so wenig trennt mich jetzt nach allen Anzeichen davon, die Antwort zu bekommen oder den Schatz zu finden, dass ich das Gefühl habe, mein ganzes Leben, mein ganzes Wesen würde auf ewig vernichtet sein, wenn ich diese Chance verpasse. Ich darf nicht locker lassen, ich darf das Ende des Bildes nicht verpassen und damit die Bedeutung des Ganzen, das ich bisher unter Schmerzen wahrnahm. Ich muss hier aushalten, oder das Bild wird zerrinnen und die Sequenz verloren gehen. In einem gewissen Sinn scheint es, als sei ich am Ertrinken; den gewöhnlichen Dimensionen von Raum und Zeit bereits halb entglitten, weiß ich, dass ich sozusagen vollständig ertrinken muss, um auf der anderen Seite der Dinge herauszukommen (wie Alice mit ihrem Spiegel oder Perseus mit seinem reflektierenden Schild). Ich muss vollständig ertrinken und auf der anderen Seite herauskommen oder nach dem dritten Untertauchen zur Oberfläche aufsteigen, nicht diesem Leben erstorben, sondern mit einem neuen Wertesystem, meinem Schatz, den ich aus der Tiefe geborgen habe. Ich muss wiedergeboren werden oder ganz und gar zerbrechen.

40

Es scheint so lange zu dauern, bis sich die Striche, einer nach dem andern, bilden. Vielleicht sind sie symbolische Zeitalter oder Äonen. Wie auch immer, ich habe es bisher geschafft, mich zu konzentrieren, das Bild festzuhalten. Die Leiter vor mir hat vielleicht sieben Sprossen, vielleicht fünf; ich zähle sie nicht. Sie sind ohnehin symbolisch, die Leiter selbst ist ein wohlbeglaubigtes Symbol; es ist Jakobs Leiter, wenn man will; es ist ein Symbol, das allen religiösen Mythen oder Sagen gemeinsam ist.

Doch zum Glück bildet sich jetzt die letzte meiner Figuren, und zwar schnell; zumindest scheint das Warten jetzt weniger anstrengend und angsterregend. Da ist sie, ich nenne sie «sie»; ich nenne sie Nike, Sieg. Sie steht mit dem Gesicht zur Wand oder läuft wie an der Wand von der untersten Leitersprosse aufwärts, und sie läuft oder schwebt ziemlich rasch. Rechts von mir, rechts von ihr auf der Fläche zwischen der Leiter und dem Spiegelrahmen über dem Waschtisch befindet sich eine Reihe von Kurvenfragmenten. Sie befinden sich, genauer, über der Leiter und berühren den Engel nicht, der an ihnen vorbeirauscht. Mir ist klar, dass dieses schmückende Detail in einer gewissen Weise von den Verschnörkelungen des Spiegelrahmens abgeleitet ist, aber wie im Fall des Dreifußes (der ebenfalls von einem natürlichen, schlichten Gegenstand abgeleitet ist oder mich daran erinnert) kann es nicht einfach ihr Doppel oder Schatten sein, denn wieder sind die Schnörkel in *Licht* gezeichnet und würden ohnehin zu keiner Richtung des Lichteinfalls passen, selbst wenn Licht da wäre, um einen Schatten zu werfen. Die *S* oder halben *S* sind dem Engel zugewandt; das heißt, die Reihe der *S*-Muster öffnet sich in Richtung auf den Engel; sie gleichen Fragezeichen ohne den Punkt darunter. Ich wusste nicht, was diese Schnörkel anzeigten; damals hielt ich sie bloß für ein wellenförmiges schmückendes Detail. Doch jetzt denke ich, dass diese umgekehrten *S*-Muster vielleicht eine Reihe von Fragezeichen bedeutet haben, die Fragen, die über alle Zeitalter hinweg gestellt worden sind, die zukünftige Zeitalter weiter stellen werden.

41

Meine Siegesgöttin oder Nike, wie ich sie damals und dort genau nannte, geht weiter. Sie ist ein Feld-, Wald- und Wiesenengel, ein Durchschnittsengel, wie man ihn auf jeder Oster- oder Weihnachtskarte finden kann. Sie dreht mir den Rücken zu, ihre Umrisse sind einfach, aber sehr klar, wie die Umrisse der ersten drei Symbole oder «Karten». Aber anders als diese ist sie nicht flach oder statisch, sie steht im Raum, im wandlosen Raum, nicht flach an der Wand, obwohl sie an ihrer Oberfläche aufwärts läuft. Sie ist ein Lichtspiel oder Laufbild, und zum Glück läuft sie rasch. Oder genau besehen doch nicht rasch, es ist vielmehr eine gleichmäßig schwebende Bewegung, die zumindest meinen Geist ziemlich beruhigt, als wäre er endlich dem Gitter jener Leiter entkommen, nicht länger zum Klettern verdammt oder im Käfig gefangen, sondern frei und beflügelt. Und weiter geht sie. Über ihrem Kopf, links von ihr auf der leer gebliebenen Fläche dieser schwarzen (oder lichten) Tafel oder Leinwand, bildet sich eine Reihe zeltartiger Dreiecke. Ich sage «zeltartige Dreiecke», denn obwohl es einfache Dreiecke sind, erinnern sie mich an Zelte. Ich habe das Gefühl, dass die Nike im Begriff ist, in und durch die Zelte zu ziehen, und genau das tut sie auch. So weit – so gut. Doch jetzt ist es genug. Ich lasse meinen Kopf auf die Hände sinken; er tut weh von dieser Anstrengung der Konzentration, aber ich habe das Gefühl, dass ich das Bild gesehen habe. Ich dachte: «Nike, Sieg», und mit dem Gedanken hatte ich zugleich den Eindruck, dass damit nicht ein Sieg in der Gegenwart gemeint war, sondern ein zukünftiger Sieg, in welchem Fall uns die Zukunft noch einen Krieg bringen musste. Wenn jener Krieg, Sprosse um Sprosse oder Jahr um Jahr, durchlaufen war, würde ich persönlich (so mein Gefühl) frei sein, würde ich selbst in eine andere, eine Dimension mit Flügeln übergehen. Denn die Zelte, so schien es mir, waren nicht so sehr die symbolischen Zelte von den Schlachtfeldern der Vergangenheit, der jüngsten oder fernen Vergangenheit, sondern Zelte oder Unterstände, die man in einem anderen, künftigen Kampf aufrichten würde. Das Bild schien also etwas mit einem zukünftigen Krieg zu tun zu haben, doch auch an seinem Ende würde der Sieg stehen. Nike, Sieg, schien der Schlüssel zu sein, schien mein eigenes, besonderes Zeichen zu sein, ein Teil meiner Hieroglyphe. Wir hatten nur kurz zuvor in Athen den winzigen Siegestempel besucht, der auf dem Felsen der Akropolis steht, rechterhand, wenn man sich an den Propyläen umwendet. Ich muss an diesem Wort festhalten. Ich dachte: «Nike, Sieg.» Ich dachte: «Helios, die Sonne ...» Und ich «schaltete ab», schnitt die Sequenz der Bilder vor dem letzten ab, bevor (könnte man sagen) die Explosion stattfand.

Doch obwohl ich mir eingestehe, dass ich jetzt genug habe, vielleicht gerade ein bisschen mehr als genug, fährt Bryher, die neben mir gewartet hat, mit dem «Lesen» an dem Punkt fort, wo ich abgesprungen bin. Hinterher erzählte sie mir, dass sie nichts an der Wand dort gesehen hatte, bis ich meinen Kopf auf die Hände sinken ließ. Sie hatte bei mir ausgeharrt, geduldig, unschlüssig, zweifellos tief besorgt und nicht wenig in Angst, wie es um meinen Zustand oder meine Stimmung bestellt wäre. Doch als ich mich entspannte, losließ, physisch und seelisch vollständig erschöpft, sah sie, was ich nicht sah. Es war der letzte Abschnitt der Reihe oder das letzte, abschließende Symbol – vielleicht jenes «Determinativ», das in den richtigen Hieroglyphen benutzt wird, das Bild, das die ganze Bilderreihe in sich enthält oder sie klären oder erläutern hilft. Jedenfalls ist es allem Anschein nach ein ziemlich klares Bild oder Symbol. Sie sagte, es war ein Kreis, wie die Sonnenscheibe, und in der Scheibe war eine Figur; ein Mann, so glaubte sie, streckte die Hand aus, um das Bild einer Frau (meiner Nike?) in die Sonne neben sich zu zeichnen.

42

Die Jahre dazwischen schienen eine Periode des Wartens, des Auf-der-Stelle-Tretens. Bei vielen meiner Zeitgenossen war ein immer stärker werdendes Gefühl von Stillstand und Lethargie nicht mehr zu übersehen. Jene wiederum, die aufmerksam den Gang der politischen Ereignisse verfolgten, waren fast zu klug, zu politisch gesinnt, alles in allem intellektuell für mich zu energisch. Was ich zu spüren und worauf ich zu warten schien, wurde von der ersten Gruppe mit einem Stirnrunzeln bedacht, obwohl ich es sehr früh lernte, meine Gedanken und Ängste nicht in alle Welt hinauszuposaunen; sie waren krankhaft, sie waren alles in allem zu ichbezogen und introspektiv. Was denn – mein Schwager war in den letzten Ferien im Schwarzwald (mit dem So-und-so ... – die ganze Geschichte bis aufs I-Tüpfelchen), und es war richtig schön, und das Essen war so gut – alle waren so gastfreundlich und so ausgesprochen nett. Wenn ich jedoch der zweiten Gruppe gegenüber eine schüchterne Bemerkung zu machen wagte, erzählte man mir nicht so sehr die ganzen Geschichten bis aufs I-Tüpfelchen, sondern überschüttete mich gleich mit umfangreichen und vorverdauten Theorien. Mir dreht sich noch jetzt der Kopf, wenn ich an die Sintflut brillanten Geredes zurückdenke, der ich ausgesetzt war; was würde geschehen, wenn ..., und, wer würde an die Macht kommen, sobald ... – doch bei all ihrer abstrakten Scharfsichtigkeit schien diese zweite Gruppe auf ihre Art ebenso wirr, ebenso lethargisch zu sein wie die erste. Zumindest erschienen mir ihre Theorien und ihre angehäuften Daten unfundiert, roh. Doch war daran, wie ich zugebe – ja, wie ich weiß –, zum Teil mein eigenes Gefühl der Hoffnungslosigkeit angesichts brillanter Statistiker und eingleisiger Theorien schuld. *«Wie weit wollt ihr damit kommen?»*, hätte ich am liebsten beiden Parteien zugerufen. Die eine weigerte sich zuzugeben, dass die Flut sich tatsächlich näherte – die andere zählte die Nägel und vermaß die Balken, mit endlosen exakten mathematischen Formeln, schien aber nicht die allerleiseste Ahnung zu haben, wie man die Arche zusammensetzte.

43

Schon in Wien wurden die Schatten länger oder stieg die Flut. Die Vorzeichen bevorstehender schlimmer Ereignisse erschienen jedoch in einem komischen Gewand. Zum Beispiel ergoss sich gelegentlich ein koketter konfettiartiger Regen vom Himmel, vergoldete Papierhakenkreuze und schmale bedruckte Papierstreifen, wie wir sie an Weihnachten aus unseren Knallbonbons zogen, jenen Festtagsspielereien, die wir in Amerika als Kinder «caps» nannten und die englische Kinder «crackers» nennen. Die Party hatte begonnen, oder das war das Vorspiel zu dem Geburtstag oder der Hochzeit. Ich bückte mich und kratzte eine Handvoll dieser konfettiartigen Spielmarken zusammen, als ich eines Morgens das Hotel Regina verließ. Sie waren auf jene vertrauten kleinen Rechtecke aus dünnem Papier gedruckt, wie sie aus dem Papierhütchen herausfielen, wenn man es bei der Party auffaltete; wir nannten sie «Mottos». Die Sprüche waren kurz und klar und treffend. Man las in sauberem Anfänger-Deutsch: «Hitler gibt Brot», «Hitler gibt Arbeit» und so weiter. Ich fragte mich, ob ich diese Handvoll einem Brief an einen meiner Londoner Freunde aus der ersten Gruppe beilegen sollte – oder an einen aus der zweiten. Ich hatte die boshafte Vorstellung, wie dieser spielerische

Regen auf einen Teppich in Kensington oder Knightsbridge fiel oder auf den nackten Fußboden eines Studios in Chelsea oder Bloomsbury. Es wäre ein guter Witz. Das Papier war frisch und fest, das Gold klar wie Danaes sagenhafter Regen, und das Ganze roch nach Geburtstagskuchen und -kerzen oder nach frisch gekauftem Weihnachtsbaumschmuck. Sehr lange jedoch würde das Gold nicht klar und das Papier nicht fest bleiben, denn die Leute kamen und gingen, quer über den Freiheitsplatz und das Trottoir entlang, und trampelten auf diesem Goldregen herum, ohne davon Notiz zu nehmen. War ich in Wien die einzige, die sich gebückt und eine Handvoll dieser Spielmarken zusammengekratzt hatte? Es schien so. Einer der Hotelportiers tauchte mit einem langstieligen Reisigbesen auf. Als ich sah, wie er methodisch die Papierchen vom Gehweg zu kehren begann, ließ ich meine Handvoll in die Gosse fallen.

44

Es gab noch andere Hakenkreuze. Jetzt waren sie aus Kreide; ich folgte ihnen die Berggasse hinunter, als wären sie speziell mir zuliebe auf das Pflaster gemalt worden. Sie führten zur Tür des Professors – vielleicht gingen sie auch weiter, eine andere Straße hinunter zu einer anderen Tür, aber ich forschte nicht weiter nach. Niemand fegte diese Hakenkreuze weg. Es ist nicht so leicht, mit Kreide gemalte Totenkopfzeichen vom Gehweg zu schrubben. Es ist nicht so leicht, und es ist auffälliger, als wenn man Papierflitter in eine Gosse kehrt. Und das war ein wenig später.

45

Dann gab es Gewehre. Sie waren sauber zusammengestellt. Sie standen in Biwakformation an den Straßenecken. Es muss an einem Wochenende gewesen sein; ich weiß es nicht mehr. Ich könnte das genaue Datum ihres Erscheinens anhand meiner Notizbücher nachprüfen, doch kümmert uns hier der allgemeine Eindruck und nicht so sehr die historische oder politische Abfolge. Es waren keine deutschen Gewehre – oder vielleicht doch; auf jeden Fall aber waren das österreichische Soldaten. Die Gewehrpyramiden gaben den Straßen einen Zug von Sauberkeit, Aufgeräumtheit, wie auf einem Stich von 1860. Sie machten einen altmodischen Eindruck, die Soldaten machten einen altmodischen Eindruck; ich wurde zweifellos an vertraute Bilder aus unserem amerikanischen Bürgerkrieg erinnert. Dies hier war eine Art Bürgerkrieg. Keiner wollte ihn mir erklären. Der Hallenportier, sonst so redselig, war verlegen, als ich ihn fragte. Nun, ich durfte ihn nicht zu einer Diskussion oder einer gefährlichen Meinungsäußerung verleiten. Ich ging jedenfalls hinaus. Draußen standen einige Leute herum, und die Soldaten stammten aus einem Stich oder einem Film, der die Periode des Bürgerkriegs rekonstruierte. Sie wirkten nicht sehr schrecklich. Ich hatte vorgehabt, zur Oper zu gehen – es war Spätnachmittag oder früher Abend –, also konnte ich ebenso gut zur Oper gehen, wenn es denn eine Oper gab, und brauchte nicht in meinem Zimmer Trübsal zu blasen oder im Hotel herumzulungern, die Augen aufgesperrt und voller Fragen. Als man mich auf einer der Hauptverkehrsstraßen anrief, sagte ich einfach in meinem unfertigen Deutsch, ich sei in Wien zu Besuch: Im Hotel nannten sie mich die englische Dame, also sagte ich, ich sei aus England, was ja wirklich stimmte. Was tat ich auf der Straße? Wohin ging ich? Ich sagte, ich ginge zur Oper, wenn es ihnen nichts ausmachte und ich ihnen nicht im Wege sei. Es gab ein kurzes Flüstern und Hin und Her, und ich stellte verlegen fest, dass ich die Aufmerksamkeit der Offiziere auf mich gezogen hatte und dass man mir fast ein Ehrengeleit bis zur Treppe des Opernhauses gab, wo noch mehr Geschütze waren und Soldaten auf den Stufen saßen oder in Habachtstellung auf dem Gehweg standen. Nichts schien jedenfalls die Oper am Spielen hindern zu können. Ich sah mir einen Teil der Vorstellung von – ich weiß nicht mehr, was – an und hatte auf dem Rückweg keinen Ärger mehr.

46

Dann war es ruhig, und die Hotelhalle schien seltsam leer. Sogar der Portier war verschwunden. Vielleicht war es der folgende Montag; jedenfalls hatte ich meine Sitzung zum gewohnten Termin in der Berggasse. Das kleine Mädchen Paula lugte durch den Türspalt, zögerte, dann bat sie mich verstohlen herein. Sie trug heute nicht ihre hübsche Haube und Schürze. Offensichtlich erwartete sie mich nicht. «Aber – aber niemand ist heute gekommen; niemand hat das Haus verlassen.» Gut, sie möge bitte dem Professor, falls er mich nicht sehen wollte, die nötigen Erklärungen geben. Sie öffnete die Tür zum Wartezimmer. Ich wartete wie gewohnt in dem Zimmer mit dem runden Tisch und dem Krimskrams an alten Zeitungen und Magazinen. Da waren die gewohnten Fotografien in ihren Rahmen; unter ihnen grüßten mich Dr. Havelock Ellis und Dr. Hanns Sachs von der Wand. Da war die Ehrendoktorurkunde, die dem Professor in seinen frühen Jahren von jener kleinen Universität in Neuengland verliehen worden war. Da war auch der bizarre Druck oder Holzschnitt von einem gräulichen Alptraum, ein «Lebendig begraben»[11] oder so ähnlich, im Dürerstil, mit allen symbolischen Details. Da waren am Fenster die langen Spitzengardinen wie aus einem «Zimmer in Wien» in einem Stück oder Film.

Nach einer kurzen Pause öffnete der Professor die innere Tür. Dann saß ich auf der Couch. Der Professor sagte: «Aber warum sind Sie nur gekommen? Niemand ist heute hierhergekommen, niemand! Wie sieht es draußen aus? Warum haben Sie das Hotel verlassen?» Ich sagte: «Es ist sehr ruhig. Kein Mensch scheint auf den Straßen zu sein. Auch das Hotel scheint ruhig.

Aber ansonsten sieht alles nicht viel anders aus als gewohnt.» Er wiederholte: «Warum sind Sie nur gekommen?» Es schien ihm Kopfzerbrechen zu bereiten, er schien nicht zu verstehen, was mich hergeführt hatte.

47

Was für eine Antwort erwartete er? Ich denke nicht, dass ich sie ihm sagte. Sagte es nicht genug, dass ich dort war? *Ich bin hier, weil niemand sonst gekommen ist.* Als müsste ich wieder, symbolisch, etwas Besonderes sein. Wo war der Fliegende Holländer? Oder die amerikanische Ärztin, die ich nie gesehen hatte? Wir waren damals nur zu viert, glaube ich, alles recht ungewöhnliche Leute. Freilich, Mrs. Burlingham, die ergebene Freundin von Frl. Anna Freud und Jüngerin oder Schülerin des Professors, hatte eine Wohnung in einem der oberen Stockwerke. Eines Tages war ich vor meiner Sitzung hier zum Tee zu ihr hinaufgegangen. Der Professor war nicht wirklich allein. Auch die Abgesandten der Prinzessin standen, so hatte man mir mitgeteilt, in verschiedenen Botschaften bereit, und sie würden es ihr mitteilen, wenn die persönliche Sicherheit des Professors tatsächlich bedroht wäre. Doch in einem gewissen Sinn war ich die einzige, die von draußen gekommen war; die kleine Paula bestätigte das, als sie so ängstlich durch den Spalt der Eingangstür lugte. Wieder war ich etwas Besonderes. Ich hatte eine einzigartige Geste gemacht, auch wenn ich eigentlich das Gefühl hatte, dass mein Kommen ein Gebot der simplen Höflichkeit war; dies war unsere gewohnte Zeit der Zusammenkunft, unsere Sitzung, unsere gemeinsame «Stunde». Ich wusste nicht, was der Professor jetzt dachte. Er konnte jedenfalls nicht denken: «Ich bin ein alter Mann – *Sie halten es nicht für der Mühe wert, mich zu lieben.*» Oder wenn er sich erinnerte, dass er es gesagt hatte, so war das sicherlich die Antwort darauf.

48

Es mag an jenem Tag gewesen sein oder an einem anderen, dass der Professor von seinen Enkeln sprach. Wann immer es war, ich fühlte jedenfalls einen plötzlichen Riss, eine Spaltung, einen Bruch oder eine Kluft im Bewusstsein, die ich vor ihm zu verbergen suchte. Er war auf einmal so sehr Stammvater, so konventionell mosaisch. Als er ihre Namen und die Namen ihrer Eltern durchging, fühlte man die alte Ungeduld, eine Art intellektuellen Augenbrennens, die alte Langeweile, mit der man historische Stellen, Geschlechtsregister in einer kleingedruckten Schul- oder Sonntagsschulbibel nachlas. Es war im 1. Buch Moses, aber nicht ganz am Anfang. Nicht die aufregenden Verse über die Vögel und das Gewürm, die Bäume, die Sonne und den Mond, jenes «große Licht» und «kleine Licht». Er machte sich Sorgen um sie (und das war gewiss kein Wunder), aber ich machte mir um etwas anderes Sorgen. Den Grund für meine Angst erkannte ich damals nicht. Ich wusste, der Professor würde in nicht allzu ferner Zeit wegziehen an einen anderen Ort, doch anscheinend lag das ewige Leben, das er sich vorstellte, auf der Linie der alten jüdischen Tradition. Er wollte wie Abraham, Isaak und Jakob in seinen Kindeskindern weiterleben, die sich wie Sand am Meer vermehren sollten. In diese Richtung schienen mir seine Gedanken zu gehen, und in diese Richtung mußten sie auch jetzt gehen, angesichts der weißen Wand der Gefahr, der drohenden physischen Vernichtung.

Zumindest stand da die Frage zwischen uns: «Was wird aus meinen Enkeln werden?» Er schaute nach vorn, doch seine Sorge um die Unsterblichkeit war in die Frage nach den Enkeln übersetzt. In ihnen würde er weiterleben; natürlich würde er in seinen Büchern weiterleben; vielleicht habe ich etwas gemurmelt, das ungefähr darauf hinauslief, dass künftige Generationen nie aufhören würden, für sein geschriebenes Wort dankbar zu sein; vielleicht habe ich das erwähnt – sicher bin ich, dass ich es irgendwann einmal tat, bei dieser oder einer anderen Gelegenheit. Aber jene Worte waren, wenn auch als aufrichtige Huldigung gemeint, in einem gewissen Sinn doch oberflächlich. Man würde sehen: Sie gingen irgendwie ins Leere. Es lag so klar auf der Hand, dass sein Werk über ihn hinaus weiterleben würde. Wollte man das angemessen ausdrücken, mußte man zu tief schürfen, sich auf technische Einzelheiten einlassen, und gleichzeitig hätte ich dann meine Bewunderung für das, wofür er stand, was er eigentlich *war,* in Begriffe übersetzen müssen, die ein wenig zu förmlich waren, zu steif und gestochen, zu konventionell, zu trivial, zu *höflich.*

Ich wollte keine konventionellen Worte murmeln; eine Menge Leute hatten das getan. Wenn ich nicht genau das sagen konnte, was ich sagen wollte, sagte ich lieber gar nichts, genau wie ich an seinem 77. Geburtstag, als ich nicht finden konnte, was ich ihm schenken wollte, lieber gar nichts schenkte. Etwas später fand ich doch noch, was ich suchte, jenen Stock Gardenien; im Herbst 1938 überreichte ich sie ihm schließlich. Und auch diese Worte, die Worte, die ich damals nicht aussprechen konnte, kommen etwas später, im Herbst 1944. Die Blumen und die Worte haben dies gemeinsam, sie sind das, was ich suche, was ich nach einigem Warten für den Professor fand, «der Rückkehr der Götter zum Gruß». Freilich, «andere lesen: Güter». Eine ganze Menge hatten «Güter» gelesen und würden es weiter tun. Doch der Professor wusste, er muss gewusst haben, dass er selbst, stillschweigend, mit zur Zahl jener Götter gerechnet wurde. Er gehörte bereits zu den Unsterblichen.

49

Ich wusste nicht genau, *wer* er war, und doch scheint es heute so offensichtlich. Vor langer Zeit in Amerika hatte ich einen eigentümlichen Traum oder auch bloß eine blitzartige Vision. Diese Dinge waren bei mir unüblich, wenn ich auch als Kind, gleich vielen anderen Kindern, ein oder zwei visionäre oder übergewöhnliche Erlebnisse hatte. Diesmal muss ich 18 oder 19 gewesen sein. Das Bild (oder der Bildausschnitt) beeindruckte mich so sehr, dass ich es zu bestimmen suchte. Es war kein sehr sensationelles Erlebnis. Die Vision oder das Bild bestand einfach aus folgendem: Vor dem Einschlafen oder im Moment des Aufwachens stand vor meinen Augen eine massive Form, kein leuchtendes Wolkenbild, keine undeutliche Fantasie, sondern ein altarförmiger Steinblock; er war durch eine grobe Markierung im Stein in zwei Abschnitte unterteilt; es war wohl keine eingemeißelte Linie, aber es war entschieden eine Unterteilung der groben Steinoberfläche in zwei Hälften. Auf der einen Hälfte, dem einen Abschnitt, befand sich eine Schlange, grob gemeißelt; sie war, in traditioneller Haltung, zusammengerollt und streckte den Kopf in die Höhe, auf der anderen Seite befand sich eine grob eingekerbte Distel, von naturalistischer, doch traditioneller Zeichnung. Warum das?

Es ist seltsam, wenn man sich heute, da das alles weit zurückliegt, überlegt, dass es Ezra Pound war, der mir dieses Bild deuten half. Ezra war ein Jahr älter; ich hatte ihn gekannt, seit ich 15 war. Ich glaube nicht, dass ich außer mit Ezra und einem Mädchen, Frances Josepha, mit der ich später meine erste Reise nach Europa unternahm, mit irgendjemandem darüber sprach. Ezra verbrachte zu jener Zeit gerade die Sommermonate bei seinen Eltern, in einem Haus außerhalb von Philadelphia. Dort war es, dass Ezra eines Nachmittags sagte: «Ich habe eine Idee zu deiner Schlange am Fels», wie er sie nannte. Wir gingen in das Studier- oder Bibliothekszimmer – es war ein möbliertes Haus, von Freunden übernommen –, und Ezra begann, verschiedene Nachschlagewerke und Konkordanzen hervorzuzerren. Er schien schließlich damit zufrieden zu sein, dass es eine Rückblende in der Zeit oder die visionäre Vorwegnahme eines zukünftigen Ereignisses war, welches etwas zu tun hatte mit dem menschlichen oder halb menschlichen, halb göttlichen Kind des Phöbus Apoll, mit Aeskulap oder Asklepios, der von Zeus' Donnerkeil oder Blitzstrahl erschlagen, später aber unter die Sterne versetzt wurde. Die Schlange ist gewiss seit alters das Zeichen oder Totem der Heilung und jener endgültigen Genesung, wenn wir zum letzten Mal die beschwerliche Hülle unserer Haut oder unseres Fleisches abschütteln. Die Schlange ist das Symbol des Todes, wie wir wissen, aber auch der Auferstehung.

Es gab kein Bild davon. Ezra sagte leichthin: «Die Distel gehört einfach dazu.» Ich glaube nicht, dass er die Distel im Zusammenhang mit der Schlange wirklich bestimmte, doch auf jeden Fall war er es, der mich als erster auf die Idee brachte, dass Asklepios, der «Arzt ohne Fehl und Tadel», in diesem Zusammenhang eine Rolle spielt. Später fand ich das Motiv, aber nur ein einziges Mal und nur an einer einzigen Stelle. Ich machte mit Frances Josepha und ihrer Mutter meine erste Reise «ins Ausland». Das war im Sommer 1911.

Wir fuhren von New York nach Havre, dann mit dem Schiff die Seine hinauf nach Paris. «Hier ist es», sagte ich bei einem unserer ersten Besuche in den Galerien des Louvre, «schnell!» – als könnte es verschwinden wie der ursprüngliche «Fels». Es war ein kleiner Siegelring in einer Vitrine mit griechisch-römischen oder hellenistischen Siegeln und Gemmen. Unter dem Glas, in einer Reihe mit anderen Ringen, lag ein winziges Oval aus grauem Achat. Es war ein kleiner Ring, mit einer ziemlich zerbrechlichen Fassung, soweit man das beurteilen konnte, aber das Motiv war nicht zu verkennen. Auf der rechten Seite befand sich, wie im Original, die zusammengerollte Schlange mit dem emporgereckten Kopf; links ein sorgsam ziselierter Stängel mit dem dornigen Doppelblatt und dem Blütenkorb, unsere Distel. Nirgendwo sonst habe ich dieses Motiv gefunden; es gibt Schlangen genug und heraldische Disteln, aber ich habe die zwei nie mehr kombiniert gefunden, obwohl ich von Zeit zu Zeit, unsystematisch, Nachschlagewerke durchgeblättert oder «für alle Fälle» klassische Münz-Motive oder Talismane überflogen habe. Nie fand ich meine Schlange und Distel unter den Abbildungen eines Bandes über griechische oder ptolemäische Motive oder in irgendeiner versteckten Ecke eines leibhaftigen griechischen Tonkrugs oder einer etruskischen Vase, aber wenn ich in all den folgenden Jahren auf meinen Reisen durch den Kontinent in Paris Station machte, ging ich zurück, um mich zu vergewissern, dass ich jedenfalls den Siegelring nicht «geträumt» hatte. Da lag er; er lag immer an derselben Stelle, unter dem Glas, mit dem kleinen, verblichenen Zettel, auf dem ein Buchstabe oder eine Buchstabengruppe und eine Zahl standen. Einmal ging ich sogar so weit, den Spezialkatalog zu kaufen, der diese Abteilung behandelte, in der Hoffnung auf einige Einzelheiten, aber «mein» Ring war darin nur denkbar kurz erwähnt; ich las: «Intaglio oder Siegelring mit griechisch-römischem oder hellenistischem Motiv» und ein entsprechendes ungefähres Datum. Das war alles.

50[12]

«Signet»: Siegel – von «sign»: Zeichen; eine Marke, ein Andenken, ein Beweis; «signet»: Siegel – ein Stempelzeichen als Verschluss, das Geheimsiegel; «signet-ring»: Siegelring – ein Ring mit einem Siegel, d.h. einem privaten Kennzeichen; «sign-manual»: Signatur – besonders das königliche Handzeichen, besteht gewöhnlich nur aus den Initialen des Herrschernamens. (Ich habe durchweg meine Initialen H. D. als Siegel oder Signatur für meine schriftstellerische Arbeit benutzt, obwohl mir erst jetzt, in diesem Moment, da ich das Wort «signet» in meinem Chamber's English Dictionary nachschlage, klar wird, dass meine Signatur als Schriftstellerin entfernt an etwas Herrscherliches oder den Gestus eines Königs erinnert.) Noch einmal «sign»: Zeichen – ein Wort, eine Geste, ein Symbol oder Mal, das etwas anderes bezeichnen soll. Noch einmal «sign»: Zeichen – (medizinisch) ein

Symptom, (astronomisch) einer der zwölf Sektoren des Tierkreises. Noch einmal «sign»; jetzt als Verb: unterzeichnen – mit einer Signatur versehen; «signpost»: Wegweiser – ein Verkehrszeichen, das die Richtung angibt; englisch «sign» von französisch «signe» und lateinisch «signum». Und indem ich jenes letzte Wort schreibe, blitzt in meinem Gedächtnis das assoziierte *in hoc signum* auf, oder vielmehr muss es heißen *in hoc signo* und *vinces.*

51

Es gab in einem der Schränkchen des Professors in einer Ecke eine Handvoll alter Ringe, und ich dachte an meinen Siegelring in den Galerien des Louvre in Paris, aber weder damals noch später sprach ich mit dem Professor darüber, und obwohl ich mich zu der Zeit für Ringe interessierte, machte ich ihm nicht den Vorschlag, er solle doch die Tür des Schränkchens öffnen und sie mir zeigen. Er hatte eine der Figuren von seinem Schreibtisch hochgehoben. Er hielt sie jetzt in der Hand und schaute mich an. Das, mutmaßte ich, war also das Bildwerk, von dem er glaubte, es würde mich am meisten reizen. In der Mitte war eine indische Figur aus Elfenbein, das Drumherum war symmetrisch angeordnet, und ich fragte mich, ob der sitzende Wischnu (es war einer, glaube ich) seinen Platz in der Mitte wohl aufgrund eines Vorrechts oder einer Vorliebe oder wegen seiner Form hatte.

Obwohl ich die wunderbare Qualität und Gestaltung des Elfenbeins erkannte, sah ich die Plastik ziemlich abstrakt; das Motiv selbst sprach mich nicht sonderlich an. Schlangenköpfe erhoben sich wie Blütenblätter und bildeten eine Kuppel oder ein Zelt über dem Kopf der sitzenden Figur; möglicherweise saß sie auf einer Blume oder einem Blatt; das Ganze sah aus wie eine der Länge nach aufgeschnittene Halbblume, und die Figur befand sich an der Stelle oder machte den Eindruck eines Bündels von Staubgefäßen oder einer ovalen Samenhülse in der Mitte. Nur wenn man nahe herankam, sah man die kleine Gestalt und den symmetrischen, kuppelartigen Hintergrund von Schlangenköpfen. Gewiss, die Schlangenköpfe erinnerten jeder an ein halbes *S* und hätten also das Schnörkelmuster des umgekehrten *S* oder unvollständigen Fragezeichens aus der Bilderreihe an der Wand des Zimmers auf der griechischen Insel Korfu aus jenem Frühling von 1920 ins Gedächtnis zurückrufen können. Doch zog ich weder damals noch später dem Professor gegenüber diesen Vergleich, und ich fühlte mich ein wenig unwohl vor der außerordentlichen Schönheit dieser geschnitzten indischen Elfenbeinplastik, die mich gleichzeitig in ihren Bann schlug und zurückstieß.

Ich wusste nicht immer, ob ich die Ausflüge des Professors mit mir in das andere Zimmer als Ablenkungen, als ernst gemeinte soziale Veranstaltungen oder als Teil eines Plans auffassen sollte. Wollte er herausfinden, wie ich auf bestimmte Ideen reagieren würde, die in den kleinen Statuen verkörpert waren, oder wie tief ich die lebendige *Idee* fühlte, die ihnen immer noch innewohnte, mochten auch Jahrhunderte oder Äonen über viele von ihnen hinweggegangen sein? Oder ließ er damit einfach durchblicken, dass er seine Schätze mit mir teilen wollte, jene konkreten Formen vor uns, die doch auf die bei Weitem faszinierenderen flüchtigen Schätze seines Geistes verwiesen? Welche Absicht er auch verfolgte, ich wollte ihm damals wie bei anderen Gelegenheiten auf halbem Weg entgegenkommen; ich wollte ihm so unaufdringlich wie möglich die Höflichkeit, die er mir auf so subtile Weise entgegenbrachte, erwidern. Wenn es ein *Spiel* war, eine Art Umweg, um etwas herauszufinden, das mein unbewusster Wächter oder Zensor ängstlich vor ihm hütete, nun, so würde ich nach Kräften mitspielen bei diesem Spiel, bei diesem Rätselraten – oder was immer es war. Die Elfenbeinplastik hatte einmal meine Aufmerksamkeit geweckt, und vielleicht (ich wusste es nicht) wurde sie von ihm besonders geschätzt, nahm sie doch den Mittelplatz ein auf seinem imposanten Schreibtisch (der dort, der Gedanke kommt mir jetzt, fast wie ein Hochaltar im Allerheiligsten zu stehen schien) – also sagte ich, im Bewusstsein meiner leichten Abneigung gegen dieses exquisite Kunstwerk: «Jene Elfenbeinplastik – was stellt sie dar? Sie ist offensichtlich indisch. Sie ist sehr schön.»

Er sagte, wobei er den hübschen Gegenstand kaum anblickte: «Sie wurde mir von einer Gruppe meiner indischen Schüler geschickt.» Er fügte hinzu: «Im großen Ganzen, glaube ich, ist die Reaktion meiner indischen Schüler auf meine Lehren am wenigsten zufriedenstellend.» So viel zu Indien, so viel zu seinen indischen Schülern. Das war nicht sein Lieblingsstück, diese orientalische, leidenschaftliche, aber kalte Abstraktion. Er hatte etwas anderes herausgesucht. Es war ein ziemlich kleiner Gegenstand, nach der Lücke in meinem Ende des Halbkreises zu urteilen, den die symmetrisch angeordneten Götter (oder Güter) auf seinem Tisch bildeten. «*Das* ist mein Lieblingsstück.» Er hielt mir den Gegenstand entgegen. Es war eine kleine Bronzestatue, behelmt, bis zum Fuß in ein gemeißeltes Gewand gekleidet, über dem sie den eingekerbten Chiton oder das Peplum trug. Eine Hand war ausgestreckt, als hielte sie einen Stab oder Stecken. «Sie ist vollkommen», sagte er, *«nur hat sie ihren Speer verloren».* Ich sagte nichts. Er wusste, dass ich Griechenland liebte. Er wusste, dass ich Hellas liebte. Ich stand da und schaute Pallas Athene an, sie, deren geflügeltes Attribut Nike, der Sieg, war oder die flügellos, Nike A-pteros in den alten Tagen, in dem kleinen Tempel auf der rechten Seite stand, wenn man die Stufen zu den Propyläen auf der Akropolis in Athen hinaufsteigt. Auch er war einmal jene Stufen hinaufgestiegen, hatte er mir erzählt, um mit einem Blick die Herrlichkeit, die Griechenland war, zu überschauen. Nike A-pteros hieß sie, der Flügellose Sieg, denn niemals konnte, niemals würde der Sieg wegfliegen aus Athen.

52

Sie hat ihren Speer verloren. Er hätte griechisch sprechen können. Seine wunderbar klangvolle Stimme hatte eine Art, eine englische Wendung oder einen Satz aus dem Kontext herauszunehmen (aus dem Assoziationskontext, der ganzen Sprache, könnte man sagen), dass er, obwohl er englisch ohne jede wahrnehmbare Spur eines Akzents sprach, doch eine fremde Sprache sprach. Der Klang seiner Stimme, die Gesangsqualität, die das Gewebe des gesprochenen Worts so subtil durchdrang, ließ das gesprochene Wort in einer anderen Dimension leben oder eine andere Farbe annehmen, als habe er das graue Geflecht des konventionell gewirkten Gedankens, und damit des konventionell *gesprochenen* Gedankens, in einen Bottich eigenen Gebräus eingetaucht – oder einen Streifen jenes Gedankens von dem eintönigen, verblichenen und abgetragenen Gewebe der Sprache selbst abgerissen und in den brodelnden Kessel seines eigenen Denkens gehalten, um ihn blau oder scharlachrot gefärbt wieder hervorzuziehen, sodass das alte, graue Netzwerk in neuem Glanz erstrahlte und ein Gedankenfetzen, sogar ein weggeworfener Lumpen, nach dieser Behandlung zum Banner, zum Feldzeichen (noch einmal «Zeichen») wurde, das eine Richtung wies oder im Wind an einer Stange flatternd eine Armee anführte.

Als er jedoch sagte, *sie ist vollkommen*, meinte er nicht nur, dass die kleine Bronzestatue ein vollkommenes

Symbol war, geschaffen nach des Menschen Bild (in diesem Fall nach dem einer «Menschin»), verehrungswürdig als die Projektion eines abstrakten Gedankens, Pallas Athene, die ohne eine menschliche und sogar göttliche Mutter geboren worden und in voller Rüstung dem Kopf ihres Vaters entsprungen war, Unseres Vaters im Himmel, Zeus, Theos oder Gott; er meinte auch: Dieses kleine Stück Metall, das Sie in Ihrer Hand halten (sehen Sie es an), ist wirklich kostbar, es ist *vollkommen*, ein Siegespreis, ein Fund aus der besten Periode der griechischen Kunst, der klassischen Periode, wo sie sich am konkretesten ausdrückte und noch nicht kopflastig geworden war durch äußerlichen Putz und schmückende Details. Dies ist ein vollkommenes Beispiel griechischer Kunst, hervorgebracht in dem Augenblick, als die archaische Abstraktheit vermenschlicht wurde, aber noch mit Maßen.

«Sie ist vollkommen», sagte er, und er meinte, dass das Bildwerk aus der anerkannt klassischen Zeit stammte, der Zeit des Perikles oder kurz davor; er meinte, dass es keinen Kratzer oder Sprung hatte, keine Beule in der Oberfläche, keinen Fleck auf dem Metall, dass keine Falte des Peplum abgewetzt oder zerfressen war. Er sprach als ein feuriger Liebhaber der Kunst und als ein Kunstsammler. Freilich, er sprach doppeldeutig, aber er sprach vom Wert. Von dem tatsächlichen spezifischen Wert des Stücks; er taxierte es wie ein Jude; das Blut Abrahams, Isaaks und Jakobs floss in seinen Adern. Er kannte sein ganz konkretes Pfund, sein Pfund von der Rippe, wenn man will, aber dieses Pfund

Fleisch war zwischen uns ein *Pfund Geist*, etwas Greifbares, das gemessen und gewogen werden konnte, in der Waage gewogen und – Gott gebe es – nicht für zu leicht befunden.

53

Er hatte gesagt, er hatte zu sagen gewagt, dass der Traum, übersetzte man ihn nur, etwas Wertvolles und Kostbares war, nicht bloß der Traum eines Pharao oder eines Mundschenks des Pharao, nicht bloß der Traum des Lieblingskindes Israels, nicht bloß Josephs Traum oder Jakobs Traum von einer symbolischen Leiter, nicht bloß der Traum der cumäischen Sibylle in Italien oder der delphischen Priesterin im alten Griechenland, sondern der Traum von jedermann, überall. Er hatte zu sagen gewagt, dass der Traum aus einer unerforschten Tiefe im Bewusstsein des Menschen kam und dass diese unerforschte Tiefe wie ein großer Strom oder Ozean unterirdisch dahinfloss, und die unermessliche Tiefe jenes Ozeans war dieselbe unermessliche Tiefe, die heute wie zu Josephs Zeiten, wenn sie das kleine menschliche Bewusstsein überflutete, Inspiration, Wahnsinn, die schöpferische Idee oder die Hefe der trübseligsten Symptome seelischer Unruhe und Krankheit hervorbrachte. Er hatte zu sagen gewagt, dass dieser Ozean des universellen Bewusstseins überall derselbe war, und selbst wenn er nicht so viele Worte machte, hatte er doch anzudeuten gewagt, dass dieses Bewusstsein die Einheit aller

Menschen proklamierte; alle Nationen und Rassen trafen sich in der universellen Welt des Traumes; und er hatte zu sagen gewagt, dass das Traumsymbol gedeutet werden konnte; seine Sprache, seine Bilderwelt waren der ganzen Gattung gemeinsam, nicht nur den Lebenden, sondern auch denen, die 10 000 Jahre tot waren. Die Bilderschrift, die Hieroglyphe des Traums war das Gemeingut der ganzen Gattung; im Traum sprach der Mensch wie am Anfang der Zeit eine universelle Sprache, und der Mensch, der sich mit dem Menschen im universellen Verstehen des Unbewussten oder Unterbewussten traf, würde die Schranken von Zeit und Raum hinter sich lassen, und der Mensch, der den Menschen verstand, würde die Menschheit retten.

54

Mit dem scharfen jüdischen Instinkt für das Besondere im Allgemeinen, für das Persönliche im Unpersönlichen oder Universellen, für das Stoffliche im Abstrakten hatte er es gewagt, in die unerforschte Tiefe zu tauchen, zuerst seines eigenen unbewussten oder unterbewussten Seins. Von dort zog er seine eigenen Träume als Belegstücke für seine Theorien an Land, führte sie dann als ernst zu nehmende Entdeckungen vor, als Tatsachen, mit Ursache und Wirkung, Anfang und Ende, und zeigte oft noch an der banalsten Traumsequenz den gewaltigen Stoß, der sie projiziert hatte. Er nahm die Ereignisse des Tages, der der Nacht des Traums vorherging, des Traumtages, wie er ihn nannte; er entwirrte die vermischten Bedingungen und Verbindungen des Alltagslebens, bis er den besonderen Faden fand, der sich fortspann durch die Substanz der Seele, der *begrabenen* Seele, der schlafenden, der unbewussten oder unterbewussten Seele. Der Faden, den man so begierig als Teil des Musters bestimmte, als Teil irgendeines Gemeinplatzes oder einer verwickelten oder delikaten Angelegenheit des Wachlebens, konnte gerade in dem Moment, wo er bestimmt war und seine schimmernde oder graue Traumsubstanz zeigte, ebenso gut gewonnen wie verloren sein. Die schlafende Seele war keine Einheit, sie schlief nicht gleichmäßig; ein Teil der unbewussten Seele konnte in einem Moment, wo man es am wenigsten erwartete, bewusst werden; diesen Teil der Seele, der Fallen stellte oder den Beobachter überlistete oder Türen zuknallte auf der Bühne, auf welcher sich der Teppich der Traumsequenz entwirrte, nannte er den «Zensor»; er war der Türhüter an den Toren der Unterwelt, wie der Hund Zerberus an denen der Hölle.

55

Im Traumstoff waren Himmel und Hölle, und er schonte weder sich noch seine nach dem Neuen gierenden, leise schockierten ersten Leser. Er schonte sich so wenig wie sein später wachsendes Publikum, aber er schonte andere. Er konnte die spannendste Traumerzählung abbrechen und erklären, dass privater Stoff, der *nicht ihn* betraf, eingedrungen sei. *Erkenne dich selbst,* sagte das ironische Orakel von Delphi, und die weise Frau oder Priesterin, die die Äußerungen entwarf, wusste, dass im vollen Sinn des Wortes sich selbst erkennen hieß, jedermann zu erkennen. *Erkenne dich selbst,* sagte der Professor, und indem er wieder und wieder in die Tiefe tauchte, häufte er jenen Vorrat intimer Enthüllungen an, wie er in seinen eindrucksvollen Bänden enthalten ist. Aber das *Erkenne dich selbst* und die Offenbarung der Erkenntnis lenkten nicht nur einen Sturm der Beschimpfung vonseiten hochgestellter Ärzte, Psychologen, Wissenschaftler und anderer akkreditierter Intellektueller in der ganzen Welt auf ihn, sondern machten auch seinen bloßen Namen fast schon zum Inbegriff für primitive Wortspiele, unpassende Scherze und allgemeinen Spott.

56

Vielleicht lachte er über die Scherze, ich weiß es nicht. Sein schöner Mund schien immer leise zu lächeln, obwohl seine Augen, tief und leicht asymmetrisch eingesetzt unter der gewölbten Stirn (mit jenen Furchen, die der Meißel eines Meisters schnitt), nichts zu erkennen gaben. Seine Augen waren für mich nicht sprechend. Ich kann nicht einmal sagen, dass es traurige Augen waren. Wenn in einem Augenblick der

Niedergeschlagenheit – wie als ich zu ihm ging an jenem Tag, an dem alle Türen in Wien geschlossen und die Straßen leer waren – jene Pause aufkam, die sich manchmal zwischen uns legte, und er eine fast unerträgliche Angst und Spannung in mir spürte, pflegte er diesen Bann zu brechen, indem er mit der liebenswürdigen Verbindlichkeit der Alten Welt eine Frage stellte: Was hatte ich gelesen? Fand ich die von mir gewünschten Bücher in der Bibliothek, die mir die Schwester seiner Frau empfohlen hatte? Natürlich konnte ich, wenn ich wollte, jedes seiner Bücher jederzeit … Hatte ich etwas Neues von Bryher, von meiner Tochter gehört? Hatte ich in der letzten Zeit etwas aus Amerika gehört?

Ich hätte das Stundenglas in die Hand nehmen und andersherum hinstellen mögen, sodass die Sandkörner seines Lebens ebenso viele Jahre vor sich gehabt hätten, wie jetzt hinter ihm lagen. Oder ich hätte durch eine Geheimtür schlüpfen – nur ich hatte dazu das Recht – und ein freundliches Wesen anflehen mögen. (Nur ich konnte das tun, denn mein Geschenk musste etwas Besonderes sein.) Ich wollte meine Jahre gegen seine eintauschen; es wäre keine so großartige Zahl, wie ich sie für ihn hätte wünschen mögen, aber es wäre immerhin etwas. Vielleicht waren noch 20 Jahre oder 30 Jahre in meinem Stundenglas übrig. «Schau», wollte ich zu diesem freundlichen Wesen sagen, «jene zwei auf deinem Regal dort – stell doch einfach die beiden Stundengläser ein ganz klein bisschen um. Setze H.D. an die Stelle von Sigmund Freud (ich werde immer noch ein paar Jahre übrig haben, in denen ich meine nicht sehr wichtigen Angelegenheiten regeln kann). Es ist nicht zu viel von dir verlangt. Und es ist zu machen. In einem Stück hat es schon einmal jemand gemacht oder angeboten. Es war ein griechisches Stück, nicht wahr? Eine Frau, ich kann mich nicht an ihren Namen erinnern, bot – irgendjemandem ihre Jahre zum Tausch an gegen – irgendetwas. Was war es? Herkules oder Herakles und ein Kampf mit dem Tod kamen darin vor. Hieß das Stück ‹Alkestis›? Ich weiß es nicht genau. Und natürlich muss es einer von jenen dreien geschrieben haben – dort stehen sie auf dem Schrank des Professors, rechts neben der weit geöffneten Doppeltür, die in sein Allerheiligstes führt. Äschylus? Sophokles? Euripides? Wer schrieb die ‹Alkestis›? Aber es kommt nicht wirklich darauf an, wer es schrieb, denn das Stück läuft gerade – jedenfalls spielen wir es, der alte Professor und ich. Der alte Professor hat eine Doppelrolle. Er ist Herkules, der mit dem Tod kämpft, und er ist der Geliebte, der sterben muss. Überdies hat er selbst, in eigener Person, die Toten lebendig gemacht, hat eine Schar von toten oder sterbenden Kindern aus der lebendigen Gruft hervorgerufen.»

57

Als ich ihm eines Tages sagte, dass die Zeit zu schnell verging (hatte er dieses Gefühl auch?), nahm er eine halb komische Haltung an, er warf seinen Arm nach vorn, als wende er sich ironisch an eine unsichtbar im Raum stehende Erscheinung oder an ein imaginäres Publikum. «*Die Zeit*», sagte er. Das Wort wurde auf seine unnachahmliche, zweischneidige Art ausgesprochen; er schien der Kreatur, der Abstraktion zu trotzen; in jenes eine Wort schien er eine Fülle widersprüchlicher Emotionen zu packen; es lagen darin Ironie, Flehen und Trotz, zusammen mit einem vagen, zarten Pathos. Es war, als sei das Wort überladen, ein Sprengstoff, der jede Minute explodieren konnte. (Viele seiner Worte explodierten wirklich in einem gewissen Sinn, zersprengten Gefängnisse, nutzlose Dämme und Deiche, verursachten zwar Erdrutsche, legten aber auch verborgene Goldminen bloß.) «Die Zeit», sagte er noch einmal, ruhiger, und dann: «*Die Zeit galoppiert.*»

«Die Zeit galoppiert.» Ich frage mich, ob er wusste, dass er Shakespeare zitierte. Auch wenn die genaue Anwendung von Rosalindes ausgearbeitetem Wortspiel über die Zeit hier kaum zu passen scheint. «Mit wem galoppiert sie?», fragt Orlando. Und Rosalinde antwortet: «Mit dem Diebe zum Galgen; denn ginge er auch noch so sehr Schritt vor Schritt, so denkt er doch, dass er zu früh kommt.» Doch ein Dieb war er gewiss; in einer bedeutenderen dramatischen Tradition hatte er, wie Prometheus, Feuer vom Himmel gestohlen.

58

Haltet den Dieb! Aber nichts konnte ihn halten, hatte er erst einmal begonnen, vergrabene Schätze ans Licht zu bringen (er nannte es: auf Öl stoßen). Und gehörte es nicht ohnehin ihm? Aber *haltet den Dieb!* schrien sie oder Schlimmeres. Unbekümmert schloss er Gewölbe und Höhlen auf, riss die Schranken nieder, die Generationen sorgsam aufgebaut hatten gegen ihre verborgenen Motive, ihre heimlichen Begierden, ihre unterdrückten Wünsche. *Haltet den Dieb!* Und gebt es doch zu: Was er als Gold ausgab, diese Offenbarung, die er zu schätzen schien, war elendes Zeug, wirklich Schund, Ideen, die ein Lumpensammler voll Verachtung liegen ließe, alter Plunder, den man im Speicher verstaut hat, weggeschmissen, vergessen, nicht einmal die Mühe wert, ihn zu Feuerholz zu zerhacken, zudem lästig, schwer beweglich, und wenn man diese lästigen, sperrigen Ideen zu bewegen versuchte, konnte zu allem Übermaß noch die ganze Ladung Plunder ins Rutschen kommen; er hatte so lange dagelegen, er war im Haus des Lebens fast ein Teil der Mauer und der Speicherdecke geworden. *Haltet den Dieb!* Aber warum sollte man ihn eigentlich halten? Seine sogenannten Entdeckungen waren, das sah ja jeder, einfach lächerlich. Die Zeit galoppiert … mit dem Dieb zum Galgen. Und gib einem Mann einen Strick – so haben wir es irgendwo gehört –, und er wird sich aufhängen!

59

Er war ein wenig überrascht von dem Ausbruch. Er hatte nicht erwartet, dass sich distanzierte und hoch erhabene Praktiker und Männer der Wissenschaft so über etwas ärgern konnten, was schließlich bis aufs I-Tüpfelchen ein Beitrag zu einem Zweig des abstrakten Denkens war, angewandt auf die medizinische Wissenschaft. Er hatte bei dem berühmten Dr. Charcot in Paris gearbeitet. Noch andere Namen figurieren in dem historischen Bericht, den uns Professor Freud selbst in seiner kurzen «Selbstdarstellung» gab. Da gibt es die Namen von Ärzten, berühmten Spezialisten, die Freud auf eine Idee brachten; da gibt es Freud selbst, wie er unparteiisch das Verdienst aufteilt zwischen Breuer (oder wer immer es gerade ist) und Freud. Da gibt es Freud selbst, wie er Freud den – Koller zugesprochenen – Ruhm für die Entdeckung der Kokainanästhesie zuerkennt. Doch als ich den Analytiker Walter Schmideberg fragte, wann und wie der Professor auf die Idee gestoßen sei, die ihn dazu führte, neurotische Zustände von Größenwahn und Selbsterweiterung in gewissen Fällen mit jugendlichen und Kindheitsfantasien zu verbinden, antwortete er mir nur korrekt und konventionell: Er sagte, Freud sei nie auf Ideen «gestoßen». Ich bezweifelte das? Und ich sagte, dass ich das bezweifelte. Doch Mr. Schmideberg wiederholte, was ich natürlich wissen musste, dass nämlich das ganze Theoriegebäude, das er in seinen Arbeiten aufgerichtet habe, auf wissenschaftliche

Beobachtung gegründet sei, auf eine Anhäufung von exakten Daten. *Danach* hatte ich nicht gefragt. Ich wollte wissen, in genau welchem Moment und auf welche Weise jener Blitz der Erleuchtung kam, wann und wie es im Innern von Freuds Geist, Herz oder Seele plötzlich klingelte, plötzlich klang und rief: *Das ist es.*

Aber so passieren die Dinge nicht. Oder doch? Zumindest haben wir die Freiheit zu zweifeln. Wir haben für uns selbst die Freiheit, jene Personen vor ihrem genauen szenischen Hintergrund, dem Paris jener Epoche, dem Paris von 1885, zu fantasieren, zu rekonstruieren und sogar wie in einem Stück oder Film zu *sehen.* Dr. Charcot beschäftigte sich mit der Hysterie und mit Neurotikern diesseits der Grenze. Jene Grenze war freilich notwendigerweise nur vage definiert; auf dieser Seite gab es die Hysteriker und Neurotiker und auf der anderen die eigentlichen Irren, aber zwischen beiden war doch noch eine breite Kluft, ein unerforschtes Ödland, ein Niemandsland. Zumindest war da ein Niemandsland; zumindest gab es Fälle, die vor noch nicht allzu langer Zeit als Irre isoliert worden wären und die jetzt unter ein milderes Regiment kamen, ins Reich der Hysterie. Die Welt des medizinischen Wissens hatte einen Riesenschritt nach vorn getan, denn im Gedächtnis der älteren Generation lebte noch die Erinnerung an Augenzeugenberichte aus einer Zeit, als die Insassen von Irrenhäusern hier in London wie wilde Bestien mit Ketten an die Wände oder an eiserne Schienen oder Pfähle gefesselt wurden; und mehr noch, das Publikum wurde in festgesetzten Abständen eingelassen, um die wilden Tiere im Rahmen einer Stadtrundfahrt zu besichtigen. Jene Zeit war vorbei, zwar noch nicht allzu lange vorbei, doch vorbei, dank den humanitären Bemühungen der vorhergehenden Generation von Wissenschaftlern und Ärzten. Sie hatten gewiss Fortschritte gemacht. Und unser Professor könnte in der Tat die «modernen» Gründungen jener Zeit und jenes Ortes besucht haben. Paris? Er war dort fremd.

1870 war noch keineswegs vergessen. Er hatte die Zähne der Meute während seiner Studententage gesehen. Er schreibt über seine frühen Tage an der Wiener Universität: «Vor allem traf mich die Zumutung, dass ich mich als minderwertig und nicht volkszugehörig fühlen sollte, weil ich Jude war.» Er fügte hinzu: «Das erstere lehnte ich mit aller Entschiedenheit ab.» Aber hier in Paris gab es andere, Minderwertige, gewiss nicht Volkszugehörige, die abseits ihrer Mitmenschen lebten, zwar nicht gefesselt, doch immer noch (in menschlicherer Umgebung) abgesondert, abgetrennt, in kleinen Zimmern, dürfen wir folgern, oder Zellen, mit Gitterstäben vor den Fenstern und Türen. Gewiss eine Verbesserung. Auch sie «lehnten es mit aller Entschiedenheit ab», sich als minderwertig fühlen zu sollen. Im Gegenteil. Sie waren Sonderfälle, doch gab es da noch die ganze große Masse derer, die in der Salpêtrière unter Beobachtung standen. Aber bei den Fällen von Hysterie, die unter Charcots Beobachtung standen, und bei den Irren, denen der junge Freud seine private Beachtung schenkte, gab es Umstände, die von den verschiedenen Ärzten und Beobachtern nicht bemerkt oder bagatellisiert wurden, die jedoch genug Stoff enthielten, der ernsthafter Beachtung würdig war. Er bemerkte, wie bei gewissen Patienten die unzusammenhängende Sequenz ihrer scheinbar beziehungslosen Handlungen doch eine Art Ordnung andeutete, einem Muster folgte, das der gebrochenen Sequenz von Ereignissen in einem halb erinnerten Traum glich. Traum? Wurde dann der Traum seinerseits durch Ereignisse des täglichen Lebens angeregt oder projiziert, war der Traum die Kehrseite des Wahnsinns oder war der Wahnsinn ein Wachtraum? Es gab da manchmal ein sonderbares Moment von Tragik, etwas, das nicht immer ganz im Physischen oder Schmutzig-Materiellen aufging. Es war natürlich die Hölle. Doch diese Bewohner der Hölle zeigten eine seltsame Ähnlichkeit mit Dingen, an die er sich erinnerte, Dingen, von denen er gelesen hatte, alten Königen in alten Ländern, Frauen, von Kriegen zerbrochen, und versklavten, entstellten Kindern.

Es gab Gitterstäbe vor einigen der Zellen (in dieser Szene, die wir aus der puren Einbildungskraft unserer eigenen Fantasie aufbauen), doch diese Käfige boten manchmal Szenen wie aus einem Theaterstück. Dort stolzierte Cäsar umher. Dort Hannibal – Hannibal? Warum Hannibal? Als Junge hatte er selbst Hannibal verehrt, hatte sich selbst in der Rolle des Welteroberers fantasiert. Doch jeder Junge stolzierte irgendwann einmal mit einem imaginären Schwert und Panzer umher. *Jeder Junge?* Dieser Mann, dieser Cäsar, der seine Toga mit einer nicht gänzlich unauthentischen Geste über den Arm warf, könnte einfach irgendeine kindische Fantasie ausleben. Wenn er den Patienten in einer geeigneteren Umgebung untersuchen könnte – doch der Patient rief: «Et tu Brute» und wurde gewalttätig bei jeder Andeutung einer Annäherung oder eines freundlichen Kontakts. Wenn er diesen Cäsar einige Jahre früher hätte befragen können – er war einmal ein nicht unprominenter Mann gewesen –, hätte er ihm vielleicht das Geheimnis seines Cäsarwahns entlocken können. Jetzt war sein Geist umwölkt, doch gab es in diesem Fall keine Meldung von einem eigentlichen Gewebeschwund oder den gewöhnlichen physischen Symptomen, die unausweichlich im Wahnsinn enden. Cäsar? Hannibal? Das waren hervorragende, erkennbare Persönlichkeiten aus der Geschichte. Aber waren sie die Faktoren, die das verursacht hatten – «Fixierung» war ein Wort, das in diesem Zusammenhang noch nicht geprägt worden war. Dieser Mann spielte eine Rolle, Cäsar. Cäsar? Er selbst war als Kind in eine ähnliche Maske geschlüpft, in die Maske Hannibals. Doch war es Hannibal? War es Cäsar? War es – – – ? Nun, ja – vielleicht – wie sonderbar. Ja – es war möglich. Vielleicht war es auch sein Vater, den dieser Mann verkörperte – war nicht der Vater der Cäsar, der siegreiche Eroberer, das Symbol der Macht, der Zar oder Kaiser, der König im Reich des Kindes – ein kleines Reich, zugegeben, doch für das Kind von unermesslicher, weltweiter Bedeutung, *seine* Welt, sein Zuhause. Für ein Kind ist sein Zuhause die ganze Welt, sein Vater, seine Mutter, seine

Brüder, Schwestern und so weiter – später seine Schule und die Freunde aus anderen «Reichen». Natürlich, ja wie klar das alles war – nun aber dieser Cäsar? Hinter diesem Zusammenbruch musste noch etwas stecken, was in dem Bericht über die physische und sogar seelische Verfassung und Symptomatik des Patienten nicht verzeichnet war. Hinter vielen von diesen Fällen, hier und in der Salpêtrière, musste noch etwas anderes stecken – nicht hinter allen –, aber hinter dem einen oder anderen Fall … Hinter dem ganzen Aufbau der gegenwärtigen medizinischen Wissenschaft musste noch etwas stecken, wenn man nur weiter oder mehr in die Tiefe ging – es musste etwas geben, was die Geheimnisse hinter diesen Zuständen der Persönlichkeitsverherrlichung und anderen Zuständen und Verfassungen enthüllte – es musste etwas geben … Also, Hannibal! Dort hinter Gittern ist Cäsar – hier ist Hannibal, hier bin ich, Sigmund Freud, und beobachte Cäsar hinter Gittern. Aber Cäsar war doch der siegreiche Eroberer – nicht? Ich kam, ich sah, ich siegte – ja, ich werde siegen. Ganz sicher. Ich, Hannibal – nicht Cäsar. Ich, der verachtete Karthager, ich, der Feind Roms. Ich, Hannibal. Also bitte, ich, Sigmund Freud, wie ich hier stehe, ein Lieblingsschüler von Dr. Charcot und – geben Sie es zu – nicht unbegabt, allem Anschein nach keineswegs wirr im Kopf oder besonders eigen, treu meiner Bestimmung – treu meiner Bestimmung? *Treu meiner Bestimmung?* Meiner Kindheitsfantasie von Hannibal, meiner Identifizierung mit Hannibal, dem Karthager

(Jude, nicht Römer) – ich, Sigmund Freud, verstehe diesen Cäsar. Ich, Hannibal!

Und auch Cäsars Frau (wenn wir an unserer rein fantastischen Sequenz von Ursache und Wirkung weiterbauen dürfen), auch Cäsars Frau ist zu beachten. Diese bestimmte Dame war in dieser bestimmten Anstalt nicht einmal in ambulanter Behandlung, doch das konnte sich bald ändern. Man sah sie, wenn die anderen gegangen waren, weiter im Wartezimmer herumsitzen. Immerzu verlangte sie die Ärzte und den Direktor persönlich zu sprechen und stand dabei allen im Weg. Man kannte das allmählich in der Anstalt, der Direktor hatte eigens Anweisungen gegeben, dass er nicht gestört werden durfte, er hatte sich gezwungen gesehen, ihr die letzte Sprechstunde, die sie verlangte, zu verweigern; der berühmte Spezialist war überarbeitet, es gab hier, überall gar zu viel zu tun, verlockende persönliche Verwicklungen mussten um jeden Preis vermieden werden. *Persönliche Verwicklungen?* Aber die gute Frau würde nichts Eiligeres zu tun haben, als auch nur den Schatten einer solchen Absicht auf ihrer Seite abzustreiten. Aber war nicht gerade das ihr Problem? Sie war ihrem Mann ergeben gewesen, die Trennung machte ihr zu schaffen, sie selbst schien am Rand eines ernsten Zusammenbruchs zu stehen. Das war nur natürlich, nicht wahr, unter den tragischen Umständen? Doch diese Art von unterdrücktem neurotischen Symptom – *Symptom?* Diese Art von Trennung zwischen zwei lange verheirateten und einander ergebenen Menschen konnte ernste Nachwirkungen haben, eigentlich das ganze Nervensystem aus dem Rhythmus bringen, die fein austarierte Einstellung des seelischen Mechanismus selbst erschüttern. Ihr Kummer hatte sie erschöpft – die arme Frau –, kein Wunder. Jemand sollte nach ihr sehen. Aber sie war nicht einmal in ambulanter Behandlung, wie kamen sie dazu, in die Privatverhältnisse der Frauen und Familien ihrer Patienten einzudringen? *Verhältnisse?* Cäsars Frau? Ja, sie war Cäsars Frau, offensichtlich über jeden Verdacht erhaben, eine anständige Frau, doch eine Frau aus Fleisch und Blut. Solche Dinge waren schon passiert. Wohin trugen ihn seine Gedanken? Es hatte hier andere Fälle gegeben – jenes Mädchen, dessen Zustand bei der Nachricht, ihr Mann würde möglicherweise, nach einer langen Zeit der Abwesenheit, aus Algier zurückkehren, sich vor Glück so gebessert hatte, dass Dr. Charcot, den man in diesem Fall konsultierte, selbst ihre zeitweilige Entlassung aus dem Hospital angeregt hatte. Ihre Gesundheit, so berichtete man, hatte sich nach ihrer Rückkehr zu ihrem Mann gebessert, aber *wenn der Mann wieder wegging, würden dann die Symptome zurückkehren?*

60

Dies ist offensichtlich keine historische Darstellung der vorbereitenden Schritte, die zu der Begründung eines neuen Zweigs der psychologischen Forschung und eines neuen Heilverfahrens, Psychoanalyse genannt, führten. Die tatsächlichen Fakten sind jedem zugänglich, der sich ernstlich mit Prof. Freuds Werk beschäftigt. Doch scheint mir, dass es irgendein derartiger innerer Denkprozess gewesen sein könnte, der ihm das Thema eröffnete. Das *Thema*? Ich schreibe das Wort und frage mich, warum ich es schreibe. Es schien mir auf Musik anzuspielen – ja, musikalische Begriffe scheinen wirklich zwanglos auf den seltsamen und originellen Prozess intuitiven Denkens zu passen, durch welchen der Professor – als junger Wiener Arzt, den die Diagnosen seiner älteren und erfahreneren Kollegen nicht immer befriedigt hatten – seine ersten erstaunlichen Entdeckungen gemacht, entwickelt, erweitert und vereinfacht hatte. Nicht nur, dass der junge Sigmund Freud scharfsinnig, systematisch, gewissenhaft, subtil, klug, originell war – das alles war er freilich auch. Nicht nur, dass er von einer Rasse abstammte, die immer die Gelehrsamkeit verehrt und (wie die Araber) trotz wiederholter Verfolgungen ein einzigartiges *Gefühl* für die Medizin bewahrt hatte – daneben auch für die Mathematik und bestimmte Formen abstrakten Denkens und Dichtens –, und das zu einer Zeit, als (wie jetzt) die reinen und angewandten Wissenschaften von der wachsenden Zerstörungskraft des Menschen und von der drohenden Rassentrennung überschattet schienen wie von einem schwarzen Flügel. Er war ganz auf sich gestellt, und wir dürfen uns vorstellen, dass er ungewöhnlich stolz war – obwohl er doch auch über ein so herzliches Wesen, so höfliche Umgangsformen, einen so feinen Witz verfügte; man kam leicht mit ihm aus, er war ein Meister der Konversation, jedem Thema, jedem Gesprächspartner zu jeder Zeit gewachsen. Doch was war das Andere an ihm? Seine Erscheinung, seine Gewohnheiten, seine Lebensweise waren konventionell genug; auch seine schlimmsten Feinde konnten an seinem Privatleben nichts auszusetzen finden; er war von einer strengen Korrektheit, fast Orthodoxie, könnte man sagen.

Der Punkt war: Er schöpfte, bei all seiner verblüffenden Originalität, aus einer Quelle, die in einer solchen Tiefe des menschlichen Bewusstseins entsprang, dass die äußere Felsen- oder Schieferdecke, die jahrhunderte- oder jahrtausendelange Anhäufung nachlässigen, trägen oder gar falschen oder böswilligen Denkens die ursprüngliche Wasserader längst verschüttet hatte. Er nannte es «auf Öl stoßen», aber schon andere waren – vor langer Zeit – in denselben Springquell eingetaucht. Sie nannten ihn in den alten Zeiten «eine Quelle lebendigen Wassers» oder einfach das «frische Wasser». Der Professor verwendete für diese Quelle der Inspiration die Metapher des Öls. Sie konzentrierte die abstrakte Vorstellung, machte sie konkret, verwandelte sie in ein Symbol aus der modernen Geschäftswelt. Obwohl es offensichtlich war, dass er von einer vagen, unauslotbaren Abstraktion sprach, verwendete er dafür ein gemeingebräuchliches Symbol, fast einen Gemeinplatz. Er verwendete die Sprache oder den Jargon des Bankhauses, der Wallstreet, das konkrete, bestimmte Bild eines Geschäftsmannes für eine Glückssträhne oder die Hoffnung auf Erfolg.[13] «Ich stieß auf Öl, aber es ist noch genug davon übrig, es reicht noch für 50, für 100 Jahre oder mehr.» Man kann sich den Professor schwer vorstellen, wie er feierlich sagt: «Ich schöpfte, kraft meiner Abstammung, aus der großen Quelle der Inspiration Israels und des Psalmisten – Jeremia mögen mich einige nennen. Ich stieß auf eine Quelle lebendigen Wassers, den Fluss des Lebens. Sein Wasser war hier trübe, dort hell. Umgestürzte Bäume, einige schon versteinert, hemmten seinen Lauf und eine Anhäufung vermodernder Blätter und Zweige. Ich sah den Lauf des Flusses und wie trübe sein Wasser war, und ich räumte selbst ein wenig von dem Kehricht beiseite, damit wenigstens ein kleiner Flussabschnitt wieder klares Wasser führte. Es gibt noch viel zu tun – Arbeit für 100 Jahre oder mehr –, sodass alle Menschen, alle Nationen sich vereinigen mögen, bis sie schließlich verstehen ...» Aber nein, das war nicht die Sprache des Professors. «Ich stieß auf Öl» verweist auf ein geschäftliches Unternehmen. Wir erblicken im Geist starre Masten und skelettartige Stahlkäfige, unvollendeten Eiffeltürmen gleich. Und es gibt viele, wie ich wohl weiß, die die ganze Methode oder Wissenschaft der Psychoanalyse mit derartigen Begriffen fassen: Sie sei ein Käfig, irgendeine mechanische Konstruktion, in einer dürren Wüste aufgestellt, um die Unachtsamen darin zu fangen, und wenn dabei «Öl» mit im Spiel ist, so geht das «Öl» jedenfalls an andere; da gibt es schlaue Ärzte, die einen «ausquetschen» mit ihren überstiegenen Honoraren für langwierige und teure Kuren. Im besten Fall ein zum Gähnen langweiliges

Thema – lass die Hände davon – es ist abgenutzt und überholt; gewiss, sie war nach dem Ersten Weltkrieg eine ziemliche Mode unter den jungen Intellektuellen, aber die haben sich inzwischen als ein müder Haufen entpuppt, und überhaupt, was hat man seitdem von ihnen gehört?

61

In der Tat, zum Gähnen langweilig. Ebenso finden die meisten Leute Äschylus zum Gähnen langweilig, und Sophokles und Plato und auch den alten Sokrates mit seiner ermüdenden Materie und seiner mehr als ermüdenden Methode. Die sokratische Methode? Dabei drehte es sich darum, in einem intellektuellen Wettkampf, beinahe wie beim Fechten, den Gegner anzustacheln, mit den Nadelstichen – nicht wahr? – oder Säbelhieben zustoßender Fragen, die schließlich die umstrittene Materie auf die Spitze trieben, sodass der Kampf offen und mit aufgeschlagenem Visier geführt werden konnte –, es sei denn, der Rivale war schon beim Vorgeplänkel, beim ersten Zusammenprall des intellektuellen Stahls erschlagen worden. Etwas davon hatte auch die analytische Behandlungsmethode des Professors, aber es gab einen deutlichen Unterschied. Die Frage musste vom Protagonisten selbst aufgeworfen werden, er musste sie aus ihrem verborgenen Versteck ausgraben, er musste selbst die Frage finden, bevor sie beantwortet werden konnte.

62

Er musste selbst seinen eigenen Kehricht beiseiteräumen, bevor sein besonderer Strom, sein persönliches Leben, klar und ungehemmt in den großen Fluss der Menschheit einmünden konnte und von dort in das Meer der übermenschlichen Vollendung, das «Absolute», wie es Sokrates und Plato nannten.

63

Aber wir leben heute, hier in einer Stadt von Trümmern, in einer, so könnte es scheinen, fast unheilbar in Trümmer gelegten Welt. Wir müssen die Flucht aus der Wirklichkeit in die grünen Auen oder die kühlen Arkaden der platonischen Akademie aufgeben, wenn auch jene Auen und Gärten viele in Trümmer gelegte Städte und manchen drohenden Weltuntergang überdauert haben; wir sind auf eine Diskussion des Absoluten, der absoluten Schönheit, der absoluten Wahrheit, der absoluten Güte nicht vorbereitet. Wir haben auf den Auen gerastet, wir sind an jenem frischen Wasser entlanggewandert, wir haben den Duft der Myrtensträucher hinter entfernten Hecken gespürt und die blühenden Zitronenhaine. *Kennst du das Land?*[14] O ja, Professor, ich kenne es genau. Doch kommt mir die Auflage in den Sinn, die Sie mir gemacht haben, und ich denke an meinen Mitschüler, dessen Platz ich, wie Sie sagen, eingenommen habe, meinen Waffenbruder, den Fliegenden Holländer, der intellektuell über das gewöhnliche Maß hinaus begabt war, der Inseln und Plantagen im Osten besaß und zur körperlichen und geistigen Disziplin des Westens erzogen war und doch zu hoch flog und zu schnell.

64

Gerade spricht der Professor sehr ernst mit mir. Schauplatz ist sein Studierzimmer in Wien, einige Wochen nach dem Beginn meiner Arbeit dort. «Ich habe nur eine einzige Bitte an Sie», sagte er. Ich schreibe diese Worte, und schon habe ich dasselbe Gefühl von Angst, von Spannung, von drohender Verantwortung, wie ich es in jenem Augenblick hatte. Was in aller Welt kann er bloß sagen wollen? Was kann er von mir verlangen? Oder mir verbieten? Ein *Du sollst nicht* ist wahrscheinlicher als die positive Aufforderung zu einer Handlung oder Handlungsweise. Seine Miene war ernst, aber freundlich. Und trotzdem oder deswegen fühlte ich mich wie ein Kind, als hätte mich mein Vater in sein Studierzimmer bestellt oder meine Mutter in ihr Nähzimmer, oder als hätte mir ein Lehrer gesagt, ich solle nach der Schule, wenn die anderen gegangen seien, auf ihn warten, er habe mit mir, und zwar mit mir allein, noch «ein Wörtchen» zu reden. *Haltet den Dieb!* Was hatte ich getan? Was sollte ich wohl tun? «Ich habe nur eine einzige Bitte an euch Kinder» – genau die Worte meiner Mutter.

65

Denn der Professor steht in seinem Studierzimmer. Der Professor hat nur eine einzige Bitte an mich. Meine Ahnung hat mich nicht getäuscht, es ist ein *Du sollst nicht.* Er hat eine Bitte an mich, er vertraut mir, behandelt mich auf seine höfliche, subtile Art als intellektuell ebenbürtig. In dieser Sache ist er jedoch sehr bestimmt, und er erklärt sie mir geduldig. «Sie verstehen natürlich»: das ist die beiläufige Art, auf die er mir von Zeit zu Zeit irgendeine seltene Entdeckung, einen kostbaren Fund mitteilt, oder: «Vielleicht empfinden Sie anders darüber», als stünden meine Empfindungen, meine Entdeckungen auf einer Ebene mit seinen eigenen. Er stellt keine Gesetze auf, nur dieses eine Mal – dieses eine Gesetz. Er sagt: «Bitte versuchen Sie niemals – ich will damit sagen zu keiner Zeit, unter keinen Umständen – mich zu verteidigen, wenn Sie Zeuge missgünstiger Bemerkungen über mich und meine Arbeit werden.»

Er erklärte es sorgfältig. Er hätte ebenso gut eine Vorlesung über Geometrie halten oder den unaufhaltsamen Verlauf einer Krankheit, wenn der Virus erst einmal in das System eingedrungen ist, demonstrieren können. An dieser Stelle schien er darauf hinzuweisen (als hinge da an der Wand vor uns das Krankenblatt eines Fieberpatienten), dass bei der leisesten Andeutung, Sie setzten etwa zu einem Gegenargument zu meiner Verteidigung an, die Wut oder die Ohnmacht des Angreifers nur vertieft werden. Sie werden dem

Verleumder nichts Gutes tun, wenn Sie irrigerweise eine logische Verteidigung beginnen, vielmehr den Hass oder die Angst oder das Vorurteil nur vertiefen. Sie werden sich selbst nichts Gutes tun, denn Sie werden nur Ihre eigenen Gefühle bloßstellen – ich setze voraus, dass Ihnen meine Entdeckungen etwas bedeuten, denn sonst wären Sie nicht hier. Sie werden mir und meiner Arbeit nichts Gutes tun, denn Feindschaft kann, hat sie sich erst einmal festgesetzt, nicht von der Oberfläche her ausgerottet werden und blüht gewissermaßen in der Hitze des Streites erst richtig auf und gräbt sich tiefer ein. Nur auf einem Weg können die Angst und das Vorurteil ausgerissen werden: von innen, von unten her, und da natürlich ein befangener oder verängstigter Geist dieses Typs unfehlbar schon vor der allerleisesten Anspielung auf eine psychoanalytische Behandlung oder auch nur, sagen wir einmal, auf Studien und Forschungen in dieser Richtung zurückschaut, kann man die Schwierigkeit nicht an der Wurzel packen. Jedes zu meiner Verteidigung gesprochene Wort, ich meine bereits befangenen Personen gegenüber, dient nur dazu, die Wurzel tiefer einzugraben. Wenn man die Sache ignoriert, wird der Angreifer seine Wut vielleicht aufgeben – oder sein Unbewusstes mag mit der Zeit auch ein anderes Objekt finden, das es mit seinen Fangarmen umschlingen kann …

Das war im Kern sein Argument. Er hatte selbst eine neue Terminologie erfunden, und sie war von der wachsenden Gruppe von Ärzten, Psychologen und Nervenspezialisten, die die ein wenig einschüchternde

Gruppe der Internationalen Psychoanalytischen Vereinigung bilden, gründlich ausgearbeitet worden – aber in unseren gemeinsamen Gesprächen gebrauchte er nur selten einen der inzwischen ziemlich ausgelaugten technischen Begriffe. Als ich bei einer Gelegenheit ein Problem zu erklären versuchte, bei dem mein Geist in zwei Richtungen gleichzeitig zerrte, sagte ich: «Ich nehme an, Sie würden das einen Fall von Ambivalenz nennen.» Und als er mir nicht gleich antwortete: «Oder sagen Sie Am*bi*valenz? Ich weiß nicht, ob man es Ambiva*lenz* oder Am*bi*valenz ausspricht.»[15] Der Arm des Professors schoss vor, wie immer bei jenen Gelegenheiten, wo er ein Ergebnis betonen oder meine Aufmerksamkeit auf einen gerade bearbeiteten Punkt lenken wollte; er sagte in seiner merkwürdig beiläufigen, ironischen Art: «Wissen Sie, das habe ich mich auch immer gefragt. Ich wünsche mir oft, ich könnte jemanden finden, der mir diese Probleme erklärt.»

66

Es gab so viel zu erklären und so wenig Zeit dafür. Zum Beispiel mein Schlange-und-Distel-Motiv oder -Leitmotiv, wie ich fast geschrieben hätte. Es war gewiss ein Zeichen oder Symbol – es kann gar nicht anders sein –, aber selbst wenn ich unter der Handvoll alter Ringe in der Ecke des Regals im anderen Zimmer ein Gegenstück zu dem Siegelring, den ich in Paris sah, gefunden hätte, es hätte nichts bewiesen oder hätte uns vielleicht zu weit in eine Diskussion oder Rekonstruktion von Ursache und Wirkung geführt; in ihrem Verlauf konnten natürlich auch kostbare Schätze zutage gefördert werden, Perlen und Juwelen unter den sogenannten Entdeckungen im Unbewussten, wie es durch den Trauminhalt oder die damit verknüpften Gedanken und Erinnerungen offenbart wird, das gerade bearbeitete Thema wäre jedoch auf ein Nebengeleis abgeschoben worden. Meine Schlange und Distel – woran erinnerten sie mich? Da war natürlich Arons Stab, der sich, auf den Boden geschleudert, in ein lebendiges Reptil verwandelte. Reptil? Arons Stab war, wenn ich mich nicht irre, ursprünglich Moses Stab. Da war Mose im Schilf, «unser» Traum und «unsere» Prinzessin. Da war der Boden, den Gott verfluchte, weil Adam und Eva von der Frucht des Baumes gegessen hatten. Hinfort würde er Dornen und Disteln tragen – Dornen, Disteln, die Worte beschwören dieselbe Szene herauf, die dürre, unfruchtbare Wüste odcr Einödc. *Kann man auch Trauben lesen von den Dornen oder Feigen von den Disteln?* Noch eine Frage, noch ein Fragezeichen, ein halbes *S*, auf den Kopf gestellt, *S* wie *S*iegel, *S*ymbol, wie *S*chlange schon gar, und *S*ignum, *S*igmund.

67

Sigmund, die singende Stimme; nein, es heißt natürlich Siegmund, der sieghafte Mund oder Ausspruch oder die sieghafte Stimme. Da war die Siegesgöttin, unser Zeichen an der Wand, unsere Hieroglyphe, unsere Schrift. Da war die winzige Bronzefigur, sein Lieblingsstück im Halbkreis der Götter oder, wie «andere lesen: Güter», auf seinem Tisch. Da war Nike, Sieg, und Nike A-pteros, der Flügellose Sieg, denn niemals konnte, niemals würde der Sieg wegfliegen aus Athen. Da war Athen, eine Stadt, erbaut auf einem Hügel; Hügel, Berg; da war die Berggasse, der Hügel und der Weg. Am Haus waren – nicht wahr? – stilisierte Akanthusblätter, die aufstrebende korinthische Kapitelle krönten. Und das lateinische «acanthus» wie das verwandte griechische Wort «akantha» bedeuten Dorn oder Stachel. Da waren als Schmuckwerk die Hieroglyphen formelhafter Akanthusblätter, ein ganz klassisches Symbol; und da war schließlich, so hat man uns erzählt, eine Dornenkrone.

68

Doch greifen wir zu unserem kleinen, kurz gefassten Griechischen Wörterbuch und schlagen wir «akantha» nach! Ja – von «ake»: die Spitze, die Schneide, von daher die stachelige Pflanze, die Distel; auch der Dornbusch, der Dornbaum. *Der Dornbaum.* Stand unsere Distel als Zeichen oder Sigel für alle Dornbäume? Vielleicht sogar für jenen ganz einzigartig stachligen Baum der Erkenntnis des Guten und Bösen, der ohne seine Schlange nicht zu denken ist? Es gab und gibt viele verschiedene Arten von Schlangen. Da gab es z. B. neben vielen anderen jene Schlange der Weisheit, die sich zu Füßen der Göttin Athene ringelte und eines ihrer Attribute war wie der Speer («ake»: die Spitze), den sie in der Hand hielt – obwohl wir nicht sicher sein können, dass es ein Speer war, den die vollkommene kleine Bronzefigur des Professors einst in der Hand hielt. Es könnte auch ein Stock oder Stab gewesen sein.

69

Dein Stecken und Stab. In England zieht man unsere amerikanische Goldrute, die im Spätsommer die Felder und alle Wegraine und die Ränder aller kleinen Wäldchen überschwemmt, in schmucken Büscheln in den Gärten und nennt sie Arons Stab. Die Goldrute bringt uns zum «Goldenen Zweig»; Plato war es, dem Meleager in der Griechischen Anthologie den goldenen Zweig zuerteilte, der ewig aus eigenem Licht erstrahlt. Und der Professor überreichte mir eines Tages im Winter ein kleines Geschenk. Er erklärte mir, sein Sohn habe aus Südfrankreich durch die Post (oder durch einen Bekannten, der aus dem Midi nach Wien zurückkehrte) eine Schachtel Orangen geschickt, und darunter waren auch einige Zweige, noch mit den Blättern daran. Er meinte, vielleicht würde ich gern einen davon haben. Ich nahm den Zweig, ein winziges Bäumchen in sich selbst, mit seinem Büschel goldener Früchte. Ich bedankte mich bei dem Professor. Zumindest muss ich irgendeine Phrase gemurmelt haben, irgend so etwas wie: «Wie hübsch – wie reizend von Ihnen.» Wusste er, wusste er jemals, oder wusste er jemals *nicht*, was mir in diesem Moment durch den Kopf ging? Ich sprach nicht aus, was ich aus Zeitmangel nicht in Worte fassen konnte, und auch wenn ich für mehr als ein oberflächliches «Wie hübsch – ganz reizend» Zeit gehabt hätte, ich hätte mich nicht darauf verlassen können, dass ich die Worte ausgesprochen hätte. Sie waren da. Sie sangen. Sie sangen weiter, wie das Echo eines Echos in einer Muschelschale – sehr weit weg und doch sehr nahe –, sangen in der Muschelschale, die der Schädel ist, die Substanz meines äußeren Ohrs und die Windungen oder Krümmungen der zusammengerollten Kalkschale und im Innern des Schädels die zusammengerollte, verschlungene Molluske, einem Einsiedler gleich, die Gehirnmasse selbst. Gedanken sind Dinge – und manchmal Gesänge. Ich musste mich nicht auf die Worte besinnen, ich hatte sie nicht geschrieben. Eine andere Molluske unter einer harten Knochendecke oder Schale hatte diese Worte projiziert. Es gab eine Melodie darauf, die ein dritter singender Schädel gemacht hatte. Nein, nicht die Musik Schumanns – so reizend sie ist –, es gab eine Melodie, die wir als Schulkinder sangen, eine andere Musikfassung derselben Worte. Und sogar ohne Musik singen die Worte sich selbst, und so macht es nichts, dass ich das «Lied», wie wir es summten, nicht herausfinden kann. *Kennst du das Land?*

70

Kennst du das Land, wo die Zitronen blühn?

Die Worte kommen mir mit einer Frische und Schärfe ohnegleichen wieder in den Sinn, denn endlich kann ich mich, nach dieser langen Wartezeit, ohne unerträgliche Angst und überwältigendes Herzweh wieder an jene Sitzungen in Wien erinnern. Der Krieg schlug über uns zusammen, bevor ich Zeit hatte, die einzigartige Reihe von Ereignissen und Träumen zu sortieren, neu zu durchleben und neu zusammenzufügen, die der historischen Zeit nach zur Periode 1914 – 1919 gehörten. Ich wollte in die Tiefe graben und mein persönliches Unkraut ausgraben, ausrotten, meine Entschlusskraft stärken, mich meines Glaubens neu versichern, meine Energien kanalisieren, und ich ergriff die unerwartete Chance, mit Professor Freud persönlich zusammenzuarbeiten. Ich hätte es niemals gewagt, an ihn heranzutreten, noch wäre mir auch nur die Idee gekommen, mich zu erkundigen, ob ich es wagen könnte, wenn mir Dr. Sachs nicht diesen Vorschlag gemacht hätte. Ich hatte mit Dr. Hanns Sachs in Berlin einige faszinierende Vorgespräche geführt und wollte mit ihm weiterarbeiten, doch stand er vor seiner Abreise nach Amerika. Dr. Sachs fragte mich, ob ich es in Erwägung ziehen würde, mit dem

Professor zu arbeiten, wenn er mich nehmen würde. Wenn er mich nehmen würde? Es schien ein absolut fantastischer Vorschlag zu sein, und es kam mir höchst unwahrscheinlich vor, dass Freud persönlich mich als Analysandin oder Studentin in Erwägung ziehen würde. Doch *wenn* der Professor mich akzeptieren würde, bliebe mir in der Sache nicht die geringste Wahl. Ich würde natürlich zu ihm gehen.

71

Ich habe weiter oben in diesen Aufzeichnungen gesagt, dass die Erklärungen des Professors zu erhellend oder zu deprimierend waren. Ich meinte damit, dass wir es auf irgendeine seltsame Weise geschafft hatten, den Dingen an die Wurzel zu gehen, *heute haben wir sehr tief gebohrt*; und auf eine andere, noch seltsamere Weise hatten wir uns dem klarsten Urquell der tiefsten Wahrheit genähert, so etwa in dem leuchtenden *wirklichen* Traum von der Prinzessin und dem Fluss, der im Bereich dessen lag, was man im Allgemeinen als das Übernatürliche kennt; aus den Bereichen, aus denen jene Szene oder jenes Bild stammte, empfingen die «illuminati» ihre – «Beglaubigungen» scheint, da ich es schreibe, ein seltsames Wort, doch es «schrieb sich von selbst». Mein Prinzessinnenbild war ein Einzelstück aus einer erlesenen, endlosen Folge in einem *illuminierten Manuskript* und hat unter Büchern und Manuskripten seinen Platz in jener Rubrik; die Träume sind – ich wiederhole mich – verschieden wie die Menschen, denen wir begegnen, wie die Bücher, die wir lesen. Die Bücher und die Menschen verschmelzen in dieser Welt der Fantasie und Einbildungskraft; dennoch können wir bei äußerstem Glück und Geschick zwischen Träumen und zwischen den Typen verschiedener Fantasien differenzieren. Da gibt es die banalsten und langweiligsten Träume, die Zeitungskategorie – doch selbst hier finden wir manchmal in einer alten Zeitung unter dem Schund, den oft schäbigen und banalen Berichten über Tagesereignisse, den Schatten einer Ewigen Wahrheit oder ein Zitat aus der Rede eines großen Mannes oder irgendeine Erzählung von einer Heldentat. Der Druck der Seiten ist verschieden, billiger Zeitungsdruck, guter Druck, schlechter Druck, verschmierter und nicht die Linie haltender Druck – da gibt es die großlettrigen Wörter in einer Reklame oder den fast unlesbaren Perldruck; da gibt es die riesigen Großbuchstaben auf der ABC-Tafel oder den Bauklötzen eines Kindes; Buchstaben oder Ideen können gleichsam schief über eine Seite laufen; sie können grafische Muster und gar nicht zum «Lesen» gedacht sein, sondern als ein Test, wie zum Beispiel die symmetrischen Buchstaben – die nicht notwendig etwas «bedeuten» – auf der Tafel eines Arztes oder Augenspezialisten an der Wand in seinem Büro oder über dem Bett in einem Krankenhaus. Es gibt Träume oder Traumsequenzen, die einer Linie folgen, wie sie die Kurve auf einem Messtischblatt beschreibt, oder ein zackiges Dreiecksmuster zeigen, ähnlich dem Sprung in einer Schale, der zeigt, dass die Schale jeden Moment in Stücke zerspringen kann; wir alle kennen jene fast unsichtbare, haarfeine Linie in der wohl gehüteten gläsernen Butterdose, die ankündigt, dass sie früher oder später «mir in den Händen zerbrechen» wird – eher früher.

Es gibt all diese Gestalten, Linien, Kurven, die *Hieroglyphen des Unbewussten*, und der Professor hatte als erster dieses unermessliche, unerforschte Gebiet dem Studium erschlossen. Er beklagte selbst – zumindest mir persönlich gegenüber – die Tendenz, Ideen zu bestimmt in festen Symbolen zu *fixieren* oder sie unerbittlich zusammenzuschweißen. Zwar begann er selbst damit, die unermessliche Anhäufung von Material aus dem unbewussten Seelenleben zu entziffern oder zu entschlüsseln; er war es, der «auf Öl stieß», aber die Verwendung des «Öls», was man daraus machen konnte oder sollte, konnte von seinem ursprünglichen «Förderer» nicht gänzlich reguliert oder überwacht werden. Er stieß auf Öl; gewiss war da «etwas zu holen»; ja, ein unermessliches Feld stand der Erforschung und – leider – der Ausbeutung offen. Da waren die uralten Götter, in ihrem Halbkreis aufgereiht auf dem Tisch des Professors, der, ich wiederhole es, wie der Hochaltar im Allerheiligsten stand. Da waren jene Götter, jeder das gemeißelte Symbol einer Idee oder eines unvergänglichen Traums, für die einige lesen: Güter.

72

Es gibt die klugen und die törichten Jungfrauen und ihre unterschiedlichen Lampen. *Du salbest mein Haupt mit Öl* – dem Öl des Verstehens – *und schenkest mir voll ein,* oh ja. Doch ich plane mit diesen Notizen eine persönliche Rekonstruktion von Absichten und Eindrücken. Ich hatte meine vorbereitenden Forschungen in der Absicht begonnen, mich so zu wappnen und auszurüsten, dass ich dem Krieg, wenn er kam, gegenübertreten und, falls sich meine Ausbildung als zureichend und meine Begabung als geeignet erwies, Menschen etwas Unterstützung bieten konnte, die der Krieg erschüttert und niedergeschmettert hatte. Doch an meine eigentliche persönliche Erschütterung durch den Krieg (1914 – 1919) kam ich gar nicht mehr heran. Meine Sitzungen mit dem Professor waren kaum angelaufen, als sich schon die bevorstehende Feuerprobe in den ersten Vorzeichen und Symbolen bemerkbar machte. Und der Feind, den ich ursprünglich in offener Schlacht bekämpfen wollte, der Krieg, seine Ursache und Wirkung, darunter seine unvermeidlichen Spätfolgen, neurotische Zusammenbrüche und verwandte Nervenstörungen, grub sich nur tiefer ein. Wenn schon das Totenkopfzeichen, das Hakenkreuz, mit Kreide auf den Gehweg gemalt wurde und genau zur Haustür des Professors führte, blieb mir nichts anderes mehr übrig, als in aller Bescheidenheit meine eigene, persönliche Phobie, meinen eigenen, persönlichen kleinen Drachen des Kriegsschreckens zu besänftigen, so gut es ging, und ihm, jedenfalls für den Augenblick, mit aller Macht, über die ich verfügen oder gebieten konnte, den Rückzug zu befehlen, zurück in seine unterirdische Höhle.

Dort knurrte er und biss auf seine Ketten und wurde erst dann endlich freigelassen, als der volle apokalyptische Schrecken von Feuer und Schwefel, Sturmwind, Flut und Ungewitter, der Schrecken des biblischen Tages des Gerichts und der Letzten Trompete nicht länger eine abstrakte Größe war, zu furchtbar, um daran zu denken, sondern zu etwas wurde, was man jeden Tag, jede Nacht und am Ende zu jeder Stunde des Tages und der Nacht erlebte – ich selbst und meine Freunde und all die herrlichen und all die grauen und gewöhnlichen Menschen in London.

73

Und das freundliche Wesen, das ich hätte anflehen mögen, hatte den Professor all dem enthoben. Er war von uns gegangen, bevor Bomben, Explosion und Feuer unsere Stadt verwüstet hatten; er war eine Handvoll Asche, die man in einem der Gärten des Gedenkens außerhalb von London in einer Urne hütete oder unter Gras und Blumen gestreut hatte. Bestimmt gibt es dort eine Marmorplatte an der Gartenmauer oder ein kleines Kästchen in einer Nische an einem Gartenweg. Ich bin nicht einmal hingegangen, um nachzusehen, um einen vertrauten Namen, vielleicht mit einem Datum, zu betrachten und einen Weg entlang zu wandern, den eine gestutzte Eibenhecke oder, wahrscheinlicher, duftender, staubgrüner Lavendel säumt, und an den Professor zu denken. Denn unser Garten des Gedenkens liegt anderswo.

Kennst du das Land, wo die Zitronen blühn,
Im dunklen Laub die Goldorangen glühn,
Ein sanfter Wind vom blauen Himmel weht,
Die Myrte still und hoch der Lorbeer steht,
Kennst du es wohl?
Dahin! Dahin
Möcht' ich mit dir, o mein Geliebter, ziehn!

Kennst du das Haus? auf Säulen ruht sein Dach,
Es glänzt der Saal, es schimmert das Gemach,
Und Marmorbilder stehn und sehn mich an:
Was hat man dir, du armes Kind, getan?
Kennst du es wohl?
Dahin! Dahin
Möcht' ich mit dir, o mein Beschützer, ziehn!

Kennst du den Berg und seinen Wolkensteg?
Das Maultier sucht im Nebel seinen Weg,
In Höhlen wohnt der Drachen alte Brut,
Es stürzt der Fels und über ihn die Flut:
Kennst du ihn wohl?
Dahin! Dahin
Geht unser Weg; o Vater, laß uns ziehn!

74

Ich habe gesagt, dass diese Eindrücke viel mehr mich ergreifen müssen, als dass ich sie ergreife. Der allererste Eindruck führt mich zum Anfang zurück, zu meiner ersten Sitzung mit dem Professor. Paula hat die Tür geöffnet (allerdings wusste ich damals noch nicht, dass das hübsche kleine Wiener Mädchen Paula hieß). Sie hat mir den Mantel abgenommen und mich mit irgendeiner Bemerkung willkommen geheißen, die mich in leichte Verlegenheit gebracht hat, weil ich noch englische Gedanken denke und nur auf englische Worte prompt reagiere. Sie hat mich in das Wartezimmer mit den Spitzengardinen am Fenster gewiesen; gerahmte Fotografien von Berühmtheiten hängen an den Wänden, einige sind mir persönlich bekannt; Dr. Havelock Ellis und Dr. Hanns Sachs starren mich an, vertraut, doch ein wenig verzerrt in ihren Rahmen unter dem spiegelnden Glas. Da ist die bescheidene, in hohen Ehren gehaltene gerahmte Urkunde der kleinen Universität in Neuengland, die ich später genauer untersuchte, und die makabre, detaillierte symbolische Zeichnung im Dürerstil, ein «Lebendig begraben» oder etwas in dieser Art. Ich warte in diesem Zimmer. Ich weiß, dass Professor Dr. Sigmund Freud die Tür mir gegenüber öffnen wird. Obwohl ich es weiß und mich jetzt schon einige Monate auf diese Feuerprobe vorbereitet habe, bin ich dennoch verblüfft, überrascht, sogar schockiert, als sich die Tür öffnet. Ich habe den Eindruck, nach der langen Wartezeit, dass er zu plötzlich erscheint.

Automatisch gehe ich durch die Tür. Sie schließt sich. Sigmund Freud sagt nichts. Er wartet darauf, dass ich spreche. Ich kann nicht sprechen. Ich schaue mich im Zimmer um. Als eine Liebhaberin griechischer Kunst mache ich automatisch eine Bestandsaufnahme dessen, was das Zimmer enthält. Unvergleichlich wunderbare Stücke sind hier auf den Regalen rechts, links von mir ausgestellt. Man hat mir manches von dem Professor, seiner Familie, seiner Lebensweise erzählt. Ich habe gewisse persönliche Anekdoten gehört, die den Lesern seiner Bücher im Allgemeinen nicht zu Ohren kommen. Ich habe seine Verehrer ihn mit Liebe kritisieren und seine Feinde ihn mit guten Gründen beschimpfen hören. Ich weiß, dass vor ungefähr fünf Jahren eine frühere, sehr ernste Krankheit erneut ausgebrochen war und man ihn wegen jener besonders bösartigen Form von Mund- oder Zungenkrebs nochmals operierte und dass er wie durch ein Wunder (zum Erstaunen der Wiener Spezialisten) wieder genas. Es scheint mir, auf irgendeine seltsame Weise, dass wir beide zu irgendeinem Zweck «wunderbar gerettet» wurden. Doch ist das alles ein Gefühl, eine Atmosphäre – etwas, das ich erkenne oder wahrnehme, aber nicht eigentlich in Worte oder Gedanken fasse. Ich hätte es nicht einmal aussprechen können, wenn ich es in jenem Augenblick erkannt hätte. Ich weiß, dass es ein großes Privileg ist, hier zu sein, das erkenne ich wirklich. Ich bin hier, weil Dr. Hanns Sachs mir vorschlug, hierher zu kommen, und dem Professor von mir schrieb. Dr. Sachs hatte mit Liebe über den Professor geredet und manchmal mit sanfter Ironie von der «armen Frau Professor» gesprochen. Aber niemand hatte mir erzählt, dass dieses Zimmer ringsum voller Schätze steht. Ich wollte den Alten Mann des Meeres begrüßen, doch niemand hatte mir von den Schätzen erzählt, die er aus der Meerestiefe geborgen hatte.

75

Er ist hier zu Hause. Er ist mit diesen Schätzen verwachsen. Ich bin von weither gekommen. Ich habe nichts mitgebracht. Er hat seine Familie, die ungebrochene Tradition einer Familie, die weit zurückreicht, durch dieses alte Kernland des Römischen Reiches hindurch und bis ins Heilige Land.

Ah, Psyche, from the regions which
Are Holy Land![16]

Er ist das ururalte Symbol, er wägt die Seele, Psyche, in der Waage. Begrüßt die Seele, wenn sie die Pforten des Lebens passiert und das Haus der Ewigkeit betritt, den Hüter der Tür? Es scheint so. Ich hätte erwartet, dass der Türhüter, der doch jenseits der Schwelle zu Hause ist, die zitternde Seele begrüßen würde. Nicht so der Professor. Doch als er, nach langem Warten, merkte, dass ich nicht sprechen wollte oder konnte, brach er das Schweigen. Was er sagte – und ich glaubte, etwas traurig –, war: «Sie sind der einzige Mensch, der je in dieses Zimmer kam und die Dinge im Zimmer ansah, bevor er mich ansah.»

Doch es sollte noch schlimmer kommen. Ein kleines, löwengleiches Wesen trottete auf mich zu – eine Löwin, wie sich herausstellte. Sie war aus dem Allerheiligsten aufgetaucht oder aus ihrem Versteck unter oder hinter der Couch zum Vorschein gekommen; wie auch immer, sie verfolgte unbeirrt ihren Weg über den Teppich. Verlegen, scheu, überwältigt beuge ich mich nieder, um dieses Wesen zu begrüßen. Doch der Professor sagt: «Rühren Sie sie nicht an – sie schnappt zu – sie ist sehr schwierig mit Fremden.» *Fremden?* Ist die Seele, die die Sehwelle überschreitet, für den Türhüter eine Fremde? Es hat so den Anschein. Doch obwohl ich keine beglaubigte Hundeliebhaberin bin, mag ich Hunde, und sie werden seltsamer- und oft unerwarteterweise schnell «warm» mit mir. Wenn dies eine Ausnahme ist, bin ich bereit, das Risiko einzugehen. Uneingeschüchtert, doch bekümmert durch die etwas ablehnende Art des Professors, setze ich nicht nur meine Bewegung hinab zu dem kleinen Chow fort, sondern gehe dazu noch in die Hocke, sodass die Hündin, wenn sie denn will, nun erst recht zuschnappen kann. Jofi – sie heißt Jofi – schmiegt ihre Schnauze in meine Hand und reibt ihren Kopf in zarter Zuneigung an meiner Schulter.

76

So kann ich wieder sagen, der Professor hatte nicht immer recht. Das heißt, doch, er hatte immer recht in seinen Urteilen, aber meine Art des Rechthabens, meine Intuition, funktionierte manchmal um den Bruchteil einer Sekunde (auf den in der spirituellen Zeitrechnung alles ankommt) schneller. Ich reagierte in einigen Fällen, wo Intuition erfordert war, rascher, und manchmal reichte eine kleine Wurzelfaser von jenem großen, gemeinsamen Baum der Erkenntnis tiefer in den Untergrund. Seine Sache waren die großen Riesenwurzeln jenes Baumes, doch meine zitterten manchmal mit haarfeinen, fast unsichtbaren Fühlern ein Warnsignal oder lösten ein Problem, wie etwa als mich jenes Wort *Fremde* so vor den Kopf stieß. «Wir werden es ihm zeigen», entgegnete das unsichtbare Würzelchen der Intuition, und ohne dass der Gedanke Gestalt annimmt, sind die Worte «Lieber Hund, hab mich lieb» da und lenken mein Verhalten. «Er wird schon sehen, ob ich wirklich gleichgültig bin», schnappt meine *Emotion* zurück, wenn auch wortlos. «Wenn er so weise, so klug ist», sendet das kleinstmögliche Untergrundwürzelchen seine Botschaft, «dann zeig ihm, dass auch du weise und klug bist. Zeig ihm, dass du deine eigene Methode hast, etwas über Leute herauszufinden, und dazu nicht ihre bloße, äußere, gewöhnliche Erscheinung anzusehen brauchst.» Meine Intuition fordert den Professor heraus, wenn auch wortlos. Jene Intuition kann man nicht wirklich in Worte übersetzen, doch wenn man es könnte, würde sie, grob gesagt, etwa so reden: «Warum sollte ich Sie ansehen? Sie sind in den Dingen enthalten, die Sie lieben, und wenn Sie mich beschuldigen, ich sähe die Dinge im Zimmer an, bevor ich Sie ansehe, nun, so werde ich weiter die Dinge im Zimmer ansehen. Eines von ihnen ist diese kleine goldgelbe Hündin. Sie schnappt zu, ja? Sie nennen mich eine Fremde, ja? Nun, ich werde Ihnen zwei Dinge zeigen: Erstens, ich bin keine Fremde; und zweitens, auch wenn ich es noch vor zwei Sekunden gewesen wäre, bin ich es doch jetzt nicht mehr. Und darüber hinaus war ich nie eine Fremde für diese kleine goldgelbe Jofi.»

Die Herausforderung ohne Worte geht weiter: «Sie sind ein großer Mann. Ich bin von Verlegenheit überwältigt, ich bin scheu und verängstigt und linkisch wie ein hochaufgeschossenes Schulmädchen. Aber hören Sie zu. Sie sind ein Mann. Jofi ist ein Hund. Ich bin eine Frau. Wenn dieser Hund und diese Frau miteinander ‹warm› werden, wird das beweisen, dass es jenseits Ihrer beißenden unausgesprochenen Kritik – wenn es denn eine Kritik ist – noch einen anderen Bereich von Ursache und Wirkung, einen anderen Bereich von Frage und Antwort gibt.» Zweifellos gewann der Professor aus der ersten Reaktion eines neuen Analysanden oder Patienten einen wichtigen Hinweis. Ich war nun einmal auf so etwas nicht vorbereitet. Ich hätte es noch mehr büßen müssen, wäre ich es gewesen.

77

«Ob nun zufällig oder geplant», ich begann diese Aufzeichnungen am 19. September. Ich schlage in meinem Kalender «Geheimnisse der Alten» nach und finde, dass Dr. W. B. Crow diesem Datum folgende Zuschreibung gegeben hat: «Thot, ägyptische Form des Merkur. Führt die Waage der Gerechtigkeit. *St. Januarius.*» Und wir wissen von *Janus*, dem alten römischen Wächter über Tore und Türen, dem Schutzherrn des Monats Januar, der ihm geweiht war wie alle «Anfänge».

Janus hatte zwei Gesichter, die in entgegengesetzte Richtungen zeigten, genauso wie Türen oder Tore, je nachdem ob sie offen oder zu sind. Hier in diesem Zimmer hatten wir Ein- und Ausgang. Ich habe auch die vier Seiten des Zimmers notiert und das Problem der vierten Dimension berührt: die «zusätzliche Dimension, dem Raum durch eine hypothetische Spekulation zugeschrieben» heißt die etwas komische Wörterbuchdefinition. Der alte Janus war auch der Hüter der Jahreszeiten, der Zeitenfolge von Frühling, Sommer, Herbst und Winter. Thot war der ursprüngliche Gott des Messens, der ägyptische Prototyp des späteren griechischen Hermes. Ich stellte bereits die Verbindung her mit dem noch späteren römischen Merkur, unserem Fliegenden Holländer.

Was mich selbst betrifft, so gab es da eine Geschichte, die ich liebte; ich hatte sie völlig «vergessen»; jetzt kommt sie mir plötzlich wieder in den Sinn. Die Geschichte handelte von einem alten Leuchtturmwärter, der Captain January hieß, und einem schiffbrüchigen Kind.

Wir haben mit unseren Untersuchungen, unseren «Studien», eben erst angefangen, der alte Professor und ich.

78

Dies ist erst der Anfang, doch ich lernte unlängst (wieder aus Dr. Crow), dass «das Siegel der Schule des Hippokrates das Tau-Kreuz zeigt, um das sich die Schlange windet – genau die Figur, in der die früheren christlichen Künstler die Schlange darstellten, die Mose in der Wüste aufgerichtet hat.» Mein Schlange-und-Distel-Motiv steht hierzu offensichtlich in einer verborgenen Beziehung.

Es war der Asklepios der Griechen, den man den *Arzt ohne Fehl und Tadel* nannte. Er war der Sohn der Sonne, des Phöbus Apoll, und Musik wie Medizin waren dieser Quelle des Lichtes gleichermaßen geweiht. Jener Halbmensch, Halbgott ging (so sprach das Fatum) ein wenig zu weit, als er anfing, die Toten tatsächlich aufzuerwecken. Er wurde von dem Donnerkeil einer rächenden Gottheit zerschmettert, doch Apoll missachtete den Zorn seines Vaters und versetzte Asklepios unter die Sterne. Unser Professor stand diesseits der Pforte. Er gab nicht vor, er könne die Toten zurückholen, die bereits die Schwelle überschritten hatten. Aber aus toten Herzen, wunden Seelen und ungelenken Körpern erweckte er eine Schar lebendiger Kinder.

Eines dieser Kinder hieß Mignon. Gewiss nicht mein Name. Freilich, ich war klein für mein Alter, «mignonne»; aber ich war nicht hübsch, sagten sie, und ich war nicht schlau und schnell und klug wie mein Bruder. Mein Bruder? Soll ich meines Bruders Hüter sein? Es scheint so. Sehr viele dieser Brüder fielen auf den Feldern Frankreichs, in jenem ersten Krieg. Sehr viele sind seither gefallen. Zahllos sind die jungen, geflügelten Merkure, die, ausgewogen, diszipliniert und heldenhaft sie alle, doch vom Himmel gestürzt sind und sich zur großen Schar der Toten gesellt haben. Der Totengeleiter? Das war der Hermes der Griechen, der dieses Attribut vom Toth der Ägypter übernahm. Das *T* oder Tau-Kreuz wurde zum schlangenumwundenen Merkurstab, der wieder dem *T* oder Tau-Kreuz entspricht, das Mose in der Wüste aufrichtete.

Soll ich meines Bruders Hüter sein? Soweit meine undisziplinierten Gedanken es mir erlauben … und weiter, als mich meine disziplinierten bringen können. Denn der Professor hatte nicht immer recht. Er wusste nicht – oder doch? –, dass ich die Dinge in seinem Zimmer ansah, bevor ich ihn ansah – weil ich wusste, dass die Dinge in seinem Zimmer Symbole der Ewigkeit waren und ihn damals so enthielten, wie ihn jetzt die Ewigkeit enthält.

79

Dieser alte Janus, der geliebte Leuchtturmwärter, der alte Captain January, verschloss die Tür gegen transzendentale Spekulationen oder übertrug zumindest diese dunkle oder verborgene Symbolwelt auf die dunklen oder verborgenen Bereiche der persönlichen Reaktionen, Träume, Gedankenassoziationen oder Gedanken«übertragungen» der einzelnen menschlichen Seele. Um den einzelnen Menschen ging es ihm, um seine individuellen Reaktionen auf die Probleme des Alltags, um die Beziehungen des Kindes zu seiner Umwelt, seinen Freunden, seinen Lehrern und vor allem seinen Eltern. Und was geschah, wenn dieses Leben vorbei war ...? Was diese Frage betraf, so hatten wir als Individuen, als Angehörige *einer* Rasse, *einer* umgreifenden Bruderschaft, die doch viele verschiedene, individuelle Zweige enthielt, aus den erleuchtenden Lehren des Meisters, der unserem Zeitalter seinen Namen gab, so wenig Nutzen gezogen, dass sich mit gutem Recht ein Prophet in der alten Tradition Israels erheben, die Tür gegen Visionen von der Zukunft, vom Nachleben zuschlagen und sich selbst davor aufstellen konnte wie der römische Zenturio vor dem Tor in Pompeji, der nicht von seinem Posten vor dem Torweg wich, da er keine entsprechenden Befehle erhalten hatte, und über den spätere Generationen staunten, wie er so dastand, einbalsamiert in erstarrter Lava, erhalten durch denselben Feuer- und Aschenregen, der ihn vernichtet hatte.

«Zumindest haben sie mich nicht auf dem Scheiterhaufen verbrannt.» Sagte der Professor das von sich selbst, oder sagte es jemand anderes von ihm? Ich glaube, er war es selbst. Aber es hat nicht viel gefehlt … sogar buchstäblich … und letzte Nacht gab es hier in London das vertraute Sirenengeheul, die Alarmsignale, gefolgt jeweils von den noch ohrenzerreißenderen und herzzerbrechenderen Entwarnungen, die als eine Art Nachernte oder Nachgeburt des eigentlichen Schreckens noch verheerender sind. Wenn wir von der Drohung einer akuten Gefahr erlöst sind, haben wir Zeit, darüber nachzudenken. Und in den Pausen zwischen Alarmsignal und Entwarnung hört man regelmäßig das Geräusch von Explosionen in der Nähe oder Ferne, um drei Uhr morgens, nach sieben und in kleineren Abständen … der Krieg ist noch nicht vorbei. *Eros* und *Tod*, das waren die beiden Hauptthemen – tatsächlich die einzigen Themen –, mit denen der Professor sich ewig beschäftigte. Sie halten einander immer noch im Würgegriff umklammert, der Kampf ist noch nicht entschieden. Herkules kämpfte mit dem Tod und kämpft immer noch. Doch der Professor selbst proklamierte die herkulische Macht des Eros, und wir wissen, es steht von Anbeginn geschrieben, dass die Liebe stärker ist als der Tod.

Es war die reine Liebe zur Menschheit, die den Professor am Tor Wache stehen ließ. Der Glaube an das Fortleben der Seele, an ein Leben nach dem Tod, schrieb der Professor, war die letzte und größte Fantasie, die gigantische Wunscherfüllung, die über die Jahrhunderte hinweg das ausgearbeitete und detaillierte Bild eines Nachlebens aufgebaut hatte. Vielleicht hat er das sogar geglaubt. Wenn ja, war es wieder ein Beweis seines Zenturionenmuts. Er wollte Wache stehen, er wollte den ganzen Strom des Bewusstseins zurückleiten in nützliche, in *Bewässerungs*kanäle, sodass kein Tropfen von dieser Energie verschwendet würde. Er wollte die Augiasställe ausmisten, er wollte den nemeischen Löwen zähmen, er wollte den erymanthischen Eber einfangen und die Sümpfe des Unbewussten von den stymphalischen Vögeln befreien. Diese Dinge mussten getan werden. Er deutete gewisse Wege an, wie sie getan werden könnten. Bis wir unsere zwölf Arbeiten zu Ende gebracht haben, schien er wieder und wieder zu betonen, haben wir (das Menschengeschlecht) kein Recht, uns auf dem Wolkenkissen der Fantasien und Träume von einem Nachleben zur Ruhe zu setzen.

Aus den oberen, den Vernunftschichten der denkenden Seele wollte er diesen Traum von einem Himmel, diese Hoffnung auf ein ewiges Leben ausschließen. Irgendjemand schreibt irgendwo von Sigmund Freuds mutigem Pessimismus. Er hatte wenig Hoffnung für die Welt. Er wusste, warum die Leute über seine ersten Entdeckungen lachten, über seine «Traumdeutung», sein «Traum und Wahn» und all die anderen. Er antwortete den ersten Spöttern und Verleumdern mit seiner Abhandlung über Witz und Humor – ich halte es für unmöglich, sie in der Übersetzung zu beurteilen oder zu schätzen –, doch auch ein oberflächlicher Beobachter der Art, wie er an seine Feinde heranging, müsste zugeben, dass dem Florett seines Witzes – ein würdiger Gegner, mit dem er sich messen könnte, vorausgesetzt – niemand gewachsen war. Er wollte den Leuten keineswegs nachweisen, dass sie *unrecht* hatten, seine Absicht war nur, ihnen den Weg zu weisen und ihnen zu zeigen, dass andere ihnen Ideen aufgedrängt hatten, die sich schließlich als zerstörerisch erweisen konnten. Er schrieb sogar später eine durchdachte, ruhige und leidenschaftslose Abhandlung über die Gründe für den wieder aufwallenden Judenhass.

80

Ein anderer Jude sagte einmal: *Das Himmelreich ist in euch.* Er sagte: *Es sei denn, dass ihr werdet wie die Kinder, so werdet ihr nicht in das Himmelreich kommen.*

81

Others abide our question. Thou art free.
We ask and ask – Thou smilest and art still,
Out-topping knowledge. For the loftiest hill,
Who to the stars uncrowns his majesty,

Planting his steadfast footsteps in the sea,
Making the heaven of heavens his dwelling-place,
Spares but the cloudy border of his base
To the foil'd searching of mortality;

And thou, who didst the stars and sunbeams know,
Self-school'd, self-scann'd, self-honour'd, self-secure,
Didst tread on earth unguess'd at. – Better so!

All pains the immortal spirit must endure,
All weakness which impairs, all griefs which bow,
Find their sole speech in that victorious brow.

Ich konnte dem Drang (fast Zwang), dies abzuschreiben, nicht widerstehen. Es ist natürlich Matthew Arnolds bekanntes Sonett auf Shakespeare. Ursprünglich hatte ich es in diese Aufzeichnungen nicht einbeziehen wollen, doch mein Unterbewusstsein oder Unbewusstes erkannte vielleicht eine geistige Familienähnlichkeit in jener «victorious brow». Und diese allerletzte Zeile enthält eine Art von Elisabethanischem Sprachbild oder Sinnspruch, einen verborgenen Verweis – ein rein persönlicher Fund, doch für unseren Zweck seltsam zwingend. Wir finden darin «victorious»: sieghaft oder Sieg und die «sole voice»: Stimme, Wort oder Ausspruch oder *Mund* – Sigmund. Da steht es, dieses Sonett, als wäre es für uns geschrieben, für diese Gelegenheit, für diese Erinnerungen, und da stehen die mehr persönlichen Strophen des deutschen Dichters Goethe, auf die ich weiter oben in diesen Aufzeichnungen verwiesen habe. Ich kann mich nicht entsinnen, zu welcher Melodie – es war nicht die Schumanns – ich sie mit einer Gruppe von Gleichaltrigen als Schulkind sang. Doch den Professor umgab gewiss Musik; Musik lag in jeder Silbe, die er aussprach, und Musik war in seinem Namen enthalten, dem *Sieg-mund*, der sieghaften Stimme, dem sieghaften Wort. Musik gehörte zu Wien, immer und überall; da war Beethoven, den seine Symphonien bis zum Zerspringen quälten, und Mozart, zart und unfehlbar, verlassen und frühverstorben. Da war natürlich Schumann, und Schuberts Name war besonders mit dem Dorf oder Vorort Grinzing verknüpft, das nicht weit von Döbling entfernt ist, wo der Professor sein Sommerquartier hatte in jenem ersten Jahr meines Aufenthalts in Wien. Da war die Stadt, weltweit bejubelt als Herz und Zentrum der Musik und der Musikliebhaber. Und hier war der Meistermusiker, auch er ein Sohn des Apoll, der den menschlichen Geist zu einem harmonischen Ganzen gestalten, der wie Orpheus die wilden Tiere des Unbewussten oder Unterbewusstseins bezaubern wollte und die toten Stücke und Steine der begrabenen Gedanken und Erinnerungen beleben.

82

«Ob nun zufällig oder geplant», ich begann diese Aufzeichnungen am 19. September, einem Tag, der Toth und später dem heiligen Januarius geweiht war, und dieser zweite Name lässt sich mit dem des römischen Janus in Verbindung bringen, des Schutzherrn der Torwege und Pforten, des Wächters über alle «Anfänge». Ich wählte dieses Datum nicht bewusst, obwohl mich mein Unterbewusstsein, da ich von Zeit zu Zeit einen Blick auf den Kalender werfe, darauf hingeführt haben könnte. Doch ganz entschieden «geplant» werde ich diese «Anfänge» beenden, und zwar am 2. November, dem Tag, an dem man die Kerzen für die Seelen der Toten anzündet.

Heute ist der Abend vor Allerheiligen, Halloween; also ist morgen der 1. November 1944, der Tag Aller Heiligen. Der Engel Michael der alten Einteilung, der Erzengel Michael der Offenbarung regiert über den Planeten, der noch immer Merkur heißt. Und in Renaissancegemälden überrascht es uns nicht, wenn wir St. Michael die Flügelsandalen und manchmal sogar den Flügelhelm des klassischen Götterboten tragen sehen. Doch für den Professor wähle ich lieber den Tag nach Allerheiligen. Sein Interesse galt mehr den Seelen als den Heiligen.

83

Eine dieser Seelen hieß Mignon, wenn ihr auch ihr Körper nicht so recht passte. Sie war klein, «mignonne», wenn auch nicht hübsch, wie sie sagten. Sie war ein Mädchen zwischen zwei Jungen: Doch ironischerweise war sie schwächlich und mausgrau, während die Jungen ganz Glanz und Gold waren. Sie war nicht hübsch, sagten sie. Dann sagten sie, sie sei hübsch – doch plötzlich schoss sie in die Höhe wie ein Unkraut. Sie sagten überrascht: «Sie ist wirklich sehr hübsch, aber ist es nicht schade, dass sie so groß ist?» Die Seele hieß Mignon, aber es war nicht zu übersehen: Sie passte ihrem Körper nicht.

Doch fand sie sich in einem Lied. Nur die Melodie fehlt.

84

In der letzten Strophe dieses Gedichts von Johann Wolfgang Goethe kommt die Zeile vor:

Es stürzt der Fels,

er stürzt oder zerbricht in Trümmer, und tatsächlich ist das genau unsere gegenwärtige Lage; doch das folgende

und über ihn die Flut

vermittelt den Eindruck eines lebendigen Flusses. Trümmer und die Flut, doch es bleibt uns unsere eigentümliche Arche oder Barke – ein Boot nannte ich sie –, die uns vielleicht sogar jetzt noch durch die brodelnden Wasserstraßen zum sicheren Hafen trägt. Die Mignon aus Goethes Gedicht schließt sich selbst unserem Frage-und-Antwort-Ritual an. Da waren die Fragezeichen, wie ich sie nannte, die Reihe der unvollständigen, umgekehrten *S* aus dem Schnörkelmuster der Schrift-an-der-Wand auf der griechischen Insel Korfu im Frühling des Jahres 1920. Da war das *S* oder die Schlange auf meinem ursprünglichen Eckstein, das rätselhafte Symbol, das ein Jugendfreund, mein erster «lebendiger» Dichter, Ezra Pound, für mich übersetzte. Da war das *S* als Schlange, das mit der Distel einherging, dem Symbol, das an öde Stätten und die Wüste erinnert; doch hat man uns erzählt, die Wüste wird blühen wie Rosen, und es war in der Wüste, wo Mose das Zeichen, das alte *T* oder Tau-Kreuz des ägyptischen Toth aufstellte. Der Professor hatte damals an einer Fortsetzung seines «Moses ein Ägypter»-Themas gearbeitet, worüber wir freilich nicht eigentlich sprachen, als ich meinen «wirklichen» Traum von der ägyptischen Prinzessin hatte. Er fragte mich damals, ob ich das Kind Miriam war, das im Doré-Bild halbverborgen im Flussschilf stand und über das neugeborene Kind wachte, das der Führer eines versklavten Volkes und der Begründer einer neuen Religion werden sollte. Miriam? Mignon?

85

Sie stellt die Frage. Jede Strophe des Gedichts ist eine Frage oder eine Reihe von Fragen. Kennst du das Land? Kennst du das Haus? Kennst du den Berg?

Kennst du den Berg und seinen Wolkensteg?

Die Vorstellung von Berg und Brücke passten so vollkommen zu dieser ganzen *Übersetzung* der Erfahrungen mit dem Professor und mit unserer gemeinsamen Arbeit. Ein «Steg» ist freilich nur ein schmales Brett, keine Brücke für eine große Menschenmasse, er schwingt sich sozusagen über den Abgrund und ist nicht gebaut, gehämmert und konstruiert. Es gibt eine Menge von psychoanalytischen Gebäuden und Konstruktionen; es gibt die Götter, für die einige lesen: Güter. Wir beschäftigen uns hier mit dem Reich der Fantasie und Einbildungskraft, das sich über den Abgrund schwingt, und dies sind die Zeilen eines Dichters. Die folgenden Zeilen desselben Dichters scheinen unserem Gegenstand eigenartig angemessen:

Das Maultier sucht im Nebel seinen Weg.

Es gibt eine Menge Maulesel, die ihren Fuß auf die niedereren, bequemer markierten Saumpfade dieses Berges gesetzt haben. Zu schwer beladen mit intellektueller Ausrüstung oder mit Blindheit geschlagen durch die Scheuklappen des Vorurteils, drehen sie sich um und um im Kreise und kommen zum Stall zurück und schütteln traurig ihre Köpfe über die Torheit ihrer eigenen Vergangenheit und die noch größere Torheit des Berges, der sie so betrogen hat. Doch gibt es auch andere Maulesel, die weitertrotten – treue Maulesel. Ihren Prototyp finden sie in der weihnachtlichen Krippenszene.

Und genau unsere Phobie kommt hier vor und die Schar der verbündeten Phobien, der Drache und der Schwarm seiner Kinder, das vielköpfige Ungeheuer der Hydra, dem eine andere der zwölf Arbeiten des Herkules galt:

In Höhlen wohnt der Drachen alte Brut.

Wie der Christ des puritanischen Dichters John Bunyan müssen wir auf, durch und hinter diese Gefahren stoßen. *Kennst du ihn wohl,* ihn und all diese Dinge? Wenn jemals einer, so kannte ihn der alte Professor. Und schließlich war es doch St. Michael – nicht wahr? –, der dieses hier seit Urzeiten hausende Untier vertrieb. Toth, Hermes, Merkur und zuletzt Michael, der Kapitän oder Zenturio der himmlischen Heerscharen.

Aber uns geht es hier mehr um die Seele, nicht so sehr um Heilige oder Engel; wir mögen sie Miriam oder Mignon nennen.

Kennst du das Land, wo die Zitronen blühn,
Im dunkeln Laub die Goldorangen glühn?

Es war an einem Wintertag, als mir der Professor einen Zweig von einem Orangenbaum mit dunklen, lorbeergleichen Blättern überreichte.

Ein sanfter Wind vom blauen Himmel weht,

Ja, es war dunkel und kalt, und vom nahen Horizont hörte man das Rumpeln von Kriegswagen. Doch über den Professor und diese besondere Seele wehte ein weicher Wind vom wolkenlosen Himmel – so sanft war der Wind, dass an der Myrte, die zusammen mit der Rose der Liebe geweiht ist, kein Blatt zitterte und der Lorbeer dort sehr hoch wuchs.

Die Myrte still und hoch der Lorbeer steht.

Alles ist da; die lyrische Frage und die stillschweigende Annahme, dass die Antwort mit ihr gegeben ist. Es heißt: Kennst du das Land – aber natürlich kennst du es, nicht wahr? Das Haus? Den Berg? Es ist ein fremdes Land, Ausland, ein Land klassischer Assoziationen, die Myrte und Aphrodite und der Lorbeer des Apoll. Du kennst doch das Haus, nicht wahr? Das Dach des Hauses ruhte auf Säulen, wie ursprünglich das Dach oder Teildach des Tempels von Karnak oder des Parthenon in Athen. Doch scheint dieses Haus uns zeitlich näher zu sein; da ist die große Eingangshalle, der «Saal» mit seinen glänzenden Lampen und Kerzen, und hinter ihm liegt der mit schimmernden Farben behangene oder bemalte Innenraum, das «Gemach». Eben dort finden wir die «Marmorbilder», genauso wie ich die kleinen Statuetten im Zimmer jenseits des eigentlichen Sprechzimmers, auf dem Tisch des Professors, gefunden hatte. Die Bilder starren und starren und scheinen zu sagen:

Was hat man dir, du armes Kind, getan?

Armes Kind, arme zitternde und schutzlose Seele. Aber – du weißt es doch? –, aber natürlich weißt du es. Dorthin will ich mit dir, mein Wächter,

mit dir, o mein Beschützer, ziehn.

Das Land oder die Landschaft, das Haus, der Berg – wir können im Garten ruhen, wir können in jenem Haus Obdach finden; es ist so schön; es lässt mich an die Ca' d'Oro, das Goldene Haus am Canale Grande in Venedig, denken. Es ist die «domus aurea» der Lauretanischen Litanei, und das ganze Gedicht folgt in seiner Symbolik dem Zyklus der Wanderschaft der Seele. Der Garten, das Haus oder der Saal, der Berg. Der Berg ist sehr hoch, denn er ist wie der Olymp von Wolken gekrönt, doch gibt es den «Wolkensteg». Er ist keine breite Brücke, die Klüfte oder Schluchten, wo der alte Drache wohnt, sind tief und schreckenerregend. (Doch *wir haben sehr tief gebohrt*, sagte der alte Professor.) Verstreute Felsen und Trümmer liegen um uns herum, und das fürchterliche Brüllen des Katarakts hallt uns noch immer in den Ohren nach. Doch du, als Einziger von allen, kennst ihn, nicht wahr, fragt die ratlose Seele; während der kleine Maulesel auf seinem Weg im Nebel weitertrottet. O lass uns zusammen weggehen, fleht die Seele, die Mignon des Dichters Goethe; lass uns ziehn,

o mein Geliebter,

sagt sie zuerst, und dann, mein Wächter,

o mein Beschützer,

und am Ende fragt sie nicht mehr, ob sie gehen darf; noch ruft sie aus: wenn wir nur gehen könnten; sondern es steht da die einfache Feststellung, mit den weißen Rosen – oder, wie es sich fügte, den noch weißeren Gardenien – der allertiefsten Verehrung.

Dahin! Dahin
Geht unser Weg; o Vater, laß uns ziehn!

London
19. September 1944
2. November 1944

Advent

1

2. März 1933

Ich weinte zu stark … und ging in das alte, holzgetäfelte Restaurant mit den Gemälden, die aussahen wie die Bilder meiner Mutter: Schweizer Motive, Berge, Schweizerhaus am Hang, Wildbach mit Brücke. Wie in ihrer Serie gab es auch hier mehrere viktorianische Winterszenen. Die alten Tafeln mit den Sägemühlen, dem Lehigh River, dem Sommerhaus mit Obstspalier, dem Wildpark des Seminars, wo ihr Vater viele Jahre Rektor war, sind unverkennbar irgendwie mit diesen verwitterten Ölbildern verwandt. Es sind noch ein paar Stillleben dabei, ein brauner Krug mit Äpfeln und der übliche Pfingstrosenstrauß mit einem einzelnen blauen Rittersporn dazwischen, genau die Art, wie wir sie in den Galerien finden, doch diese Bilder sind schlicht oder schlecht, ohne inneren Wert.

Meine Mutter und ich besuchten ein österreichisches Dorf, das aussah wie diese Bilder; es war im Frühsommer 1913, nach unserer Abreise aus Italien. Mein Vater war nach Amerika zurückgekehrt, «um ein Paar Schuhe zu kaufen», wie er sagte. Es gab ein Passionsspiel; ich erinnere mich, wie meine Mutter auf einer Holzbrücke mit einer Frau aus dem Dorf sprach, die sagte, Judas sei der Fischhändler. Meine Mutter konnte perfekt Deutsch; wir wohnten in einem Gasthaus, das einzige, woran ich mich erinnere, ist, dass die Kellnerin mich einen «Backfisch» nannte und dass wir an dem alten österreichischen Kaiser und der Kaiserin im blauen Dekolleté mit Perlen, die als gerahmte Farbdrucke an der Wand hingen, unser Vergnügen hatten. Das war wahrscheinlich in Innsbruck. Das Dorf – ich habe seinen Namen vergessen – brachte seine Besucher als Logiergäste unter, in Holzhütten oder Schweizerhäusern (wie die auf den verwitterten Gemälden), und der holzgeschnitzte Christus an den Häuserecken und am Zugang zu der alten Brücke machte auf uns einen ziemlich überwältigenden Eindruck.

Einmal ging ich allein über die Brücke, kam aber nicht weit. Der Wald schien bedrohlich.

Über Weihnachten hatten wir Rehe auf dem Moos unter dem Baum. Unser Großvater ließ uns aus Ton Schafe formen.

Ich weinte zu stark – ich weiß nicht, welche Erinnerung in mir auftauchte: der verletzende Anblick der kalten, nonnengleichen Schwestern, als ich in London, im Frühling 1915, in meinem ersten Wochenbett lag; der Schock bei der Nachricht vom Untergang der «Lusitania», kurz bevor das Kind tot zur Welt kam; die Angst zu ertrinken; junge Männer auf Parkbänken in blauen Krankenhausuniformen; die kriegsfeindliche Haltung meines Vaters und seine stürmische Kehrtwende 1918; meine zerrüttete Ehe; eine kurze Periode im Jahr 1918, als ich mit Freunden in Cornwall war; das Teleskop meines Vaters, das Mikroskop meines Großvaters. Wenn ich mich gehen lasse (ich, dieser eine Tropfen, dieses eine «Ich» unter dem Mikroskop-Teleskop von Sigmund Freud), habe ich Angst, ich könnte mich ganz und gar auflösen.

Ich hatte, was Bryher das «Quallen»-Erlebnis eines Doppel-Ichs nannte; eine Glocke oder Halbkugel wie aus durchsichtigem Glas öffnete sich über meinem Kopf wie eine Taucherglocke, eine andere erschien unter meinen Füßen, und so war ich im Juli 1919 auf St. Mary, einer der Scilly Inseln, für eine kurze Weile eingeschlossen, abgeschirmt und abgedichtet gegen das Unheil des Krieges. Doch ich konnte nicht darin bleiben, ich nahm wieder feste Gestalt an, und Bryher fuhr mit mir im Frühling 1920 nach Griechenland.

Mein älterer Bruder und ich nahmen das Vergrößerungsglas unseres Vaters, und er zeigte mir, wie man «Papier verbrennt». Unser Vater verbot uns weiterzumachen, da er es gefährlich fand, ein «Spiel mit dem Feuer».

Als ich Professor Freud erzählte, ich hätte 1913 geheiratet, sagte er: «Ah, vor 20 Jahren.»

Sigmund Freud gleicht einem Museumskurator, umgeben von seiner kostbaren Sammlung griechischer, ägyptischer und chinesischer Schätze; er ist «Lazarus, komm heraus»; er gleicht D. H. Lawrence, alt geworden, aber gereift und scharfsinnig. Seine Hände sind feinfühlig und zart. Er ist eine Hebamme der Seele. Er ist selbst die Seele. Wie ein Nachtfalter schlägt der Gedanke an ihn gegen meine Stirn, wie ein Totenkopf; er ist nicht die ägyptische Sphinx, aber der Falter Sphinx, der Totenkopf.

Kein Wunder, dass ich mich ängstige. Ich lasse den Tod zum Fenster herein. Wenn ich nicht mit eisesdünnem Fensterglasverstand meine Seele oder meine Gefühle schütze, lasse ich den Tod herein.

Doch vielleicht werde ich mit einer Droge behandelt, kann eine namenlose, kostbare Phiole aus seiner Höhle entführen. Vielleicht werde ich das Geheimnis erfahren, Priesterin sein, Herrin über Leben und Tod.

Er schlug auf mein Kissen oder das Kopfende der alten Couch, auf der ich liege. Er ärgerte sich über mich. Sein kleiner Chow Jofi sitzt ihm zu Füßen. Wir bilden einen uralten Zirkel oder Kreis: der Weise, die Frau und die Löwin (wie er seinen Chow nennt).

Er ist Jude; wie der letzte Prophet wollte er das alte Gesetz Moses niederreißen: Tod durch Steinigung für den Landstreicher und unvorstellbare Strafe für den Gesetzlosen. Das alte viktorianische Gesetz ist hart; Havelock Ellis und Sigmund Freud milderten es für meine Generation.

Kenneth Macpherson[18] nannte mich den «Berichtsengel». Ich will mich bemühen, den Kern in dem gemalten Apfel in dem gemalten Korb zu verzeichnen, der links neben dem Toilettentisch hängt, direkt in Augenhöhe mir gegenüber, wenn ich von meinem Notizbuch aufblicke. Das Gemälde ist unter Rauch und Winterfeuchtigkeit nachgedunkelt, doch muss es schwarze Samenkörner in den gemalten Äpfeln geben, es muss Weißwein in dem gemalten Krug sein. Ich wollte wie meine Mutter malen, obwohl sie über ihre Bilder, die wir so bewunderten, lachte.

Mein Vater ging hinaus ins Freie, die Sterne beherrschten ihn. Menschliche Seelen beherrschen Sigmund Freud.

Auf Korfu, im Frühling 1920, hatte ich unter meinen vielen Fantasien auch die Vorstellung von einer Gestalt in Sackleinen, die auf mich zukam; es war dem Aussehen nach nicht der herkömmliche Messias, doch seinen Worten nach musste ich ihn für Christus halten. Er sagte: «Du bist einst freundlich gewesen zu einem aus meinem Volk.» Zu wem bin ich freundlich gewesen?

Da war ein russisch-amerikanischer Jude, John Cournos oder Iwan Iwanowitsch Korschun, wie er selbst sich nannte. Ich glaube nicht, dass Korschun richtig geschrieben ist, doch so sprach er seinen Namen aus, und er sagte, wie ich mich erinnere, dass Korschun «Falke» bedeutet.

Da war noch einer, ein Mr. Brashear, ein berühmter Linsenmacher, der zum Zenit-Teleskop meines Vaters die passenden Linsen anfertigte. War das die Linse, die ich mir auf den Scilly Inseln vorstellte, oder die zwei konvexen Linsen, die ich Glasglocken nannte?

Ich kam von Ägina zurück, von der Kreuzfahrt durch Hellas im Frühling 1932. Meine Tochter war bei mir; sie war eben 13. Ich kam von Ägypten zurück, das war 1923, zur Zeit der Tut-ench-Amun-Ausgrabungen; ich kam 1920 von den Jonischen Inseln zurück.

Ich sah die Welt durch meine Doppellinse; es schien, alles außer ihr war zerbrochen. Ich beobachtete Schneeflocken durch eine vergrößerte Glasscheibe.

Wer war das, zu dem ich freundlich gewesen war? Mr. Brashear war klein, dunkel, lebhaft. Er war ein berühmter Linsenmacher, der berühmteste in Amerika, vielleicht der berühmteste in der Welt. Er ist klein in meiner Vorstellung, dieser Mensch, zu dem ich freundlich gewesen bin. Ist er der magische Homunkulus der Alchimisten?

2

Freud führte mich in das andere Zimmer und zeigte mir die Dinge auf dem Tisch. Er nahm den Elfenbein-Wischnu mit den sich in die Höhe reckenden Reptilien und dem Baldachin von Schlangenköpfen und legte ihn mir in die Hand. Dann suchte er eine winzige Athene aus, die beinahe am Ende des Halbkreises stand: «Das ist mein Lieblingsstück.» Der Wischnu war im Zentrum aufgestellt, wohlgeordnet auf beiden Seiten die Statuen; irgendwo gibt es einen Stich von dem Professor, wie er an seinem Schreibtisch hinter oder in dem Kreis sitzt. Er öffnete den Schrank an der Wand und führte seine Schätze vor, antike Ringe.

Wir sprachen über Honorare; er sagte: «Machen Sie sich deswegen keine Sorgen, das ist meine Sache.» Er fuhr fort: «Ich möchte, dass Sie sich zu Hause fühlen.» Dann sagte er, dass er meine Stimme für «sanft» halte, und fügte hinzu, als bestünde die Gefahr, dass ich den profanen Gedanken der Außenwelt Raum geben könnte: «Schließlich bin ich 77.»

Ich fand, dass ich nicht sehr scheu war. Ich erzählte ihm von Miss Chadwick, und wie ich im Frühling 1931 während meiner vorbereitenden Sitzungen bei ihr gelitten hatte. Mit Absicht wollte ich all die betrüblichen Erinnerungen zusammenstellen, damit ich ja an die Wahrheit herankäme. Er sagte: «Wir wissen nie, was wichtig ist oder was unwichtig ist, bevor alles vorbei ist.» Und: «Wir müssen unparteiisch sein, uns selbst eine faire Chance geben.»

Ich erzählte ihm, wie mich der erste Eindruck von seinem Zimmer überwältigt und aus der Fassung gebracht hatte. Ich hatte nicht erwartet, ihn von diesen Schätzen umgeben zu finden, in einem Museum, einem Tempel. Wir unterhielten uns über Ägypten. Ich sprach von dem gelben Sand, dem blauen Himmel, den Skarabäuskäfern. Dann sagte ich, dass Ägypten eine Folge von lebenden Bibelillustrationen sei, und erzählte ihm von dem Vergnügen, das ich als Kind an unserem Gustave Doré hatte.

«Sie hatten das große Glück zu entdecken, dass die Wirklichkeit den Bildern *überlagert* ist», war sein Kommentar.

Ich hatte ihm in meinen letzten Sitzungen von der Prinzessin und dem Baby im Korb erzählt.

Er fragte mich wieder, ob ich Miriam war oder Miriam sah, und glaubte ich, dass die Prinzessin wirklich meine Mutter war?

Er sagte, ein Traum weise manchmal eine «Ecke» auf, doch ich argumentierte, dass dieser Traum eine Endgültigkeit, ein Absolutes oder eine Synthese war. Auch war nicht ich, wie er zunächst angedeutet hatte, das Baby, «der Begründer einer neuen Religion». Offensichtlich war *er* jenes Licht aus Ägypten.

Doch es stimmt, wir spielen Von-Eck-zu-Eck, finden einen Winkel und dann einen anderen oder sehen die Dinge aus verschiedenen Richtungen oder von verschiedenen Seiten des Raums. Ja, wir spielen Verstecken, Hänschen-piep-einmal und Taler-auf-den-Tisch und stoppeln geduldig und sorgfältig die Flicken und Flecken unseres Puzzlespiels zusammen. Wir buchstabieren die Wörter für unser Kreuzworträtsel von unten nach oben und rückwärts und kreuzweise, und dann laufen wir wieder weg und verstecken uns im Keller oder auf dem Speicher oder im Kleiderschrank unserer Mutter. Wir spielen prächtige Charaden.

Doch der Professor bestand darauf: Ich selbst wollte Mose sein, ich wollte nicht nur ein Junge sein, sondern ich wollte ein Held sein. Er schlug mir vor, ich solle Otto Ranks «Der Mythus von der Geburt des Helden» lesen.

Freitag, 3. März

Wenn ich an den Wischnu zurückdenke, kommt mir die Elfeneinplastik wie eine Halblilie vor.

Ich weiß nicht, ob die weiße Lilie eine Fantasie, ein Traum der Realität war.

Ich stand vor dem Eisengitter des Gartens und schaute hindurch, Umgeben von einer Menge kleiner Jungen gemischten Alters, Brüder zweifellos, kleinere Cousins und die Räuber aus der Nachbarschaft.

Ein sehr alter, großer alter Mann schlendert im Garten umher. Bei ihm ist eine jüngere Ausgabe seiner selbst, doch der große junge Mann ist der Gärtner.

Der Großvater, große Vater, Gottvater sieht die Kinder. Er ruft sie an den Eisenzaun. Er mustert sie. Aber nur eines ist auserwählt.

Das sehr kleine Mädchen stolpert nach vorn, überwältigt, scheu und doch kühn. Sie überschreitet die Schwelle. Sie steht auf dem Gartenweg. Es ist ein «wirklicher» Garten, mit einem Sandweg, Nicht der Garten unseres Großvaters; er ist jedoch eingeschlossen; es ist kein sehr großer Garten, er gleicht mehr einem langen Zimmer ohne Dach zwischen den Hausmauern. Bäume stehen im Garten, gewöhnliche Bäume, wirkliche Bäume.

Sie kann damals Bäume nur nach ihren Früchten oder Blüten unterscheiden. Doch das sind gewöhnliche Bäume, zur gewöhnlichen Zeit des Sommerlaubs.

Der alte Herr sagt, sie soll sich aussuchen, was sie will. Eigentlich gibt es hier kein Stiefmütterchenbeet zum «Pflücken» und kein Obst auf den Bäumen. Doch sie soll sich aussuchen, was sie will.

Sie sieht, was sie will. Ist es die einzige Blume in diesem Garten?

Es ist keine Blume, die sie sich ausgesucht hätte, denn sie hätte sie niemals aussuchen dürfen. Es ist eine Weiße Lilie oder Marienlilie, die neben dem Weg wächst.

Sie zeigt darauf, überwältigt von ihrer eigenen Verwegenheit.

Der Gärtner klappt ein Messer auf, schneidet die Blume für sie ab.

Doch das ist ziemlich überwältigend, was fängt man mit einer riesigen Lilie an? Sie rast die jetzt leere Straße hinunter zur Haustür an der Church Street.

Sie stürzt ins vordere Wohnzimmer, den Salon. Er scheint leerer als sonst, und durch die anscheinend vorhanglosen Fenster fällt Licht. Mama sitzt da und näht, Mamalie sitzt da und näht.

Meine Weiße Lilie!

«Ah», sagt Mama oder sagt Mamalie (unsere Großmutter), «die wird auf dem neuen Grab deines Großvaters aber wunderbar aussehen.»

Sie ist allein auf dem Nisky Hill, wo ihr Großvater kürzlich begraben worden ist. Es gibt dort nichts weiter als diesen einen Grabhügel, ein Blumenbeet. Sie «pflanzt» die Lilie.

Offensichtlich ist das mein Erbe. Meine Einbildungskraft leite ich von meiner musikalisch-künstlerischen Mutter ab, von ihrer teilweise keltischen Mutter, von dem Großvater englischer und mitteleuropäischer Abstammung. Mein Vater war reines Neuengland; er war zwar als Pionier der zweiten Generation in Indiana geboren, dann aber wieder in den Osten zurückgekehrt. Auch mein Vater kommt hier vor, doch nur verschwommen, verschwunden in dem «anderen Großvater», den wir nie gekannt hatten. Der Vater meiner Mutter war der erste «Tote», den ich gekannt hatte. Ich assoziiere damals den großen Vater oder Gottvater nicht eigentlich mit einer erkennbaren Person. Er ist ein Fremder. Er ist ein General aus dem alten Süden. Ich frage später meine Mutter, wohin er gegangen ist. Aber es gibt in der Church Street keine solche Person, keinen General aus dem alten Süden, kein solches Haus mit einem engen Garten zwischen Mauern, sagt sie. Sie kennt jeden in der Church Street.

Ich nehme ihr das nicht ab, doch ich kann das Haus gegenüber dem ehemaligen College nicht finden; sie reißen gerade das College ab und ziehen neue Gebäude hoch, aber das Haus des großen alten Vaters war sowieso auf der anderen Straßenseite. Es passte alles nicht ganz zusammen, aber erst später, viel später, finde ich das heraus.

Die Bäume hingen voller Laub. Er gibt mir eine Weiße Lilie, Lilien kommen zu Ostern heraus, im Frühling oder Vorfrühling; die Bäume sind Sommerbäume in vollem Laub. Aber schlimmer noch. Nur ein oder zwei Tage, nachdem er ihr die Lilie gegeben hatte, schickte er seinen Schlitten. Es ist ein wunderschöner Schlitten, mit Schlittenglöckchen. Der Gärtner ist der Kutscher. Eine dicke Felldecke liegt darin. Wir fahren über den unberührten Schnee; auf den Straßen ist kein Mensch.

Er gab dem Kutscher eine Botschaft mit. Er sagte, er habe den Schlitten wegen des kleinen Mädchens geschickt. «Wann wird er wiederkommen?», fragte ich meine Mutter. Ist es Winter, Sommer? «Wie – was?» «Der Schlitten natürlich, er sagte, er würde ihn schicken, sooft ich wollte, er ist für dich und mich und

Gilbert und Harold, aber er sagte, dass nur meinetwegen wir alle in seinem Schlitten fahren könnten.»

Wir steckten alle zusammen unter der Felldecke.

Doch niemand hatte uns einen Schlitten geschickt, sagte meine Mutter zu mir.

Die Jahreszeiten sind sowieso alle falsch.

Auf Korfu stellte jemand zwei weiße Lilien und eine rote Tulpe auf meinen Tisch. Wahrscheinlich Bryher. Aber das Ereignis hatte etwas Mysteriöses. Ich fragte Bryher nicht danach. Ich hatte vor langer Zeit gelernt, dem Geheimnis nicht zu sehr auf den Grund zu gehen.

Der Wischnu aus Elfenbein sitzt aufrecht in seiner Schlangenhaube wie der Kolben einer Kalla oder eines Aronstabs.

Mein Großvater war der Aron mit dem Stab, ein Priester oder Pfarrer.

Church Street war unsere Straße, die Kirche, nach der sie hieß, war unsere Kirche. Ihr Grundstein war von Graf Zinzendorf gelegt worden, der unsere Stadt Bethlehem nannte.

Man bekommt etwas erzählt, und andere Kinder lachen einen aus, weil man so dumm ist: «Aber Jesus ist doch nicht hier geboren worden.»

Das mag wahr sein. Wir wollen uns darüber nicht streiten. Erst einige 40 Jahre später stellt man sich die Frage: «Ich weiß nicht, ob ich das geträumt oder ob ich es mir nur eingebildet habe oder ob ich mir später eingebildet habe, ich hätte es geträumt.» «Es ist gleichgültig», sagte er, «ob Sie es geträumt oder sich eingebildet haben oder ob Sie es einfach in diesem Augenblick erfunden haben. Ich glaube nicht, dass Sie Ihre Einfälle absichtlich fälschen würden. Wichtig ist, dass sich daran die Richtung Ihrer Fantasie oder Einbildung zeigt.»

Er fährt fort: «Sie wurden in Bethlehem geboren? Es ist gar nicht zu vermeiden, dass der christliche Mythus – – », er machte eine Pause, «Sie sind deswegen nicht beleidigt?» «Beleidigt?» «Weil ich von Ihrer Religion als von einem Mythus rede.» «Wie könnte ich deswegen beleidigt sein?» Er sagte: «Bethlehem ist die Stadt Marias.»

3

4. März

Ich fror, und es fiel mir schwer anzufangen. Ich redete weiter über die Doré-Bilder, das tote Kind im «Urteil Salomonis». Ich erzählte ihm von den Gräbern meiner zwei Schwestern. Ich hatte diese Schwestern nie gekannt, eine war eine Halbschwester und gehörte in Wirklichkeit zu den zwei erwachsenen Halbbrüdern, Eric und Alfred. Auch ihre Mutter lag dort. Wir beschäftigten uns weiter mit der Lilienfantasie. Der alte Mann, sagte er, war offensichtlich Gott.

Die Lilie war die Lilie von Mariä Verkündigung. Ich sagte, dass es der Elfenbein-Wischnu war, der mir den Anstoß zur Erzählung der Geschichte gegeben hatte. Er fragte mich, welche Rolle früher die Religion in meinem Leben gespielt habe. Ich erwiderte, man habe uns zwar nicht streng behandelt, wir wurden nicht oft bestraft. Jedoch erinnerte ich mich an schreckliche Zwangsideen oder Vorgefühle von Strafen. Die Hölle aus den biblischen Geschichten schien ein durchaus realer Ort. Doch darüber sprach ich nicht. Ich erzählte ihm nun von unseren Weihnachtskerzen.

«Eine Atmosphäre …», sagte er.

Er sagte: «Es gibt kein bedeutsameres Symbol als eine brennende Kerze. Sie sagen, Sie erinnern sich an die Heiligabendgottesdienste Ihres Großvaters? Hatten die Mädchen ihre Kerzen genauso wie die Jungen?» Es kam mir komisch vor, dass er ausgerechnet das fragte.

Sigmund Freud erhob sich von seinem Stuhl hinter der Couch, trat heran und stand neben mir. Er sagte: «Wenn durch die Gnade Gottes jedes Kind eine brennende Kerze zum Geschenk erhielte, wie sie nach Ihrer Erzählung beim Heiligabendgottesdienst Ihres Großvaters verteilt wurden, dann hätten wir keine Probleme mehr … Das ist der wahre Kern aller Religion.»

Später zu Hause, im Bett, war ich niedergeschlagen und voll Angst und dachte an all die Dinge, die ich ihm erzählen wollte oder vielmehr, wie ich fühlte, erzählen musste. In meinem Denken verbindet sich Sigmund Freud mit diesem kleinen Papa, Papalie, dem Großvater. Wie ich im Halbschlaf mit mir selbst rede, oder vielmehr mit dem Professor, merke ich auf einmal, dass ich den Tonfall oder die Sprache verwende, die ich nur Katzen und Kindern gegenüber verwende.

Meine Tochter hat eine Katze, Peter; sie erzählt mir: «Ich habe sie dir in meinem Testament vermacht.»

«Es ist eine sehr, sehr alte Katze», sage ich, an den Professor gerichtet, und dann kommt mir der Gedanke, dass der Ellbogenruck, mit dem er mich aus seinem Wartezimmer ins Sprechzimmer bittet oder beordert, dem eckigen Schlag eines Vogelflügels gleicht. Vor Kurzem habe ich hier diese großen Krähen oder Dohlen in den Gärten an der Ringstraße beobachtet.

Ja, noch seine geringfügigste Bemerkung, seine belangloseste Geste hat einen einzigartigen Zug von Endgültigkeit. Da ist die Pallas Athene auf seinem Schreibtisch, hinter der Doppeltür, die vom Sprechzimmer in sein Allerheiligstes führt. *Just above my chamber door*[19] – da stand in Poes «Raven» eine Pallas-Büste, wenn ich mich nicht irre. Ein *Quoth-the-Raven*-Mysterium umgibt jede seiner Äußerungen, obwohl er freilich in seiner Ecke hinter der Couch eher zu kauern als zu thronen scheint und mehr einer alten Eule gleicht, «hibou sacré».

Ich erinnere mich an ein bestimmtes Geschenk von meinem Vater; diesmal kommt das Geschenk nicht vom kleinen Papa, Papalie. Das elende und faszinierende Geschöpf starrte und starrte mich an von seinem Platz hoch oben auf dem Bücherregal. Das Bücherregal bedeckte die ganze Wand gegenüber seinem Tisch, oder vielmehr an allen Wänden, die nicht von Fenstern durchbrochen waren, standen Bücherschränke. Ich muss in der Tat ein Heldenkind und ein Held aus der «Geburt des Helden» gewesen sein, denn ich fragte ihn: «Darf ich die weiße Eule dort haben?»

Es war eine äußerst imposante Eule. Sie war sehr weiß. Sie lebte unter einer Glasglocke und hatte große gold- oder bernsteinfarbene Augen, die niemals blinzelten. Ich fühlte mich plötzlich an das goldene Fell der kleinen Löwin Jofi erinnert. Wenn mein Großvater mir eine brennende Kerze schenkte, so schenkte mir mein Vater eine Schneeeule.

Allerdings war dieses Wunder an eine Bedingung geknüpft wie so oft in einem echten Märchen. Ja, die Eule gehörte mir; sie gehörte mir für immer, er würde sie nicht von mir zurückverlangen. Er hatte einmal einen von uns getadelt, weil er ein «Indianergeschenk» gemacht hatte. Jemand verschenkte vorschnell ein Säckchen Murmeln, eine Kikerikitrompete (ein Hahn aus Pappmaché, dessen Kopf einer Halloween-Maske glich) oder Joey aus dem Punch-und-Judy-Kasperlespiel. Obwohl die einzelnen Puppen unter uns verteilt waren, gehörte das «Theater» allen gemeinsam. Manche Geschenke hatten einen Haken. «Was ist ein Indianergeschenk?» «Es ist ein Geschenk, das wieder zurückverlangt wird.» Doch er machte kein Indianergeschenk. Geschenkt ist geschenkt, ich konnte die Schneeeule behalten.

Es gab jedoch diese eine Einschränkung. Ich hatte dem Professor von der Schneeeule erzählt. Ich erzählte ihm, dass es eine Bedingung gab, und machte eine Pause, als wollte ich die Dramatik steigern.

Doch vielleicht ist es ein alter Trick.

Der Professor sagte, bevor ich Zeit hatte, es ihm zu erzählen:

«Ah – ja – er schenkte Ihnen die Eule unter der Bedingung, dass sie blieb, wo sie war.»

Doch wie ich hier so liege in meinem bequemen Bett im Hotel Regina, setze ich meine Träumerei fort. Ich bereite mich nicht auf die morgige Sitzung vor, ich setze einfach die heutige fort. Irgendeine seltsame Laune des Schicksals wollte es, dass mir ein Gärtner eine Kaktusspitze brachte; ich sollte sie in einen Blumentopf einpflanzen, in Kiesel und Sand. «Du darfst sie nicht gießen, sie wächst am besten, wenn sie direkt draußen in der Sonne steht; ich habe einen riesigen Kaktus, einen richtigen Baum», sagte er mir. Der Gärtner erklärte, dass sein Kaktusbaum am Anfang genauso ein Stückchen gewesen sei wie das, das er mir gebracht hatte. Ich war stolz auf meinen Kaktus und rückte ihn in der Sonne hin und her. Er würde sich zu einem riesigen Baum entwickeln.

Es war wirklich nicht fair.

Mein fingerlanges Kaktusfetzelchen wurde nicht riesig, sondern rosig, es brach einfach auf und wurde eine große Blume. Sie glich einer roten Seerose. Ihre Blütenblätter waren glatt und kalt, obwohl sie hätten glühen müssen. Nun, vielleicht taten sie's. Ich dachte, der Gärtner würde sich sehr darüber freuen. Er sagte: «Jahrelang habe ich jetzt meine Pflanze schon, und noch nie die Spur einer Blüte!»

Es war nicht fair.

Es gab keine Konkurrenz um den Schmetterling, aber das war auch nicht fair. Aus irgendeinem Grund hatte dieser Riesenwurm sich ausgerechnet auf einem ziemlich zerbrechlichen Stängel in meinem Gartenbeet eingenistet. Es kann sein, dass unsere Päckchen «billiger Samen» schlecht gesiebt oder zusammengestellt waren und dass sich irgendein exotischer Fremdling hineinverirrt hatte. Doch wie kam der Wurm hierher? Es gab im Garten nur ein einziges Nicotiana-Exemplar. Ich brach den Stiel ab und legte ihn zu den übrig gebliebenen Blättern der Tabaksblume und deponierte den Kokon dort, wo ich ihn am sichersten glaubte, auf dem Bücherschrank meines Vaters. Die Eule bildete das eine Ende, das andere Ende bildete der Indianerschädel, jedenfalls nannten wir ihn «Indianerschädel». Er war von ihm oder von seinem Vater ausgegraben oder -gepflügt worden, als unser Vater ein Junge in Indiana war.

Ich weiß, dass ich im Bett bin, im Regina-Hotel, Wien, Freiheitsplatz. Ich weiß, dass heute der 4. März 1933 ist. Ich bin mir nicht sicher, aber ich glaube, dass heute der Geburtstag meines Vaters ist. Er wollte bei uns zu Hause nie einen «Geburtstag» feiern, wo doch anscheinend für jede zweite Woche irgendein Fest in Mamas oder Mamalies Geburtstags- oder Losungsbüchlein notiert war. Ich glaube, heute ist der Geburtstag meines Vaters. Er war jünger als der Professor, als er starb, daher ist es alles in allem vielleicht natürlich, dass ich dem Professor die Rolle des großen oder Großvaters zuweise, mag er auch nur der kleine Vater oder Papalie sein.

Wenn ich dem Professor von dem Kaktus und dem Schmetterling erzähle, wird er glauben, ich habe den einen oder den anderen oder beide erfunden.

Wie gesagt, es war nicht ganz fair, denn ich hatte mich ein wenig mit Amateurexperten herumgestritten, obwohl ich selbst nicht von einem einzigen Schmetterling auch nur den Namen wusste. Das Ding, das ausschlüpfte, war ein Nachtfalter. Er war exotisch und ein Koloss. Er hatte buchstäblich die Größe eines gar nicht einmal so kleinen Vogels. Er kroch oder flatterte das oberste Regal entlang und ließ sich auf dem Indianerschädel nieder, den mein Vater oder mein Großvater ausgegraben oder -gepflügt hatte, als mein Vater ein Junge in Indiana war.

Mein Vater und ich waren einer Meinung: Da war nichts zu machen, man konnte nur das Fenster öffnen und hoffen, dass er hinausfliegen würde.

Eine Leselampe steht in Reichweite auf meinem Nachttisch. Ihr Lampenschirm ist, wie ich mich erinnere, von einem einschmeichelnden Hellrosa. Wenn ich das Licht anknipse, werde ich alles sehen: die langen grünen Vorhänge, den bequemen grün bezogenen Polstersessel, den Toilettentisch mit der Glasplatte obenauf und den gewöhnlichen Tisch mit meinen Büchern und Papieren.

Ich werde das Licht bald anknipsen müssen, denn meine Augen starren in die Dunkelheit und fragen sich, ob ich wieder die Schwelle überschritten habe.

Nein, ich bin mir sicher bei dem Kaktus. Ich bin mir nicht ganz sicher bei dem Schmetterling.

Ich habe mich bei dem Schmetterling geirrt. Ich brach nicht einen schweren Kokon ab, sondern ich pflückte die kolossale grüne Raupe zusammen mit dem Stängel der Tabaksblume und legte Stängel und Wurm in einen Pappkarton. Schnitt ich Löcher in den Karton? Irgendwo war eine Lüftung. Dieser Wurm gehörte mir.

In der Schachtel, eingebettet in die frischen grünen Tabaksblätter und die alten braunen Tabaksblätter, wob er seinen riesigen Kokon.

Wie kam er aus der Schachtel heraus? Hörte ich ihn kratzen?

Flatterte er und schlug mit den Flügeln gegen die Schachtel?

Wie bekam ich den Pappkarton auf den hohen Bücherschrank hinauf? Kletterte ich mit einem Stuhl hinauf? Ich war nicht groß genug, um das oberste Regal zu erreichen, auch nicht mit einem Stuhl.

Habe ich das alles erfunden? Habe ich es geträumt? Und wenn ich es geträumt habe, war das dann vor vierzig Jahren, oder habe ich es letzte Nacht geträumt?

Es war die riesige grüne Raupe, die ich zusammen mit der blühenden Nicotiana pflückte.

Ich habe mich geirrt mit dem Geburtstag meines Vaters. Der Geburtstag meines Vaters ist im November.

Warum sagte ich, dass heute, am 4. März, der Geburtstag meines Vaters sei?

4

«Hibou sacré»! Ich fragte ihn, wie es ihm gehe, und er lächelte ein bezauberndes, faltiges Lächeln, das mich an D.H. Lawrence erinnerte. Er erzählte mir (auf Französisch), was die Mutter Napoleons, noch auf der Höhe seines Ruhms, zu sagen pflegte: «Alles ganz schön, solange es hält.» Ich sprach vom letzten Kriegsjahr. Er sagte, er habe allen Grund, sich an die Epidemie zu erinnern, da er damals seine Lieblingstochter verlor. «Hier ist sie», sagte er, und er zeigte mir ein winziges Medaillon, das er an seiner Uhrkette trug. Sie war in Hamburg an der Epidemie gestorben; das Baby freilich, das sie gerade geboren hatte, überlebte. Ich erinnerte mich, wie Dr. Sachs von dem Mädchen sprach, von der «schönen Sophie».[20]

Die schöne Sophie starb also, sie, die ungefähr um dieselbe Zeit wie ich ihr Kind bekam, im Vorfrühling 1919. Ich hatte dieselbe Spanische Grippe, und obwohl es für ausgemacht galt, dass niemals beide, Mutter und Kind, die Erschöpfung nach einer Lungenentzündung überleben könnten, war ich doch die wunderbare Ausnahme. Es war weder das Kind noch meine kritische körperliche Verfassung, was meinen schließlichen Zusammenbruch herbeiführte.

Doch es gab so viel zu erzählen. Ich umging die eigentlichen Details meines trostlosen Zustands und erzählte dem Professor, wie freundlich Havelock Ellis zu mir war, als ich ihn jene paar Mal vor der Geburt meines Kindes in seiner Wohnung in Brixton besuchte. Ich hatte Dr. Ellis geschrieben, obwohl Daphne Bax, die es eingerichtet hatte, dass ich den Winter 1919 über in einem Landhaus in ihrer Nähe in Buckinghamshire wohnen konnte, mir alle Pläne für eine Begegnung mit Havelock Ellis, den ich so überaus bewunderte, auszureden versucht hatte. Mrs. Ellis hatte früher einmal ein Haus in Buckinghamshire, in der Nähe von Daphne, gehabt. Daphne sagte: «Oh, Havelock – niemand schafft es, an Havelock heranzukommen. Er ist unzugänglich, abgeschieden, ein Einsiedler, ein Riese, ein Titan.» Vielleicht spornte mich Daphnes Art, die Dinge einfach so hinzunehmen, dazu an, mich diesem Titan nun erst recht zu nähern. Ich erhielt eine höfliche Karte als Antwort auf meinen Brief an ihn, und als ich das nächste Mal die Reise von Princes Risboro nach London machte, ging ich diesen Titan besuchen. Er servierte chinesischen Tee zu einer Schale gesalzener Pekan- und Erdnüsse. In seiner Art, sich zum Künstler zu stilisieren, lag eine unerwartete Anmut und Glaubwürdigkeit. Er trug einen braunsamtenen Hausrock und zeigte mir einige seiner Schätze, einen Buddha, den sein Vater, der Kapitän eines Seeschiffes, aus China mitgebracht hatte, den Abguss einer berühmten Büste seiner selbst von – ich habe vergessen, von wem. Er hatte verschiedene handsignierte Fotografien von Leuten, die ich nicht persönlich, wohl aber vom Hörensagen kannte; unter anderen schaute Walt Whitman von der Wand herab. Es gab russische Zigaretten, und Dr. Ellis servierte im Stil der Russen oder Amerikaner Zitrone zum Tee. Ich erzählte dem Professor weiter von der Wirkung, die Dr. Ellis auf mich gehabt hatte; ich hatte erwartet, den ziemlich unzugänglichen, distanzierten, vielgeschmähten Wissenschaftler zu treffen, und fand den Künstler. Sigmund Freud sagte: «Ah, Sie erzählen das alles so schön.»

Dr. Ellis war in meiner Fantasie gegenwärtig, als ich im Juli 1919 mit Bryher auf die Scilly Inseln fuhr. Er kannte Cornwall und hatte ab und zu dort gelebt, viele Jahre lang «zurückgezogen», wie Daphne gesagt hätte, mit der Arbeit an seinen berühmten Bänden beschäftigt. Die Scilly Inseln, mitten im Golfstrom gelegen, gemahnten mich an das Mittelmeer. Es gab dort große Vögel; zu gewissen Jahreszeiten ließen sie sich dort nieder, wenn sie sich sowohl aus den tropischen Zonen als auch aus der Arktis «zurückzogen». Hier und zu dieser Zeit hatte ich mein «Quallen»-Erlebnis, wie Bryher es nannte. Es gab dort Palmen, Korallenbäume und Mittagsblumen, die wie Seerosen die grauen Mauern entlang blühten; die fasrigen, fast tangartigen Blätter und diese blühenden Wasserblumen gaben einem das Gefühl, man lebe unter Wasser.

Wir waren in dem kleinen Zimmer, das Bryher zu unserem Studierzimmer bestimmt hatte, als ich diesen Impuls verspürte, mich «gehen zu lassen», mich, wie bereits erklärt, in eine Art Ballon oder Taucherglocke zu verflüchtigen, die über mir zu schweben schien. Es stand dort ein altmodisches Buffet, und ich erinnere mich, dass ich noch dachte: «Ich muss wirklich um einen anderen Krug für diese Blumen bitten.» Sie hatten einen dicken Kalla-Strauß eng zusammengepresst in einen Marmeladentopf gezwängt.

Zwei oder drei einzelne Blumen, zusammen mit einigen von den lanzenartigen Blättern, wären wirkungsvoller gewesen. Über dem Kamin hing ein Stich von Landseers unvermeidlichem «Hirsch, zum Stand gebracht», jetzt abgedeckt durch eine Rüsche oder einen Fächer aus rotem Papier. Als ich versuchte, Bryher den Vorfall zu erklären, und ihr sagte, es könnte etwas Böses oder Gefährliches sein, meinte sie: «Nein, nein, das ist doch wunderbar, etwas Schöneres habe ich noch nie gehört. Lass es kommen!»

Ich versuchte, einen groben Bericht dieses einzigartigen Abenteuers niederzuschreiben, meine «Aufzeichnungen über Denken und Schauen». Es gab, erklärte ich Bryher, eine zweite Kugel oder Glasglocke, die sozusagen von meinen Füßen aus in die Höhe wuchs. Ich war eingeschlossen. Ich fühlte mich in Sicherheit, sah aber die Dinge wie durch Wasser. Ich fühlte die Doppelkugel kommen und gehen, und ich hätte sie jederzeit abstreifen können und hätte das wahrscheinlich auch getan, wenn ich allein gewesen wäre. Aber es wäre wohl nichts passiert, stelle ich mir vor, wenn ich allein gewesen wäre. Nur das Zusammensein mit Bryher konnte die Fantasie projizieren, und die ganze Zeit dachte ich daran, dass sich Dr. Havelock Ellis für dieses Stückchen psychologischer Empirie interessieren müsste.

Als ich nach London zurückkehrte, sandte ich meine «Aufzeichnungen» an Dr. Ellis. Ich dachte, er müsste stark daran interessiert sein. Aber er konnte offenbar nicht mit mir fühlen, oder aber er verstand mich nicht, oder er hielt den Vorfall gar für ein Gefahrensignal.

Dr. Ellis verstand nichts, aber der Professor verstand vollkommen.

Als ich gerade am Weggehen war, fragte mich der Professor: «Fühlen Sie sich einsam?» Ich sagte: «Oh – nein.»

Nein, ich fühlte mich nicht einsam. Es gab Museen, Galerien, die Spaziergänge im Stadtpark, die Besichtigungen alter Kirchen. Ich kritzelte in meinem Notizbuch herum und blätterte in Zeitschriften und Büchern, die ich aus London und Amerika geschickt bekam. Erst als ich wieder in meinem Bett lag, fiel mir ein, dass ich es versäumt hatte, dem Professor die Geschichte von der Raupe zu erzählen, die mir letzte Nacht vor dem Einschlafen so viel Sorgen gemacht hatte. Jetzt muss ich das Bild wieder neu zusammensetzen.

Wo war ich stehen geblieben? Irgendwo gab es einen Haken. Es gab, wie ich mich jetzt erinnerte, verschiedene Haken. Zunächst einmal hatte ich mich mit dem Geburtstag meines Vaters völlig geirrt. Warum die Verwechslung von März und November? – aber die Vier war richtig; ja, ich war mir sicher, der 4. November war der Geburtstag meines Vaters.

Jene Raupe? Nein, sie dürfte schwerlich in der Schachtel gekratzt und mit den Flügeln geschlagen haben, denn gewiss habe ich, sobald sie ihre Kapsel gewoben hatte, den Deckel der Schachtel ganz weggelassen. Warum die Schachtel mit ihrem Deckel? Im Wartezimmer des Professors hängt jener ziemlich schauerliche alte Druck, betitelt «Lebendig begraben». Ich muss eines Tages frische Blätter gebracht und die fertiggesponnene Hülle entdeckt haben. Aber wie lange brauchte eine Raupe für das Weben ihres kunstvollen Gewandes? Warum vergaß ich die Raupe? Warum fiel sie mir wieder ein?

Dort steht er auf meinem Tisch, jener letzte Band, den ich so wenig mochte. Er war mir aus London geschickt worden, noch eine fanatische Frau, die ihre D.-H.-Lawrence-Geschichte schrieb. Lawrence? Er starb im März.

Dann habe ich also den Geburtstag meines Vaters mit dem Todestag von D.H. Lawrence verwechselt.[21]

5

5. März

Ich hatte am Anfang gesagt, dass ich einfach meine Geschichte erzählen wollte, wie im «Ancient Mariner», aber er kannte das Gedicht nicht oder wollte es nicht kennen. Den «Ancient Mariner» hatte ich mit der Bibel in Verbindung gebracht; ein Onkel besaß nämlich eine Ausgabe mit den Doré-Illustrationen, die wir im Haus meiner Großmutter bäuchlings auf dem Boden anzuschauen pflegten, und dasselbe taten wir auch zu Hause, noch bevor wir lesen konnten, mit unserer illustrierten Bibel. Ich verbinde Poe und Coleridge in meiner Gedankenfolge, da sie beide angeblich drogensüchtig waren, Poe mit seinen Lenoren und verwunschenen Ushers und Coleridge mit seinem Xanadu und Kubla Khan. Mit 15 bekam ich in Miss Gordons Schule in West Philadelphia öffentlichen Tadel, weil ich fest behauptete, dass Edgar Allan Poe unter den Amerikanern mein Lieblingsschriftsteller sei. Von Miss Pitcher, die mich sonst, schon in jenem Alter, in meinen literarischen Bestrebungen ermutigt hatte, wurde ich belehrt, dass Poe eine verderbliche Lektüre sei, er sei «ungesund, morbid».

Heute habe ich, wie ich auf der berühmten psychoanalytischen Couch liege, ein Gefühl, als habe man mir kaltes Menthol, eine Art Äther, auf meine «morbide» Braue gestrichen, das jetzt verdunstet. Wohin mich auch jetzt meine Fantasien führen mögen, ich habe ein Zentrum, Sicherheit, ein Ziel. Hier werde ich zentriert oder neu ausgerichtet, in dieser geheimnisvollen Löwenhöhle oder Schatzkammer Aladins.

Ich bin gerettet, geborgen; schiffbrüchig wie der «Mariner», habe ich die Glockentöne von der Kapelle des Eremiten vernommen. Baudelaire fällt mir noch ein und seine «Fleurs du Mal», aber nichts Böses ist in Sigmund Freud. *«Full fathom five thy father lies, of his bones are coral made, those are pearls that were his eyes, nothing of him that doth fade, but doth suffer a seachange into something rich and strange»*[22], flüstere ich, kaum hörbar, in einer jener bedeutungsschwangeren Pausen, während die Rauchschwaden der aromatischen Zigarre aus dem versteckten Winkel hinter mir aufsteigen und über mir schweben.

Sind wir psychische Korallenpolypen? Bauen wir unsere Gehäuse einer auf dem anderen? Streckte ich (unter Wasser) auf den Scilly Inseln ein Tentakel aus? Starb ich in meiner Erscheinungsform als Polyp, und werde ich das Korallenskelett eines Polypen hinterlassen, das mit dieser ganzen Korallenkette oder Koralleninsel von vieltausend Seelen verschmelzen wird? Meine übersinnlichen Erlebnisse waren submarin.

Ich darf nicht vergessen, Sigmund Freud von Norman Douglas'[23] Bonmot über Havelock Ellis zu erzählen: «Er ist ein Einäugiger im Land der Blinden.»

Ich will heute nicht reden. Ich treibe aufs Meer hinaus. Doch ich weiß, ich bin sicher und kann jeden Moment zur terra firma zurückkehren. Ja, da war ein Traum letzte Nacht, doch die Verästelungen sind zu kompliziert. Ich träumte, ich schickte mein Buch «Hedylus» an Peter Van Eck, dem ich im Frühling 1920 auf dem Schiff nach Athen begegnet bin. Ich werde ihm von dem Buch erzählen müssen, von Hedylus, dem Alexandrinischen Dichter, der im «Kranz des Meleager» erwähnt wird, und von Hedyle, seiner Mutter.

Ich werde ihm erzählen müssen, dass Bryher in diesem Traum vorkam, verkleidet als schwarze Katze auf einer Halloween-Party, genau besehen als Peter, den meine Tochter mir, wie sie sagt, in ihrem Testament vermacht hat. Der gestiefelte Kater?

Nein, ich konnte ihm nicht von «Hedylus» erzählen. Was habe ich ihm erzählt? Ich habe ihm nicht von der Raupe erzählt, das ist gewiss.

Ich ärgerte mich über jenes letzte Buch über Lawrence, doch es lieferte mir das Datum. Es war der 2. März, nicht weit vom 4. entfernt, und 2 mal 2 ist 4, und werden wir je ein viereckiges Fundament legen?

Warum ein Fundament legen?

Es war nicht fair, aber ich konnte seine gewaltigen Romane kaum bewältigen. Sie klangen mir nicht echt. Das heißt, ich war nicht empfänglich für das Rasende in ihnen. In ihnen? Oder in dem Chor der Mänaden? Ich mag jenes letzte Buch nicht. Ich habe keines dieser Bücher gemocht, die seit seinem Tod herausgekommen sind. Was wissen sie von Lawrence?

Ich sollte mit dem Professor über Lawrence reden, doch gerade dessen süffisante Bemerkungen über die Psychoanalyse, und damit stillschweigend auch über den Professor selbst,[24] ärgerten mich besonders.

«Der Mann, der gestorben war»?

Ich erinnere mich nicht daran, ich denke nicht daran. Nur, es war eine Neuformulierung seiner Philosophie, aber sie kam zu spät.

Nein, das ist es nicht.

Ich habe es sorgfältig vermieden, mich auf Lawrence einzulassen, auf den Lawrence von «Liebende Frauen» und «Lady Chatterley».

Doch da war dieser letzte Lawrence.

Er akzeptierte Sigmund Freud nicht, das musste man jedenfalls aus seinem Essay schließen.

Ich will nicht an Lawrence denken.

«Ich hoffe, dass ich Dich nie wiedersehe», schrieb er in jenem letzten Brief.

Dann, nach dem Tod von Lawrence, brachte mir Stephen Guest das Buch und sagte: «Lawrence schrieb das für dich.»

Lawrence war in seiner Gruft gefangen; wie der Druck, der im Wartezimmer hängt, war er «Lebendig begraben».

Wir sind alle lebendig begraben.

Die Geschichte kehrt automatisch wieder, wenn ich die Nachttischlampe ausknipse.

Anscheinend bin ich nicht fähig, mich der Geschichte bei Tag zu stellen.

Ja, es war abscheulich. Ich konnte sehen, wie sie sich wand. «Es ist nur eine Raupe.» Vielleicht kann ich noch nicht wirklich darüber reden. Ich sitze auf der Veranda, wenige Schritte von einem Puppenstuhl entfernt, und schaue die breiten Holzstufen hinunter. Dort ist der Weinstock, wie wir ihn nannten, und Blätterschatten. Sie hocken unter der Weinlaube. Ich kann schreien, ich kann weinen. Es ist etwas, das man seelisch schlechterdings nicht verkraften kann. Sie streuen Salz auf die Raupe, und sie windet sich, riesig, wie ein Objekt unter einem Mikroskop, oder sie bäumt sich drohend auf und ist eine spätere Abstraktion aus einem Film.

Nein, wie kann ich über den gekreuzigten Wurm reden? Ich habe eben Zeitungen im Cafe durchgeblättert, es stehen frische Gräuelgeschichten darin. Ich kann über das, was mir eigentlich Sorgen macht, nicht reden, ich kann mit Sigmund Freud in Wien, 1933, nicht über die Gräuel an Juden in Berlin reden.

Montag, 6. *März*

Ich träume, Joan und Dorothy streiten sich. Joan bemächtigt sich einiger meiner Schachteln und Schmuckkästchen: Sie behandelt meine Traumschätze als Gemeineigentum, breitet sie auf einem Tisch aus. Ich bin böse über die Gleichgültigkeit, mit der sie sich meine privaten Habseligkeiten angeeignet hat. Ich ergreife ein Kästchen mit rotem Samtfutter (das in Wirklichkeit Bryher in Florenz für mich aufgetrieben hat) und sage aufgewühlt: «Kannst du denn gar nichts verstehen?» Joan ist ein hochgewachsenes Mädchen, wir stehen einander herausfordernd gegenüber, Auge in Auge. Ich sage: «Kannst du das nicht verstehen? Meine *Mutter* hat mir dieses Kästchen geschenkt.» Ich presse das rote Florentiner Lederkästchen mit dem roten Samtfutter an mein Herz. Mein Herz ist wirklich physisch überlastet und schlägt wie wild, in heftiger Erregung.

Das Phönixsymbol von D.H. Lawrence kommt mir in den Sinn und wie ich den Professor in meinen Gedanken einer Eule, einem Falken oder einem Sphinxfalter gleichgesetzt habe. Stehen sie alle für die biblische Henne, die ihre Küklein versammelt?

Meine Tochter wurde am letzten Märztag geboren, mit *Narzissen, die, eh die Schwalbe es wagt, erscheinen,* aus dem «Wintermärchen». Richard hat mir oft Narzissen gebracht, jene Blumen, die in England «Fastenlilien» heißen.

Ich habe eben James Jeans' «Die Wunderwelt der Sterne» gelesen und muss an meine bittere Enttäuschung denken, als ein wohlmeinender junger Onkel mich ans Kinderzimmerfenster rief. «Schau», sagte er, «dort steht der Bär am Himmel.» Ich blinzelte durch die eisbeschlagenen Fenster. Man hatte mir im Kindergarten die Eisblumen gezeigt, die wie Sterne aussahen. Das hatte mir gefallen. Aber hier gab es noch ein Wunder. Ich starrte und blinzelte, aber kein Bär war zu sehen. Als ich das Dr. Sachs erzählte, sagte er: «Ein so kleines Kind würde schwerlich so eine Enttäuschung registrieren.» Vielleicht erklärte ich es schlecht. Ich war schockiert, dass mein Onkel mich so betrügen konnte. Bestimmt fühlt sich ein Kind in einem solchen Fall verletzt oder an der Nase herumgeführt, fühlt, dass ein Erwachsener ihm einen Bären aufgebunden hat. Ich weiß nicht, was für eine Art Bär ich dort zu finden erwartete, doch ein weißer Bär, ein Polarbär, ein Eisbär mochte nicht ausgeschlossen sein, da es ja (und das wusste ich) den Nikolaus mit seinen Rentieren gab, der am Heiligabend über die Dächer unserer Stadt huschte. Natürlich sahen wir ihn nicht, denn er gab uns unsere Geschenke lieber heimlich. Doch der Onkel versicherte mir, dass der Bär existierte, er werde mir ein Bild von ihm zeigen.

Der Professor hat mir jetzt eine dicke Decke für die Couch besorgt. Er hört immer gespannt zu, wenn ich ihm meine Märchenassoziationen und was ich über

Tiere herausgefunden habe, mitteile. Wenigstens war es nicht mein Vater, der mich betrog. Der Professor sagte, ich hätte nicht die übliche Übertragung von der Mutter auf den Vater vorgenommen, die bei Mädchen in der Pubertät das Normale ist. Er sagte, er glaube, dass mein Vater ein kalter Mann war.

Doch unser Vater nahm uns eines Abends in den Schnee hinaus und kaufte uns eine Schachtel Tiere. Er verteilte sie hinterher, wie wir es auch mit den Punch-und-Judy-Puppen gemacht hatten. Wegen der Wahl der Puppen oder später der Tiere gab es anscheinend keine Reibereien zwischen uns dreien. Mein älterer Bruder nahm sich natürlich den Elefanten, ich bekam den Elch, der kleine Junge bekam den Polarbären. Ich hätte gern den Bären gehabt, doch wir hatten jeder dem Alter nach eine erste Wahl, dann eine zweite Wahl. Ich habe vergessen, was meine zweite und dritte Wahl war.

Der große Junge nahm sich natürlich Punch, ich bekam Judy, und der kleine Junge freute sich über seinen Joey. Dagegen war nichts zu sagen. Dann nahm sich Gilbert natürlich den Polizisten, ich bekam den Büttel, der kleine Junge bekam – bestimmt war da noch eine Puppe, ich weiß, es ging auf. Ich kann mich nicht an eine sechste Puppe erinnern – oder machten wir einen Kompromiss und gaben ihm Toby, den Hund?

Der Professor hatte mir zuerst geschrieben, er sei bereit, mich «nächstes Jahr, im Januar oder Februar» zu empfangen. Jetzt haben wir nächstes Jahr, doch wir beschlossen zu warten, da er sagte, er fürchte, das

«Eisbärenwetter» könnte mich aus dem Gleichgewicht bringen. Ich erinnere mich, dass ich ihm schrieb, ich wolle, gleichgültig wie das Wetter sei, auf jeden Fall im März kommen. Ja, richtig – im März in London erhielt ich aus Amerika die Nachricht vom Tod meines Vaters, obwohl er im Februar gestorben sein muss. Meine Mutter starb ebenfalls im März, aber acht Jahre später. Die Mitteilung erreichte mich in Territet, Riant Chateau, wo sie den ersten Frühlingstag 1927 bei uns verbracht hatte.

Wieder fühle ich, auf der Couch liegend, wie meine Stirn eine Art Leuchten ausdünstet, und ich kann dieses Narkotikum, diesen Äther, fast atmen.

Fühle ich mich an die glückliche Erlösung von meinen Schmerzen erinnert und an die günstigen Auspizien für meine Tochter, die im Frühlings-Äquinoktium und als die Sonne am höchsten stand, genau am Mittag, zur Welt kam?

Bestimmt brachte mir der günstige Stand ihrer Sterne Glück.

Einige dieser Dinge streifte ich mit dem Professor. Ich kann den Inhalt und die Intensität unserer Zwiegespräche nicht klassifizieren, indem ich sie in einer logischen oder Lehrbuchordnung wiedergebe. Es war, wie er von meinem Großvater gesagt hatte, «eine Atmosphäre …»

Ich weiß nicht, warum ich Joan und Dorothy aussuche, zwei mir zugetane Freundinnen in London. Das heißt, sie sind einander zugetan; ich bin eigentlich nur eine Bekannte. Assoziiere ich sie mit meinen Tanten? Die arme Tante Laura war so glücklich, als sie uns in der Schweiz besuchte und meine Mutter ihr sagte, sie könne all ihre Kleider haben. Joan und Dorothy sind Ersatzfiguren, Rivalinnen um die Liebe meiner Mutter. Es kommt nicht darauf an, wer sie sind. Wir waren auch zusammen in Florenz. Mein bescheidener Schmuck ist mir kostbar wegen seiner Assoziationen, eine Kette von Rauchsaphiren oder Sternsaphiren und ein Armband (aus einem Laden, wo früher einmal Cellini Silberschmiedemeister gewesen ist), einige Lederrahmen und alte kartonierte Tauchnitz-Ausgaben, nachgebunden in dem gemusterten Pergamentpapier mit den roten Lilien.

Als ich meine Nachttischlampe ausknipse, fällt mir ein, dass ich dort Lawrence gesehen haben könnte.

7. März

Ich träume von Havelock Ellis mit seinem weißen Bart. Wir haben einmal von alten englischen Wirtshäusern oder Pubs, wie sie dort heißen, geredet. Diese Unterhaltung setzen wir fort. Ich weiß nicht mehr, worauf sie hinauslief, doch er redet über die «Türen». Ich denke schließlich in meinem Traum: «Er hat vergessen, dass ich eine Frau bin und nicht in Pubs oder Kneipen gehe – so unterhalten sich offenbar Männer miteinander über verschiedene Pubs und ihre Türen.» Doch es ist Havelock Ellis, der im Bett liegt, durch Kissen abgestützt, und den Invaliden oder Analysanden spielt, während ich neben ihm sitze und der Analytiker bin.

Dann wird Havelock Ellis der Analytiker anstelle des Professors, doch ich denke, mich auf der Couch zurücklehnend: «Havelock Ellis wird sich langweilen, er macht sich nicht wirklich etwas aus der Psychoanalyse und weiß über sie eigentlich nicht viel; wie kann ich von ihm Interesse oder Verständnis für mich erwarten?» Wir scheinen dann die Unterhaltung ganz normal fortzusetzen, er sucht ein französisches Mädchen «mit einem perfekten Akzent». Ich sage: «Meine Tochter hat einen perfekten Akzent.» Ich wache auf und merke, dass jemand klopft – ein Brief wird unter meiner Tür durchgeschoben.

Ich habe Angst, ich will das Thema Blut gegenüber dem Professor nicht erwähnen. Ich öffnete die Vordertür, lief hinaus, um meinen Vater im Dunkeln zu begrüßen, und entdeckte Blut an seinem Kopf; es tropfte … Das war bald, nachdem wir von Bethlehem ins Flower Observatory außerhalb von Philadelphia umgezogen waren. Der Grund für den Unfall meines Vaters blieb immer mysteriös. Er war vielleicht von der altmodischen Dampfstraßenbahn abgerutscht, oder die Lokomotive des Vorortzugs hatte eine Fehlzündung. Wir durften unseren Vater einige Tage lang nicht sehen. Wir hatten Angst, er könnte tot sein. Als wir schließlich in sein Zimmer gingen, lag er da, durch Kissen abgestützt, wie ich mir Havelock Ellis im Traum vorgestellt hatte, doch Haar und Bart waren weiß geworden. Es war ein anderer Vater, wachsbleich, ein Gespenst.

Ich denke, ich war damals zehn Jahre alt. Ich hatte das «vergessen», bis ich meine Arbeit mit Miss Chadwick begann.

Ich hatte den Unfall meines Vaters 35 Jahre lang «vergessen».

Ich versuche, ganz unbeteiligt einen Abriss der Geschichte von den drei Kindern zu geben, die ihren Vater finden. Ich charakterisiere mein Entsetzen vor dem Tod mit den Worten: «Wir hörten zufällig mit an, wie Mr. Evans, einer der Assistenten unseres Vaters am Observatorium, sagte, es sei eine Gehirnerschütterung.» Der Professor wischte das beiseite. «Es kann keine Erschütterung gewesen sein», sagte er. Ich weiß nicht, ob er mir Kummer zu ersparen versuchte, oder ob er das Gefühl hatte, ich hätte irgendwie die Schilderung forciert.

Sigmund Freud sagte bei unserer nächsten Sitzung, er ersehe «aus Anzeichen», dass ich nicht analysiert werden wolle.

Ich habe eine wunderschöne Radierung von ihm in einem Kunstladen am Ring gesehen.

Heute ging ich hin und bestellte einen Abzug.

Ich bin krank heute, erschüttert, entnervt, desorientiert.

Ich habe das Gefühl, ich sollte den Unfall meines Vaters und die Entdeckung dieses untergetauchten, lange verzögerten Schocks besprechen.

Ja, es ist wahr, er muss meinen Konflikt «aus Anzeichen» ersehen.

Wie kann ich ihm von meinen ständigen Visionen einer künftigen Katastrophe erzählen?

Besser, meine Analyse bleibt erfolglos oder «verzögert» sich, als dass ich mein eigentliches Entsetzen vor der lauernden Nazigefahr bloßlege.

Ja, ich war «lebendig begraben».

Kehren darum meine Gedanken zu Lawrence zurück?

Ich kann mich nur an jenes letzte Buch erinnern, das er schrieb. «Der Mann, der gestorben war», war lebendig begraben.

Mittwoch, 8. März

Ich träumte von der Fotografie eines Lawrence ohne Bart. Ich hatte eine solche Fotografie von meinem Vater, aufgenommen, als er 16 oder 17 war, bevor er mit seinem Bruder in den Krieg zog. Es gab Daguerrotypien von diesen beiden Brüdern, aufgenommen, als sie ein wenig jünger waren. Der ältere Bruder war bei Weitem der attraktivere. Doch ich sah in die spiegelnde Oberfläche der Silberplatte des jüngeren, und ich sah mich selbst.

Ich traf Lawrence zum ersten Mal im August 1914, zur Zeit des eigentlichen Kriegsausbruchs; er sah im Abendanzug größer aus. Nur dieses eine Mal trat er ohne Bart in Erscheinung. Richard Aldington sagte hinterher, dass Lawrence aussah wie ein Soldat in Zivil.

In meinem Traum kommt neben Lawrence eine adrette, «gelernte» Frau vor und eine Gruppe von Kindern. Ist die «gelernte» Frau eine Art Sekretärin? Ich war eine kurze Zeitlang für meinen Vater als Sekretärin tätig.

Lawrence war früher einmal Lehrer, und ich hatte mir immer sehnsüchtig gewünscht zu unterrichten. Die Kinder in dieser Traum«klasse» oder -familie sind von verschiedener Größe; sie stehen hinter Lawrence und der jungen Frau, um ein Klavier herum gruppiert.

Meine Mutter unterrichtete früher einmal am alten Seminar Musik und Malen.

Jetzt verschwimmen oder verschwinden die Kinder in ein Bild von mehreren Schiffsmodellen in voller Takelage.

Der Vater von Havelock Ellis war Kapitän, und eines der Lehrbücher meines Vaters hieß «Angewandte Astronomie für die Praxis der Navigation».

Ich denke: «Natürlich, in England hätten diese Kinder es besser, bei all den Schiffen.»

Doch in meinem Traum greife ich einen Band aus einem Regal mit Lawrence-Romanen heraus. Ich öffne ihn; enttäuscht sage ich: «Aber seine Psychologie ist Unsinn.»

Ich beneidete diese Frauen, die Erinnerungen an D.H. Lawrence geschrieben haben, ich hatte das Gefühl, er muss ihnen irgendeine Art Führer oder Meister gewesen sein. Ich beneidete Bryher um ihre Heldenverehrung für den Psychoanalytiker Dr. Hanns Sachs. Es kann nicht sein, dass ich von Sigmund Freud enttäuscht bin, nur habe ich diese ständige Zwangsidee, dass die Analyse durch den Tod abgebrochen werden wird. Ich kann das mit dem Professor nicht besprechen. Als er mich zum ersten Mal begrüßte, erinnerte er mich an Lawrence.

Der Professor sagte heute zu mir, als ich das Sprechzimmer betrat: «Ich dachte über Ihre Bemerkung nach, dass es nicht der Mühe wert sei, einen alten Mann von 77 zu lieben.» Ich hatte nie etwas dergleichen bemerkt und sagte ihm das. Er lächelte sein ironisches, schiefes Lächeln. Ich sagte: «Ich habe nicht gesagt, dass es nicht der Mühe wert sei, sondern dass ich Angst davor hätte.»

Doch er verwirrte mich. Er sagte: «In der Analyse ist man tot, wenn die Analyse vorbei ist.» Wer? Er sagte: «Es würde keinen Unterschied machen, wenn ich statt 77 47 Jahre alt wäre.» Ich komme jetzt darauf, dass ich an meinem nächsten Geburtstag 47 werde. An meinem Geburtstag wäre auch Lawrence, für diesen einen Tag, 47.

Der Professor hatte gesagt: «In der Analyse ist man tot, wenn die Analyse vorbei ist – so tot wie Ihr Vater.»

Ich erinnere mich an den Ausspruch von Norman Douglas: «Gerade wo wir alle uns allmählich den Klotz Jesus Christus vom Hals schaffen, was passiert? Ein neuer Jude muss daherkommen und all unsere Kalkulationen über den Haufen werfen.»

Für einen Tag im Jahr waren H. D. und D. H. Lawrence Zwillinge. Doch habe ich das eigentlich erst nach seinem Tod gemerkt. Er wurde am 11. September 1885 geboren: Ich wurde am 10. September 1886 geboren.

Stephen Guest brachte mir ein Exemplar von «Der Mann, der gestorben war»: Er sagte: «Wusstest du, dass du die Isispriesterin in diesem Buch bist?»

Vielleicht hätte ich das Buch nie gelesen, wenn Stephen es mir nicht gebracht hätte. Tatsächlich habe ich wohl zunächst ein leichtes Gefühl des Ärgers empfunden. Ich hatte Freunden von einem Buch erzählt, das ich schreiben wollte, das ich tatsächlich schrieb. Ich nannte es «Pilati Weib». Es ist die Geschichte, wie Christus verwundet, aber noch am Leben, in der Felsengruft erwacht. Ich war mir sicher, dass meine Freunde Lawrence erzählt hatten, ich hätte gerade dieses Thema in Arbeit. Meine spontane erste Reaktion war: «Jetzt hat er mir meine Geschichte weggenommen.»

Es war nicht meine Geschichte. George Moore, unter anderen, hatte sie bereits geschrieben. Es gibt den alten Mythus oder die Tradition, dass Christus nicht am Kreuz starb.

8. März, 3 Uhr 15 nachmittags

Meine erste Woche bei dem Professor begann am Mittwoch, dem 1. März, einem Feiertag, Aschermittwoch 1933.

Bryher hat Vorkehrungen für drei Monate, zwölf Wochen, getroffen. Also bin ich, nimmt man das Zifferblatt einer Uhr als Maßstab, von der XII zur I vorgerückt. Oder anders ausgedrückt, da ich doch wohl eher die Stunden als die Minuten zählen sollte, ich bin von der I zur II vorgerückt. Dies ist jetzt meine zweite Woche bei Sigmund Freud.

Ich konzentriere mich auf die Minuten, die minutiösen Details dieser Stunden.

Zur Zeit ist März, astrologisch das Haus der Bedrängnis. Traditionell ist es das Haus der Kreuzigung. Die astrologischen Monate sind jedoch nicht genauso eingeteilt wie die Kalendermonate. Die letzte Woche jedes Kalendermonats, grob gesagt, überlappt sich mit dem neuen astrologischen Monat oder leitet ihn ein. Also fällt das Märzende manchmal mit dem spirituellen Frühlings-Äquinoktium zusammen, der Auferstehung.

Mein Vater studierte oder beobachtete, wie sich die Umlaufbahn der Erde um die Sonne veränderte, «Breitenschwankung» nannte er das. Er verwandte 30 Jahre auf dieses Problem und erweiterte schließlich eine Karte, die Ptolemäus in Ägypten angefangen hat, um eine Kurve. Der Professor zieht eine Kurve weiter, die die Ahnen des Ptolemäus angefangen haben.

Einige nennen dieses Haus, «Pisces» oder «Fische», das Haus der Geheimen Feinde, ich aber habe die Bezeichnung «Haus der Geheimnisse» gesehen.

Aber wir dürfen nicht über Astrologie reden. Darin zumindest sind mein Vater und Sigmund Freud einer Meinung. Und dennoch finde ich, trotz ihnen oder ihnen zum Trotz, hinreißende Parallelen im Widder, im Stier, in den Zwillingen. Wir haben Jofi, gewiss «Leo».

Wir haben andere Details, die Bildwerke auf seinem Tisch, nicht nur Osiris, den Sonnengott, in seinen zwölf Erscheinungsformen, wie er über den Himmel zieht, sondern auch die bronzene Isis, die er mir zeigte – seine Begleiterin.

In der alten Mär waren jene beiden Zwillinge.

Meine Entdeckungen sind mir wichtig und haben «eine Atmosphäre …»

Bevor ich richtig gehen konnte, konnte ich die Uhr lesen.

Lange bevor ich das Alphabet lernte, kannte ich die drei Ziffern der Uhr.

Ich wurde regelmäßig von meinem Kindermädchen ausgesandt, nachzusehen, wieviel Uhr es war. Da gab es die Großvateruhr auf dem Treppenabsatz. Aber ich konnte doch bestimmt dorthin gehen? Vielleicht war es einfacher oder lustiger, die flachen Stufen hinunterzurutschen, denn ich scheine immer vom Boden zum Zifferblatt hinaufzuschauen. Ja, ich konnte gehen. Ich kehrte mit meinen Ergebnissen zum Kinderzimmer zurück. «Der kleine Zeiger ist bei der V.» Ich konnte mir nicht gleichzeitig beide Zeiger merken, oder aber ich war auf neue Abenteuer aus. Der große Zeiger hielt mich in Trab. «Er ist bei der I, er ist bei der II», oder viel später: «Er steht kurz vor der X.»

So bin ich doch wieder bei den Geheimnissen angelangt; die Kindheit des Individuums ist die Kindheit der Gattung, schrieb unser Professor.

6

Mein Halbbruder Eric und mein Vater sprachen von der Zeit in verschiedenen Dimensionen, von einer mittleren Zeit oder einer Sternzeit (was immer das war) und von einer anderen Zeit, deren Namen ich vergessen habe. Mein Interesse an «Zahlen» wurde zur Zeit des Unfalls meines Vaters gedrosselt, und wenn ich mich auch an den Unfall nicht erinnerte, so erinnerte ich mich doch daran, wie mich das Dividierenlernen blockiert oder eine Mauer zwischen meinen glücklichen und meinen unglücklichen Schultagen aufgerichtet hat. Es ist bedeutsam, dass um diese Zeit mein Halbbruder zu uns kam, um bei uns zu wohnen. Er war allgemein als der «junge Professor» bekannt. Es war Eric, der mich schließlich über meinen «Widerstand» gegen das Dividieren hinwegpäppelte. Er brachte mir ein Exemplar von «Jane Eyre» und eine Ausgabe von «Kleine Frauen»[25] mit den Originalillustrationen. Die kleinen Frauen trugen die Glockenröcke, die mich auf den alten Bildern vom Seminar so faszinierten.

Ich weiß nicht, wo oder wie ich eigentlich diese Übertragung vornahm. Doch die heutige Übertragung oder die von gestern wird an dem kleinen grünen Riechsalzfläschchen sichtbar, das ich in meiner Handtasche trage und das ich «zufällig» auf den Teppich des Professors fallen oder unter dem Kissen der Couch liegen ließ. Ich frage den Professor nicht, wo er die kleine Flasche fand. Sein Gesicht zeigt eine spöttisch-triumphierende Miene, als er sie mir zurückgibt: «Ah – Sie vergaßen dies.» Er weiß, dass ich weiß, was der «verlorene» Regenschirm symbolisch bedeutet.

Und nun, da wir uns über diese Übertragung verständigt haben, rede ich weiter über Lawrence. Der Professor sagte, dass Lawrence ihn am Schluss eines Buches beeindruckt habe. Ich fragte ihn nicht, welches Buch er meinte. Er fügte hinzu, dass Lawrence ihn als ein Mann beeindrucke, der «unzufrieden ist, aber wirkliche Kraft besitzt».

Freud sagt, es gibt immer mehrere Erklärungen für jede Entdeckung, zwei oder eine Vielzahl. Bei der Deutung meiner eigenen Träume, sagte er, zeige ich viel mehr Kenntnisse der Psychoanalyse, als er von mir erwartet habe. Vielleicht wollte er meinen Widerspruch herausfordern, als er behauptete, mein Blick auf die Uhr bedeute, dass ich mich langweile und das Ende der Sitzung herbeiwünsche. Er schien mir nicht wortwörtlich genommen werden zu wollen, als er sagte, ich hätte vielleicht zu wenig Geduld mit dem Leben, wünsche gar ihm den Tod, um der Analyse auszuweichen. Oder wollte er meinen Widerspruch herausfordern? Was sollte ich sagen?

Da waren jene Statuen in dem Landhaus in Cornwall. Sie standen in einer Reihe auf dem Kaminsims eines leeren Zimmers. Das Haus war nur teilweise eingerichtet. Im März 1918 ging ich dorthin. Es war D. H. Lawrence, der mir von dem alten Haus erzählt hatte, es hieß Rosignan. Lawrence sagte, es sei verwunschen.

Hatte ich Angst vor Gespenstern? Ich sagte, ich sei noch nie einem begegnet.

Hier gibt es, in dem Halbkreis auf dem Tisch im anderen Zimmer, das gleiche oder in etwa das gleiche Aufgebot von Bildwerken, Osiris, Isis. Vielleicht habe ich Angst vor Gespenstern. Doch als der Professor sagte: «Vielleicht sind Sie nicht glücklich», fand ich keine Worte. Es ist schwierig, es mir selbst zu erklären oder beim Herumkritzeln in meinem Notizbuch Worte zu finden. Es ist keine Frage des Glücks im gewöhnlichen Sinn des Wortes. Es geht um das Glück der Suche.

Ich stehe in der Randzone oder im Halbschatten des Lichts, das von der Wissenschaft meines Vaters und der Kunst meiner Mutter ausgeht – der Psychologie oder der Philosophie Sigmund Freuds. Ich muss neue Worte finden, wie der Professor neue Worte fand oder prägte, um gewisse, bislang unverzeichnete Zustände der Seele oder des Seins zu erklären.

Er ist Faust, zweifellos.

Wir ziehen uns von der sogenannten Wissenschaft zurück und gehen rückwärts oder schreiten fort zur Alchimie. Er sagte, ich hätte zu wenig Geduld mit ihm. Dabei drehte er einen schweren Siegelring an seinem Finger.

Ich sagte, ich könne ihn nicht verlieren, ich hätte seine Bücher gehabt, bevor ich ihm begegnet sei, und würde sie wieder haben, wenn ich Wien verließ. Es gibt eine Formel für die Zeit, die noch nicht berechnet ist.

7

9. März

Ich träume von einer Kathedrale. Ich gehe fast täglich durch den Stephansdom, und außerdem hatte ich mit Interesse einige Bilder von Chartres in einer der Kaffeehausillustrierten betrachtet. Zwei Jungen sind in diesem Traum bei mir; der ältere führte mich herum, und ich hatte das Gefühl, der kleine sei überzählig. Ich hatte aus irgendeinem Grund dem großen ein Trinkgeld gegeben, jetzt musste ich dem kleinen auch etwas geben. Das ärgerte mich. (Am Tag vorher hatte ich mich mit der Frage herumgeschlagen, wie viel Trinkgeld ich den zwei Pagen im Hotel geben sollte.)

Der große Junge scheint mir irgendwo abgeblieben zu sein, also hänge ich mich voll Bedauern an den kleineren.

Meine zwei Brüder? Oder mein Vater und sein attraktiverer Bruder? Mein älterer Bruder und der ältere Bruder meines Vaters sind beide im Krieg geblieben.

Die beiden Jungen im Traum sind nicht erkennbar die Hotelpagen. Sie sind Gespenster. Das heißt, sie erscheinen stellvertretend für anderes oder andere; wenn die Gespenster die Gestalt von Brüdern oder Onkel-Vater annehmen, ist es mehr als offensichtlich, dass sie wieder Stellvertreter sind. Oder vielmehr würden sich, wenn wir den Trauminhalt verfolgen, die vermittelnden Gespenster, sollten sie erscheinen, als eine

Zwischenstufe zwischen Brüdern oder Onkel-Vater herausstellen. Wir alle sind verwunschene Häuser.

Tatsächlich kommt alles auf die Kathedrale an. Im Innern der Kathedrale finden wir Wiederherstellung oder Wiedergeburt. Dieses Zimmer ist die Kathedrale.

Der Professor sagte: «Sie sind aber sehr klug.» Nicht ich bin es, die klug ist. Ich wende nur bestimmte Entdeckungen von ihm auf meine persönliche Gleichung an. Das Haus ist das Zuhause, das Haus ist die Kathedrale. Er sagte, er wolle, dass ich mich hier zu Hause fühle.

Das Haus hängt auf irgendeine unbeschreibbare Weise von Vater-Mutter ab. Wo es um Herstellung oder Wiedergeburt geht, gibt es keinen Konflikt um rivalisierende Loyalitäten. Die Umgebung und die Interessen des Professors scheinen eher von meiner Mutter als von meinem Vater herzurühren, und doch befriedigt mich die Aussage, meine «Übertragung» richte sich auf Freud als Mutter, nicht ganz. Er hatte gesagt: «*Und* – ich muss Ihnen sagen (Sie waren offen mit mir, und ich will offen mit Ihnen sein), ich bin *nicht* gern die Mutter in der Übertragung – es überrascht und schockiert mich immer ein wenig. Ich fühle mich so sehr als Mann.» Ich fragte ihn, ob dann andere das, was er Mutterübertragung nannte, bei ihm hätten. Er sagte ironisch und, wie ich glaubte, ein wenig nachdenklich: «Oh, *sehr* viele.»

Doch jetzt, sagte er, wolle er mir ein kleines neues Spielzeug zeigen. Eine koptische Tonfigur, die ihm ein ehemaliger Schüler geschickt hat, ist sein ganzes Entzücken. Das kleine Bildwerk gleicht in verblüffendem Maße Jofi. Jofi sitzt wie gewöhnlich auf dem Boden, ein Emblem, ein Wappensymbol. Der kleine Tonhund sieht ganz wie Jofi aus, und ich kann auch nicht umhin, mich zu fragen, ob der Geber der Figur auf dem Regal gegenüber der Couch wohl bemerkt hatte, wie schlagend die Ähnlichkeit zwischen diesem etruskischen Bildwerk mit dem spitzen Kopf und dem dünnen, gestochenen Lächeln und unserem Professor ist.

Heute stehen rote Tulpen auf dem berühmten Tisch mit der Reihe oder dem Halbkreis, Osiris, Isis, Athene und die anderen, und im Zentrum der Wischnu aus Elfenbein.

Der Professor ist in das andere Zimmer gegangen, noch einen Hund suchen, den er mir zeigen wollte. Er bringt einen zerbrochenen Holzhund zurück. Es ist ein Spielzeug aus einer ägyptischen Gruft.

Ich erzähle ihm, der einzige ägyptische Hund, an den ich mich erinnere, stehe im Louvre; war der Schakal auf dem Pfeiler ein Hund? Der einzige ägyptische Hund, an den ich mich erinnere, glich genau dem «Wolf» seiner Tochter Anna.

Ja, wiederholte ich, die Kathedrale in meinem Traum war Sigmund Freud. «Nein», sagte er, «nicht ich – sondern die Analyse.»

Es ist, wie er von meinem Großvater gesagt hatte, «eine Atmosphäre ...». Die Kobolde oder fratzenhaften Wasserspeier, die gotischen Drachen, Vogel, Tier und Fisch der inneren und der äußeren Triebkräfte, die

Standbilder von Heiligen und Helden – sie alle finden ihre Ebenbilder oder ihre gespenstischen Stellvertreter in diesem Zimmer oder in diesen zwei Zimmern.

10. März

Ich hatte von meiner Enttäuschung über Havelock Ellis gesprochen. Er hatte sich nicht für das Erlebnis interessiert, das ich auf den Scilly Inseln hatte, als Bryher mich im Juli 1919 dorthin mitnahm. Es war wirklich ein großer Schock für mich gewesen, da ich in Dr. Ellis während der Zeit, als ich meine «Aufzeichnungen über Denken und Schauen» schrieb, nicht nur einen Gelehrten, sondern auch einen Heiligen gesehen hatte. Der Professor sagte, er habe sich immer gewundert, wie ein Mann in einer solchen Lage und unabhängig von der Kritik der Außenwelt seine gewaltige Energie auf eine oberflächliche Dokumentierung der Sexualität verwenden konnte. Jetzt gäben ihm meine Reaktionen das Gefühl, dass seine eigene Meinung nicht unberechtigt sei. Er sagte, es sei ihm ein Rätsel gewesen: «Er verzeichnet so viele komische Dinge, die Menschen tun, scheint aber nie neugierig zu sein, warum sie sie tun. Sehen Sie, ich kann ihm nicht ganz folgen, doch dachte ich immer, dass seine ‹Sexualpsychologie› etwas Unreifes habe.»

Ich hatte einen Traum von meinem kleinen Riechsalzfläschchen, dem vielsagenden Übertragungssymbol. In meinem Traum salze ich meine Schreibmaschine. So, vermute ich, wollte ich gern meine fade Schriftstellerei mit dem Salz der Erde, Sigmund Freuds geringfügigster Äußerung, salzen.

Ich habe versucht, die Geschichte oder den Roman meines Kriegserlebnisses zu schreiben, die Geschichte von meinem ersten, totgeborenen Kind und meinem zweiten, das so glückverheißend bei aufsteigendem «Löwen» im Frühlings-Äquinoktium, unter dem Zeichen von «Aries» oder dem» Widder» geboren wurde. Ich habe diese Geschichte und andere, die ihre gespenstischen Stellvertreter waren, immer wieder neu geschrieben; so entstanden «Pilati Weib» und «Hedylus», beides historische oder klassische Rekonstruktionen. «Hedylus» hatte nach der Veröffentlichung von «Heliodora», einem kurzen Gedichtband, und «Palimpsest», einem ziemlich locker geschriebenen Band mit langen Kurzgeschichten, den üblichen Achtungserfolg. Auch ich habe das Gefühl, dass der letzte Band, «Red Roses for Bronze», nicht voll befriedigt. Ich bin mit keinem meiner Bücher, ob veröffentlicht oder unveröffentlicht, je ganz zufrieden gewesen.

Kleine Dinge, scheinbar unwichtig, gehen vor. Ich erinnere mich, wie der Professor sagte, man wisse nie, bevor die Analyse vorbei ist, was wichtig und was unwichtig ist. Zugleich mit meinen Erinnerungen an Chartres entsinne ich mich einer Illustration in derselben Zeitschrift: ein Kind bei einer Geburtstagsfeier. Es war kein anziehendes Bild, das Kind verschlang gerade eine Cremetorte, wobei es seinen Rock oder seine Schürze mit Creme bekleckerte. Doch Kinder tragen heutzutage keine Schürzen, oder? Geburtstagserinnerungen kehren wieder.

Meine Bücher sind nicht so sehr tot geboren als vom distanzierten Intellekt geboren. Jemand gebrauchte im Zusammenhang mit «Hedylus» den Ausdruck «halluziniertes Schreiben».

Doch wenn ich «menschlicher» werde, scheine ich meinen Richtungssinn zu verlieren oder meinen Prosastil. Mit der Lyrik verhält es sich anders. Ja, die Gedichte sind befriedigend, doch im Unterschied zu den meisten Dichtern meiner Bekanntschaft (und ich habe viele gekannt) bin ich an einem Gedicht nicht weiter interessiert, wenn es erst einmal geschrieben, projiziert oder materialisiert ist. Da ist ein Gefühl, dass es nur als ein *Teil* von mir dasteht.

Vielleicht ist dafür teilweise die Tatsache verantwortlich, dass ich die anfänglichen Gefährten meiner ersten Schreibperiode in London verloren habe, man könnte sagen, meines «Erfolgs» – mag er auch klein und ziemlich speziell gewesen sein. Ich ärgerte mich ziemlich über den Professor in einem seiner Bände. Er sagte (soweit ich mich erinnere), dass Frauen nur dann schöpferisch etwas erreichen oder Beträchtliches erreichen, wenn sie ein männliches Gegenstück oder einen männlichen Gefährten haben, der sie inspiriert. Vielleicht hat er recht, und mein Traum, wie ich meine Schreibmaschine mit dem vielsagenden Übertragungssymbol «salze», ist ein weiterer Beweis für seine Unfehlbarkeit.

Da gab es die zwei hauptsächlichen Gefährten, wie es sie in dem Kathedralentraum gab. Richard Aldington und D. H. Lawrence schienen beide meine Schriftstellerei geschätzt zu haben. Doch ich wurde unter traurigen Umständen von Aldington getrennt, und es war mir zur gleichen Zeit unmöglich, meine Freundschaft mit Lawrence fortzusetzen.

Doch Lawrence kehrt nach seinem Tod zurück, obwohl ich nicht den Mut oder die Kraft hatte, das voll zu erkennen.

Lawrence kam zurück mit «Der Mann, der gestorben war». Ob er mich mit der Isispriesterin in jenem Buch meinte oder nicht, es ändert nichts an der Tatsache, dass sein letztes Buch mich mit ihm aussöhnte. Isis ist nur die Hälfte ohne Osiris, Judy ist sinnlos ohne Punch.

Ich bin mir sicher, dass ich Lawrence in meinen drei Monaten der Vorbereitungsarbeit bei Mary Chadwick am Tavistock Square in Bloomsbury nie erwähnt habe. Ich hatte das Gefühl, dass Miss Chadwick der Arbeit meines produktiven Geistes nicht folgen konnte. Als ich das im Winter 1931 mit Dr. Hanns Sachs in Berlin durchsprach, war er auch der Meinung, ich sollte, wenn möglich, lieber mit einem Mann weiterarbeiten, und zwar am besten mit einem, der mir überlegen sei. «Mit dem Professor?», fragte er mich. Natürlich würde ich mit dem Professor arbeiten, wenn er mich nähme.

Merkwürdig, in meiner Fantasie denke ich an einen Tiger. Ich als ein Tiger? Dieser Tiger könnte losschnellen. Was, wenn er den zarten und zierlichen Professor angriffe? Fürchte ich, dass die gegenwärtige Situation, die mich selbst so ängstigt, dass dieses lauernde «Untier» ihn zerstören kann oder könnte? Ich erwähne diesen Tiger als eine Kinderzimmerfantasie aus der Vergangenheit. Was, wenn sie sich tatsächlich verwirklichen würde? Der Professor sagt: «Ich habe meinen Beschützer.»

Er zeigt auf Jofi, die kleine Löwin, die zusammengerollt ihm zu Füßen liegt.

Beschützer?

Ich erinnere mich an die Szene, wie der Mob am 4. August 1914 vor dem Buckingham Palace tobte.

11. März, 9 Uhr 10 vormittags

Ich hatte einen Traum von einem alten Spiegel. Das Original war in Samt eingefasst; Goldrutenzweige waren darauf gemalt. Ich hatte diese frühe Kreation meiner Mutter besonders bewundert, doch der Spiegel war, als wir von Bethlehem wegzogen, aus dem Erdgeschoss verbannt und in einem kleinen Zimmer im Obergeschoss des Flower-Observatory-Hauses außerhalb von Philadelphia aufgehängt worden. In meinem Traum erscheint der lang verschwundene Spiegel in unserer Wohnung in Territet, Riant Chateau, wieder, wo meine Mutter in den zwanziger Jahren bei uns gewohnt hat. Ich bin sehr glücklich über diesen Spiegel, und es rührt mich, dass meine Mutter ihn aus Amerika mitgebracht hat.

Ich überprüfe den Spiegel; er hat jetzt andere Blumen, doch fallen mir nur die Narzissen ein, möglicherweise irgendeine Assoziation mit dem Mythus von Narziss, der sich in sein Spiegelbild in einem Teich verliebte.

Vielleicht waren die Bücher, von denen ich zuletzt schrieb, zu selbstbezogen oder «narzisstisch», um mich voll und ganz zufriedenzustellen. Ich wünsche mir eine Fusion oder eine Transfusion mit der Kunst meiner Mutter. Obwohl sie den Samt mit den realistischen Goldrutenzweigen und andere Schätze derselben Periode ausrangierte, kann noch heute nichts, kein da Vinci und kein Dürer, in meinem tiefsten Inneren eine so brennende Verehrung entzünden, wie es jene Apfelblüten, Gänseblümchen, Glockenblumen, Buschwindröschen auf ihrem «Hochzeitsgedeck» taten. Es gab allerdings noch eine Schale, bemalt mit Tulpen und anderen Blumen, die sie aus Dresden von ihren Flitterwochen mitgebracht hatte und die ich ebenso bewunderte.

Hier ist der Haken. Es ist leicht genug, überholte Moden abzulegen. Die Fähigkeit der Kritik kann uns führen und leiten, doch es ist nicht leicht, zur gleichen Zeit kritisch zu sein und das Feuer, das in rückhaltloser Hingabe glühte, wiederzuerlangen.

Die Glut kehrt in dem Traum wieder. Beim Rückblick auf meinen Traum und beim Niederschreiben dieser Notizen davon bin ich glücklich. In der Fortsetzung dieses Traums erscheint Frances Josepha; sie begleitete mich zusammen mit ihrer Mutter im Sommer 1911 auf meiner (und ihrer) ersten Schiffsreise nach Europa.

Sie war ein paar Jahre älter, und wir wurden damals für Schwestern gehalten. Frances fand neue Freunde, und die Umstände trennten uns. In meinem Traum kam sie und sagte: «Erinnerst du dich an … So-und-so … und an So-und-so …?» – als wolle sie mich verletzen und demütigen. Ich sage: «Meine Erinnerungen sind im Moment nur im Hinblick darauf interessant, ob ich sie Freud erzähle oder nicht erzähle.» In meinen Träumen scheint mir, es gebe kein Argument oder Gegenargument, das mir mein Entzücken an diesem Wort «Freud» verderben könnte. Der Professor selbst hat auf die Übereinstimmung seines Namens mit der deutschen «Freude» hingewiesen.

Ich hatte in Amerika zur selben Zeit Ezra Pound gekannt; jetzt kommt Ezra, als wolle er sich mit Frances verbünden. Er sagt ironisch: «Seit wann bist du *so* glücklich – seit gestern?»

Sie schienen sich zusammengerottet zu haben gegen mich; so viele Menschen hatten versucht, meinen Glauben zu brechen. Ich sagte zu Ezra: «Ich konnte es nicht glauben, dass Freud mich nehmen würde – und jetzt gehe ich jeden Tag hin.» Anscheinend taucht nun Bryher auf und tritt, wie sie es in meinem wirklichen Leben tat, an die Stelle von Frances. Wir diskutieren über jemanden – wen? Vielleicht war es Ezra, oder es kann möglicherweise auch Lawrence gewesen sein, dessen flammende Diatriben mich manchmal an den frühen Ezra gemahnten. In meinem Traum stellt der

Professor meinen Glauben wieder her. «Hätte ich Ezra gekannt, ich hätte ihn in Ordnung bringen können», sagt er.

In meinem Traum assoziiere ich plötzlich des Professors Halbkreis von kleinen Bildwerken mit Flaschen. Ich erinnerte mich, wie er, als er mir mein Riechsalz zurückgab, sagte, er glaube, «dies gehört Ihnen – eine kleine *grüne* Flasche?».

Als ich dem Professor sagte, dass ich in Frances Josepha vernarrt gewesen sei und vielleicht mit ihr glücklich geworden wäre, sagte er: «Nein – aus biologischen Gründen, nein.» Obwohl ich bei dem Professor so glücklich gewesen war (Freud – Freude), tat mir aus irgendeinem Grund der Kopf weh, und ich fühlte mich entnervt. Vielleicht kam es daher, dass ich ihm am Ende von einem bestimmten Luftangriff zu erzählen versuchte, bei dem die Fenster unseres Zimmers am Mecklenburgh Square zu Bruch gingen.

8

6 Uhr 30

Als ich ihm von Frances und Ezra und ihrem offenkundigen Mangel an Mitgefühl oder Verständnis für mein Entzücken an der Analyse erzählte, hatte der Professor gesagt, ich wiche unerwünschten Erinnerungen aus oder schöbe sie beiseite; er sagte, ich überließe die Lage oder die Lösung der Psychoanalyse.

Im Moment lasse ich meine Konflikte ruhen im Vertrauen darauf, dass sie sich im Traum lösen oder auflösen werden.

Im Traum wandern wir in Ägypten den Nil entlang oder in Pennsylvania den Lehigh oder den Delaware, oder wir finden irgendein Stück des «verlorenen» Zuhauses oder der «verlorenen» Liebe am Ufer der Donau, der Themse oder des Tiber. In diesem Sinn ist der Traum selbst Osiris, die Welt jenseits des Todes oder die Welt hinter der Schwelle des Wachlebens, der Schlaf. Wir wissen es nicht immer, wenn wir träumen.

Ich versuchte, verschiedene Erlebnisse, die ich auf meiner ersten Griechenlandreise gehabt hatte, im Umriss zu skizzieren. Ich habe von diesen Erlebnissen zu schreiben versucht. Genau besehen ist es die Angst, sie zu verlieren, sie zu vergessen oder sie einfach als neurotische Fantasien abzutun, als Überbleibsel des Krieges, des Wochenbetts und der Epidemie, die mich dazu treibt, wieder und wieder eine frische Skizze des «Romans» zu beginnen. Offensichtlich ist es das Tuch der Penelope, an dem ich webe.

Ich kann entscheiden, dass meine Erlebnisse das logische Ergebnis der Krankheit, der Trennung von meinem Mann und des Verlustes der Freundschaft mit Lawrence waren; doch selbst dann habe ich kein Mittel, mit dem ich die Vision bewältigen könnte. Es war, als wäre ein Vorhang gefallen, der «Asbestvorhang» zwischen den zehn Jahren meines Lebens, die ich außerhalb von Amerika verbracht hatte, und der damaligen Gegenwart (Frühling 1920), von dem

Stephen Guest einmal sprach. Ich war, soweit ich mich erinnere, von New York im Sommer 1911 abgefahren, doch ich glaube, ich begegnete Frances im Jahr vorher, im Kometenjahr 1910.

Das erste Jahrzehnt meines Abenteuers begann mit der Argo «Floride», einem kleinen Dampfer einer französischen Linie, der nach Havre fuhr. Das zweite Jahrzehnt meines Abenteuers mit der Argo «Borodino», einem Boot, das zu «einer der Linien» gehörte, Bryhers Wendung für die Schiffe ihres Vaters. Das dritte Jahrzehnt meiner Kreuzfahrt oder Suche fing, so könnte man sagen, in London mit meinem Entschluss an, mich ernsthaft einer psychoanalytischen Kur zu unterziehen, zu meinem unmittelbaren Wohl und auch um mich für die Zukunft zu wappnen.

Wir unternahmen Kreuzfahrten durch meine Kindheit. Miss Chadwick war mir eine überaus große Hilfe. Sie konnte den späteren Entwicklungen nicht folgen. Wir kreuzten durch die Lande, die Schweiz, ein kurzer Besuch in Berlin. Dr. Sachs war im Begriff, seine Familie in Wien zu besuchen, also reiste ich ihm über Prag voraus. Ich hatte in Wien nur ein paar Gespräche mit Dr. Sachs, doch entschied ich, dass es das beste sei, wenn möglich direkt mit dem Professor zu arbeiten. Als ich Bücher, Manuskripte, Notizbücher sortierte, hatte ich das Gefühl, ich bereitete mich tatsächlich auf eine letzte Abreise vor. Doch bei dem allgemeinen Großreinemachen kam ich mit dem «Roman» überhaupt nicht weiter; ich konnte mich freilich auch nicht dazu bringen, die letzten unkorrigierten Abschriften zu vernichten. Da hängt er über mir, jener «Roman». Der Mann auf der «Borodino», ein gewisser Mr. Van Eck (wie wir ihn der Bequemlichkeit halber nennen wollen), war ein Mann auf der «Borodino», doch der *Mann* war nicht Mr. Van Eck.

Ich traf ihn nicht oft. Wir waren drei Wochen auf See, das heißt, wenn man die Aufenthalte in Malta und Gibraltar mitzählt. Als wir jenes erste Mal den Atlantik überquerten, hatte es einen schrecklichen Sturm gegeben, es war fast ein Orkan, ja schlimmer noch, wenn man Größe und Zustand der «Floride» bedenkt, die damals ihre letzte Überfahrt machte. Die «Borodino» war mehr als seetüchtig, sie war mit Metall beschlagen und während des Krieges in der Marine als Postschiff benutzt worden. Bryhers Vater hatte sie deswegen für uns ausgesucht. Es gab überall noch Treibminen.

Ich erzähle dem Professor ausführlich, wie ich dem *Mann* begegnete, der nicht Mr. Van Eck war. Ich hielt ihn freilich für Mr. Van Eck, doch war ein Haken dabei. Ich wusste das von Anfang an. Mr. Van Eck hatte eine tiefe, auffällige Narbe über seiner linken Augenbraue; sie war unter «Besondere Kennzeichen» in seinem Pass vermerkt. Der Kapitän erwähnte es, wie ich mich erinnere. Der *Mann* auf dem Boot hatte keine Narbe über seiner linken Augenbraue.

So weit, so gut.

Ich habe oft über mein Erlebnis mit dem *Mann* auf dem Boot geschrieben oder versucht zu schreiben, dass es nicht schwierig ist, dem Professor die Geschichte zu erzählen. Die Hauptbegegnung war im Februar, ein paar Tage nachdem wir vom Londoner Hafen ausgelaufen waren. Wir hatten raues Wetter gehabt, und man hatte mir gesagt, der «Golf» (ich hatte nie zuvor den Golf von Biscaya einfach den «Golf» nennen hören) sei eigentlich immer rau. Ich war mit Bryher und Dr. Ellis, der bei uns war, auf dem Deck herumgestapft. Ich trug eine alte blaue Jacke, eine Baskenmütze, wie heute unser altes Schottenbarett heißt, und flache Segeltuchschuhe. Die Kluft ist schlicht, doch den Umständen angemessen, und wie ich so auf meinen ungewöhnlich seetüchtigen Beinen dahinrutsche und -schlittere, bin ich tatsächlich in einem neuen Element – oder auch in einem alten Element; ich bin ein junges Mädchen, und schon in diesen paar Tagen, seit wir von London ausgelaufen sind, habe ich frische Kraft gewonnen.

Ich hätte keine Kluft erfinden können, die passender gewesen wäre, die meinen Zustand erneuerter Mädchenzeit oder Jugend besser ausgedrückt hätte. Ich war überrascht, dass das Deck völlig leer war und der Wind nachgelassen hatte. Es muss die Tageszeit vor dem Dinner gewesen sein, denn ich war in meine Einzelkabine gegangen, um mich wie gewöhnlich umzuziehen. Vielleicht hatte ich mich in der Kabine auf meine Koje geworfen, um ein paar Minuten zu ruhen, bevor ich mich an die mühsame Arbeit machte, frische Kleider aus dem Koffer hervorzukramen. Es war eine kleine Kajüte, doch die beste auf dem Schiff. Man hatte allem Anschein nach eine Doppelreihe separater Kojen eingezogen, zur Bequemlichkeit der paar privilegierten Passagiere, die man ausnahmsweise an Bord nahm (damals mussten Schiffsplätze Monate oder gar Jahre im Voraus gebucht werden). An der Tür gab es, soweit ich mich erinnere, höchstens einen Haken. Jedenfalls war es sehr primitiv. Vielleicht hatte ich mich auf die Koje geworfen, um mich vor dem Umziehen für ein paar Minuten auszuruhen.

Vielleicht lag ich dort in der Koje und ruhte mich wie gewöhnlich aus, als ich die jetzt waagrechte Stiege zum Oberdeck hinaufkletterte. Also – dort war alles ruhig. Doch die frische Luft war anregend, eine frische Würze, ein frischer Geschmack, obwohl wir sie von Anfang an als eine Art Auferstehungshauch empfunden hatten, seit wir an jenem Spätnachmittag Anfang Februar 1920 den Fluss hinuntergefahren waren.

Freilich war das Deck alles in allem ganz ungewöhnlich leergefegt, könnte man sagen, und schmuck. Keine vereinzelten Liegestühle standen herum, kein Junge, der sich nach verlorenen Kissen oder vergessenen Decken bückte. Es waren allerdings auch nicht viele Menschen an Deck gewesen, als wir uns, bloß vor ein paar Minuten, von Dr. Ellis getrennt hatten.

Vielleicht war es vor mehr als nur ein paar Minuten, aber jedenfalls überquerten wir etwas – «die Linie»? Welche Linie? Wir fuhren an der Küste des Golfs entlang, an der Küste Europas, doch Europa war außer Sicht – links von uns, wenn man in Richtung Bug blickte. Ich hatte mich über Dr. Ellis und seine ererbte Schiffskapitänssprache – Steuerbord, Backbord – lustig gemacht, obwohl ich es als Schulmädchen selbst nur zu genau genommen hatte und mich mit Luv und

Lee, Steuerbord voraus und was noch alles bestens auskannte. All das war mir entfallen. Ich war mit links und rechts, vorn und hinten zufrieden. «Gehen wir weiter nach vorn?», pflegte Bryher zu sagen. Also – gehen wir weiter?

Der Wind musste sehr plötzlich nachgelassen haben. Gut möglich auch, dass hier, wo wir uns Portugal näherten, die Nacht mit jenem unnordischen Balsam, jener Süße heraufzog, die ich manchmal an dem bedeckten Himmel des winterlichen England vermisste. Jedenfalls lag über dem Meer ein violettes Licht.

Ich muss Bryher holen, dachte ich, Bryher darf das nicht verpassen; doch wie ich mich eben umdrehen will, sehe ich Mr. Van Eck an der Reling stehen, *rechts* von mir, die ich oben an der Schiffstreppe stehe.

Also – er sieht mich. Ich muss zumindest Guten Abend sagen. Ich bemerke zu meiner Überraschung, dass er etwas größer ist als ich; ich hatte ihn nicht für ganz so groß gehalten, obwohl er gutes Gardemaß war, mit breiten Schultern, ziemlich vierschrötig gebaut, doch nicht übermäßig schwer. Er ist größer, als ich dachte. Ich darf Mr. Van Eck nicht anstarren. Ich habe die ganze Zeit Angst, er würde mich dabei ertappen, wie mein Blick sich in einer Art unkontrollierbarer Faszination auf jene merkwürdige Narbe über seiner linken Augenbraue heftet. Und dennoch, man kann nach den Regeln der Höflichkeit nicht einem Menschen, den man begrüßt, nicht in die Augen sehen. Seine Augen sind unbedeckt; Mr. Van Eck trug sonst eine Brille mit dickem Rand.

Seine Augen sind blauer, als ich gedacht hatte, es ist ein Nebelblau, Meerblau.

Sein Haar ist an den Schläfen nicht so gelichtet, wie ich mir vorgestellt hatte. Mr. Van Eck hatte mir erzählt, er sei 44 oder würde es am 10. März werden. Mein Geburtstag ist am 10. September, also standen wir, wie die astrologischen Tafeln zeigen, in Opposition;[26] die «Fische» stehen ja in Opposition zu «Virgo». Doch liegen wir direkt auf der Linie der Affinität. Ich nannte ihm mein Geburtsdatum nicht, aber ich rechnete etwas herum; ich war 33, und wenn Peter Van Eck im März 44 wurde, blieb ich immer noch 33 bis zum kommenden September.

Er ist größer. Er ist älter – nein, er muss jünger sein. Es ist bald Abend, es ist dieses seltsame Licht. Doch das Licht ist nicht seltsam.

Man darf nicht starren. Doch es ist keine Narbe da, bestimmt nicht.

Rechts von ihm, so wie er jetzt dasteht, mir zugewandt, liegt die Küste von Europa – Portugal? Rechts von ihm, so, wie er dort steht, liegt eine zerklüftete Küste. «Land», sagte ich. Ich machte mir dabei nicht klar, dass das Land, wäre Land zu sehen, auf der anderen Seite des Schiffes läge. Oder war das Schiff umgekehrt? Oder waren das einige abgelegene Inseln, von denen ich in meiner Ahnungslosigkeit nichts wusste? Dann gab es da Delfine.

Ja, es gab Delfine. Aber von Delfinen war die Rede gewesen, «Meerschweine» nannte sie jemand, vielleicht der Ingenieur, der auf dem Weg nach Euböa war und am Tisch neben Dr. Ellis saß. Wir vier saßen rechts und links: Bryher und ich hatten an dem langen Tisch die Plätze neben dem Kapitän; Dr. Ellis war Bryhers Nachbar; mein linker Nachbar war Mr. Van Eck.

Zu den Delfinen stoßen weitere Delfine, sie bilden ein seltsam wenig überzeugendes Muster, springen in rhythmischer Folge wie Mondsicheln oder Halbmonde aus dem Wasser, fliegende oder tanzende Delfine. Doch es sind Delfine. Sagte nicht der Ingenieur, der auf dem Weg nach Euböa war, er habe nach einem Meerschwein ausgeschaut?

Wir haben März, «Pisces», die «Fische», doch ich denke nicht, dass ich damals daran dachte.

Ich weiß nicht, was ich dachte. Ich dachte, Mr. Van Eck «macht» sich aus irgendeinem Grund (vielleicht ist er ein Geheimagent) «zurecht». Konnte er jene Narbe einreiben oder auflegen? Nun, vielleicht war es nicht Mr. Van Eck, der sich als Geheimagent «zurechtmachte»; vielleicht machte sich der Geheimagent als Mr. Van Eck zurecht.

Nein, damals, in exakt jenem Moment im Februar, wusste, bedachte ich das alles nicht so genau. Ja, es war Februar. Es war noch nicht März; Februar ist «Aquarius», das Haus der Freunde …

13. *März*

Der Professor sagte, er sei neugierig darauf, wie die Geschichte weitergehe, nachdem wir nun den Rahmen hätten.

Auch ich war neugierig. Wenn der Professor mein Problem nicht lösen konnte, konnte es keiner. Ich erzählte ihm, wie verstört ich am ersten Abend auf See war, als links neben mir eine taube alte Dame aus Kanada saß, die auf dem Weg nach Athen war, eine Nichte besuchen, die einen griechischen Rechtsanwalt geheiratet hatte. Ich fühle mich besonders unwohl, wenn ich meine Stimme beim Sprechen heben muss, und ich malte mir aus, wie ich die ganze Reise über ein höfliches Tischgespräch in dieser gezwungenen und unnatürlichen Art führen müsste. Und auch das hätte noch nicht so viel ausgemacht, hätte es nicht den Anschein gehabt, als verebbe jedes Mal rund um den Tisch das Summen der Konversation, wenn ich meine Stimme zu einer nichtigen Bemerkung erhob oder aus Höflichkeit der alten Dame möglichst unverfänglich ihre Fragen nach meinen Plänen, und warum ich auf dem Boot sei und wie ich es geschafft hätte daraufzukommen, beantwortete.

Damals hatte ich noch nicht die Familie aus Alexandria wahrgenommen, oder ich wusste nicht, dass sie auf dem Weg nach Alexandria waren – «Alex» sagte der große Junge dazu. Auch bei dem Ingenieur und einem Missionar (wie ich mir später zusammenreimte), die sozusagen in Rufweite saßen, hieß es «Alex» und «Gib». Doch weder der Missionar noch der alexandrinische Tabakhändler (dass das sein Beruf war, entdeckte ich hinterher), noch der Ingenieur auf dem Weg nach Euböa machten auch nur Anstalten, mir in meiner Bedrängnis zu helfen.

Es kam mir wie ein Wunder vor, als ich nach zwei Abenden solcher Qual auf einmal einen anderen Reisegefährten neben mir fand.

Es war Mr. Van Eck. Ich weiß nicht, wie er auf diesen Platz kam. Freilich, die alte Dame hatte sich für den Rest der Reise in ihre Kabine zurückgezogen. Ich vermute, ausgebuffte Reisende, und das waren die anderen anscheinend, wissen, wie man so etwas arrangiert. Für mich war es kaum weniger als ein Wunder, als ich am dritten Tag auf See anstelle der tauben alten Dame einen sympathischen, leicht angegrauten Weltmann neben mir fand, ungezwungen und umgänglich, der mir witzige Bemerkungen über unsere Mitpassagiere zuflüsterte.

Ich war fasziniert von Peter Van Eck. Er war weitgereist, hatte einige Zeit in Griechenland gelebt, hatte auf Kreta Ausgrabungen gemacht, war ein Architekt seinem Beruf und, wie er sagte, ein Künstler seiner Neigung nach; doch habe nach seiner Neigung in dieser Angelegenheit niemand gefragt. Er war auch einmal in Ägypten gewesen und hatte mitgeholfen, das Grab oder die Gruft irgendeines Kalifen oder Khediven zu restaurieren. Diese Wörter waren mir neu. Er sagte über den Tisch hinweg zu Bryher, irgendetwas gehöre dem «Khediven»; ich erinnere mich nicht, was. Ich erinnere mich nur, dass ich das Wort zum ersten Mal hörte.

Doch ich hatte meine Vorbehalte. Ein Asbestvorhang war gefallen zwischen mir und meiner Vergangenheit, meiner gar nicht so lange vergangenen, bitteren Trennung von Liebe und Freundschaft.

Ich wiederholte: «Wir waren drei Wochen unterwegs.» Der Professor sagte: «*So* langsam?»

Wir liefen Dr. Ellis in Algeciras davon und gingen mit Mr. Van Eck in einem Korkeichenwald spazieren; der Boden war übersät mit den Sternen der Februarnarzissen. Diesmal war es Mr. Van Eck, nicht der *Mann* auf dem Boot, doch hatte ich damals weder die Geistesgegenwart noch die Verwegenheit, noch den Mut, all das durchzuarbeiten. Wenn Mr. Van Eck der *Mann* auf dem Boot war, verlor ich etwas. Wenn Mr. Van Eck nicht der *Mann* auf dem Boot war, verlor ich etwas. Ich weiß nicht warum, aber in Malta sagte ich Bryher, ich wolle nicht, dass wir vier hinaus zu der alten Stadt fuhren, wie Mr. Van Eck vorschlug. Ich denke, ich wollte mit Bryher allein sein, um etwas zu durchdenken, das ich nicht in Frage stellte oder das ich nicht als Frage stellte. Die Frage beantworten hieß, den einen oder den anderen zu verlieren, Mr. Van Eck oder den Mann auf dem Boot.

Manchmal war Mr. Van Eck der *Mann* auf dem Boot, doch er war nicht der Mann auf dem Boot, dem ich zum ersten Mal im Golf begegnet war. Ich hätte es wissen sollen. Ich wusste in der Tat, auch wenn ich es noch nicht zugeben konnte, dass nicht nur die Delfine nicht überzeugten, sondern dass das Meer selbst unmöglich war. Das heißt, es war zwar damals alles in Ordnung, aber es gibt das einfach nicht: ein ruhiges Meer und ein Schiff, das sich ohne Beben, ohne dass der Motor zittert oder stampft, vorwärts bewegt auf einem Meer, das eben daliegt und sich doch in tausend winzigen Wellen bricht, alle mit vollkommenen Spitzen wie die Wellen auf dem Hintergrund eines Botticelli. Nein, es war alles falsch.

Und doch war es so ungemein natürlich, dass ich mich bei Tisch an Mr. Van Eck wandte. «Es war wunderschön, den Delfinen zuzuschauen», sagte ich. «Wenn nur Bryher bei uns gewesen wäre.» Bryher fragte, wie ich glaubte, etwas mürrisch: «Wo warst du überhaupt?» Ich antwortete: «Auf Deck. Ich stürzte nach oben, weil ich Luft brauchte und den Sonnenuntergang sehen wollte. Ich war auf Deck und schaute mit Mr. Van Eck den Delfinen zu.» Bestätigung heischend, wandte ich mich an Mr. Van Eck.

Er lächelte über den Tisch hinweg Bryher zu. Er hatte eine verbindliche Art. Der Kapitän sagte: «Delfine? Der Funker ist unser Delfinfachmann. Er meldete keine Delfine.» «Aber da waren Delfine», ich wandte mich wieder, Bestätigung heischend, an Mr. Van Eck. «In welche Richtung schwammen sie?», fragte der Kapitän. Ich zeigte auf dem Tisch, wie der Fries der fliegenden Delfine verlaufen war. «Sie schwammen in *diese* Richtung», sagte ich und gab eine Linie an, die an Mr. Van Eck vorbei, «nach vorn», den Tisch hinunter lief. «Das ist richtig», sagte der Kapitän, «so würden sie schwimmen. Sie schwimmen mit dem Wind. Ich muss den Funker fragen.»

Doch jetzt sagte ich zum Professor: «Wo war ich, wenn Bryher mich nicht finden konnte?»

Vielleicht ist das eine alte Rätselfrage. Vielleicht gibt es keine Antwort darauf, oder es mag gefährlich sein, sie zu stellen, weil die falsche Antwort (wie bei der Sphinx in Ägypten) den Tod bringen könnte. Aber ich konnte immerhin die Einzelheiten meines Erlebnisses registrieren, konnte sie aufzeichnen, konnte auf diesem Rahmen die Fäden, den Teppich weben und wieder weben. Es kam nicht wirklich darauf an, wo ich war. Vielleicht war es eine Geschichte wie der Erlkönig. Vielleicht – und das ist wahrscheinlicher – war es eine Geschichte wie Algernoon Blackwoods «Zentaur».

Ich hatte den «Zentaur» mehrere Male gelesen, zuerst in Amerika. Es gab darin jenes gleiche Motiv, jene gleiche absolute und exakte Minute, wo sich auf einem kleinen Passagierboot (soweit ich mich erinnere) auf dem Weg nach Griechenland alles veränderte. In einem exakten Moment glitt das Boot in die Verzauberung. So gab es auch hier in einem exakten Moment, mit Uhrzeit, an einem exakten Punkt der Landkarte, auf dem Weg zu den Säulen des Herkules, auf einem Boot mit dem Bestimmungshafen Athen, ein «Überschreiten der Linie». Ich glaube, im «Zentaur» wusste der Erzähler oder Held noch in der Minute, der Sekunde, dass die Linie überschritten war. Ich, der Erzähler dieser Geschichte, wusste nicht, dass ich die Linie überschritten hatte.

Als ich es dann doch erkannte, war es zu spät, ich konnte Mr. Van Eck nicht mehr erreichen. Er war auf dem Weg nach Delhi.

Delhi, Delphi?

Sie arrangieren die Dinge so, vermute ich. Hätte ich die Geschichte schon, als wir in Athen auseinandergingen, erkannt, hätte es vielleicht kein Auseinandergehen gegeben. In welchem Fall ich die Geschichte verloren hätte.

An jenem Tisch in dem langen Salon flogen Namen umher, hin und her, auf und ab, wie altmodische Tischtennisbälle. London, Gibraltar, Algeciras, Malta, Athen, Delhi, Alexandria, Kairo … Ich sagte zu Mr. Van Eck an jenem letzten Morgen beim Frühstück: «Ich vermute, ich werde Ihnen in einer der Hauptstädte Europas wieder über den Weg laufen.» Ich wollte kein bestimmtes Arrangement für ein Wiedersehen in Athen treffen. «Sie werde ich in den Propyläen wiedersehen», sagte er.

Bryher und ich sahen ihn zusammen mit Dr. Ellis in den Propyläen wieder. Doch er ließ uns allein durch die Tore weitergehen, zum Parthenon.

8 Uhr abends

Ich fühle mich schlapp und bedrückt. Ich ärgerte mich gegen Ende meiner Sitzung, als Jofi herumzuwandern begann und ich das Gefühl hatte, der Professor sei mehr an Jofi als an meiner Geschichte interessiert. Ich ärgerte mich, weil ich jemanden vor der Tür lachen hörte. Nur selten höre oder registriere ich, was im Wartezimmer oder im Flur vor sich geht. Der Professor sagte: «Die Erinnerungen sind also verblasst?» Vielleicht fühlte er, dass ich mich wirklich zu sehr bemühte, eine dramatische Szene aus dieser Geschichte zu machen, die nichts war als «eine Atmosphäre ...»

Ich schnappte fast nach ihm: «Nein – *nicht* verblasst.»

Der Professor fragte mich, ob ich diesen Mann wiedergesehen hätte. Ich sagte: «Zweimal in London.» Vielleicht vermittelte ihm der Ton meiner Stimme, was ich fühlte. Mr. Van Eck in London war nicht der Mann auf dem Boot.

14. März, 2 Uhr 40 nachmittags

Ein vertrauter Alptraum letzte Nacht. Ich war in einem Hotel oder einer Pension, Bryher und meine Mutter waren in einem anderen. Ich kehre in mein Zimmer zurück und stelle fest, dass eine wütende Wirtin alle meine Kleider und Habseligkeiten, ohne mich zu fragen, in ein anderes Zimmer geschafft hat. Ich ärgere mich, bin aber in meinem Traum zu eingeschüchtert, um anders als höflich zu reagieren. Verschiedene Kinder sind da, spielen herum. Die Kinder sind indifferent, doch offenbar nicht feindselig. Die Wirtin funkelt mich an: «Aber wir haben *keinen* Platz hier; Sie müssen schnurstracks verschwinden.»

Es gelingt mir irgendwie, meine Kleider zu bekommen, ich breche unter ihnen und einer Reihe unhandlicher Pakete fast zusammen, doch gelingt es mir endlich, Bryher und meine Mutter zu erreichen. Wir sind in Florenz, am Ufer des Arno, doch der Arno ist nur ein Flussbett mit ein paar Fußspuren. Meine Mutter sagt: «Nur auf dieser Seite des Flusses bist du sicher.»

Immer noch bin ich überschwer beladen und weiß weder ein noch aus. Meine Mutter starb genau vor sechs Jahren, im März. Wir hatten in Florenz in einem Hotel gewohnt, «Lungano», am Ufer des Arno. In Florenz war ich zum ersten Mal 1912 mit meinen Eltern. Um dieselbe Zeit erwartete ich auch vor vierzehn Jahren gerade mein Kind. Ich war von der Epidemie, wie der Professor sie nannte, angesteckt worden und wartete in einer Pension in Ealing auf meine Überführung in die Saint-Faith's-Privatklinik. Im Haus hatte es einen Todesfall gegeben. Hinterher erfuhr ich, wie schockiert Bryher gewesen war, als sie mich besuchen kam. Die Wirtin hatte gesagt: «Aber wer soll sich um das Begräbnis kümmern, wenn sie stirbt?»

Der Trauminhalt ist trivial. Doch ich erwache mit Herzweh – mit Herzweh, ja, im üblichen romantischen Sinn, und mit Herzweh oder wirklichem physischen Schmerz, der mich erschreckt.

Ich erhole mich über meinem Frühstückstablett, Wiener Kaffee und Semmeln, und ich gehe aus und hole die Sigmund-Freud-Radierung ab, die ich vor ein paar Tagen in dem Laden in der Ringstraße bestellt hatte.

9

7 Uhr abends

Ich erzählte dem Professor von dem Schock nach meinem Alptraum und nannte ihn einen Schlag für mein Herz. Er fragte zuerst nach Van Eck – war es ein österreichischer Name? Er sagte: «Ich habe eine Idee.» Er stürzte davon und brachte eine Ledermappe zurück und zeigte mir den Namen, der innen in den Deckel eingeprägt war. Er hieß «Vaneck».

Er hörte mit Interesse, dass Mr. Van Eck der Adoptivsohn des viktorianischen Malers war, und fragte nach der Nationalität. Ich erläuterte, dass ich den Namen für einen nom de guerre hielt; es war eine holländische Familie, die sich in London niedergelassen hatte. Ich sagte, Malen erinnere mich an meine Mutter. Ich erzählte ihm, wie wir als Kinder ihre Malerei bewundert und vor Besuchern geprahlt haben: «Meine Mutter hat das *gemalt.*» Meine Mutter hatte eine krankhafte Neigung zur Selbstauslöschung.

Ich fuhr fort und sagte, wie schwierig es gewesen sei, die Geschichte von Peter Van Eck wieder zusammenzusetzen, wo es doch weiter nichts als eine gewöhnliche Bekanntschaft oder Reiseaffaire gewesen sei. Der Professor forderte mich auf, meinen Traum von den zwei Zimmern in dem Hotel oder der Pension zu deuten. Ich meinte, es sei wohl die Angst, fortgeschafft zu werden, aus der Zeit meiner Schwangerschaft; vielleicht sei es Todesangst. Er fragte mich nach mehr «historischen Details». Ich erzählte ihm von diversen Vorfällen während der Kriegsjahre, als ich in kleinen Zimmern gewohnt hatte, um in der Nähe meines Mannes zu sein, der zu diversen Übungseinheiten abkommandiert war. Wie schwierig es damals war, irgendwo unterzukommen, und wie ich einmal von Buckinghamshire kam, um den Arzt aufzusuchen, und spät abends vom Nebel überrascht wurde und ein Zimmer zum Übernachten finden musste. Wie ich so in Bloomsbury herumirrte, sprach mich ein vollkommen fremder Mann an: «Ich habe ein Zimmer, das Sie haben können», sagte er. Es schien unmöglich, doch er öffnete eine jener grünen Türen aus einer Reihe grüner Türen und stellte mich der Wirtin vor. «Diese Dame nimmt mein Zimmer über Nacht», sagte er. Das passierte wirklich. Beim Erzählen scheint es zu einem Traum zu gehören.

Der Professor sagte: «Aber ich weiß, wer die böse Wirtin ist.» Ich fragte unschuldig: «Wer?» Er sagte: «Ich selbst.» Ich wies das zurück und entsann mich dann, wie sehr es mich aus der Fassung gebracht hatte, als mir Mary Chadwick vom Tavistock Square in Bloomsbury am Ende unserer drei Sitzungsmonate sagte: «Sie reden *wirklich* gern, nicht wahr?» Ich erzählte das dem Professor, und er sagte: «Aber Miss Chadwick und Ihre Arbeit mit ihr ist nur ein Vorläufer von mir.» Ich widersprach. «Nein. Sie war eine tüchtige Krankenschwester, aber keine Ärztin.»

Der Professor sagte, es müsse noch weitere «historische Daten» geben, die mit meiner Angst, hinausgeworfen zu werden, zu tun hätten. Ja, es gab viele tatsächliche Erlebnisse, die ich assoziierte. Ich entsann mich, wie ich einmal, als ich mit meinen Eltern in Rom wohnte, nach einem ermüdenden Tagesausflug in mein Zimmer hinaufrannte und feststellte, dass der Schrank leer und keine meiner Habseligkeiten auf dem Toilettentisch zu finden war. Man hatte mich in ein anderes Zimmer, einen Stock tiefer, verlegt. Es war nicht so sehr der Ärger, dass man mich nicht gefragt hatte, der mir zu schaffen machte, als vielmehr der Schock, die Treppe hinaufzustürzen und feststellen zu müssen, dass meine Kleider, Schuhe und so weiter geheimnisvoll verschwunden waren. Ich erzählte dem Professor, dass ich mir, wenn ich zurück auf mein Zimmer im «Regina» gehe, gleichsam einen Ruck geben muss, bevor ich die Tür aufschließe, aus lauter Angst, man könnte mich verlegt haben. Die Hotels in Florenz, Rom und Neapel, in denen wir gewohnt haben, kommen mir in den Sinn. Ich habe hier das Gefühl, in einer italienischen oder fast italienischen Stadt zu sein.

3 Uhr 30 nachmittags

Jetzt, beim Nachmittagstee, erinnere ich mich, wie mich der Professor fragte, warum ich so glücklich darüber sei, dass meine Sitzungen gerade um Fünf beginnen. Ich erzählte ihm, wie meine glücklichsten Erinnerungen an die Londoner Frühzeit mit dem unvermeidlichen Vieruhr- oder Fünfuhrtee assoziiert seien und dass ich hier über meinem Notizbuch träumen und mich auf das Glück, danach mit ihm zu reden, vorbereiten könne. Er sagte mir erneut, er wolle nicht, dass ich mich vorbereite. Ich fand nicht die richtigen Worte, um ihm klarzumachen, dass ich das nicht tat. Offenbar will er nicht, dass ich mir Notizen mache, doch ich muss das tun.

Ich erinnere mich, wie glücklich ich mit den Kindern von gegenüber war, wenn wir bei Teepartys miteinander spielten. Wir hatten für diese Gelegenheit unser Übergangsgeschirr. Meine Mutter besorgte mir ein Gedeck, als ich über das «echte Teegeschirr» von Williams so aus dem Häuschen war. Es lag zwischen den Erwachsenen und den Puppen.

Ich glaube, es war zu meinem siebten Geburtstag, dass mir meine Mutter dieses Gedeck besorgte. Die Tassen und Untertassen und Kuchenteller hatten einen Goldrand. Sie waren bemalt mit einem Bund Veilchen.

10

6 Uhr 40 abends

Der Professor sah mich im Wartezimmer lesen und forderte mich auf, jedes Buch von ihm auszuleihen, das ich haben wollte. Wir sprachen wieder von Jofi. Ich fragte nach Jofis Vater. Jofi soll Mutter werden. Er erzählte mir, dass Jofis erster Mann ein schwarzer Chow war und dass Jofi ein schwarzes Baby hatte, «so schwarz wie der Teufel». Es starb, als es ein Dreivierteljahr alt war. Jetzt ist der neue Vater löwengelb, und der Professor hofft, dass diesmal Jofis Kinder am Leben bleiben. Er sagte, wenn es zwei Junge sind, bekommen eins die

Leute des Vaters, aber wenn es nur eines ist, «bleibt es ein Freud».

Der Professor fragte mich, ob ich «Kummer beim Spazierengehen» gehabt hätte. Ich wusste nicht, was er meinte. Ich sagte, ich fühlte mich wohl und genösse meine Streifzüge. Er fügte hinzu: «Ich meine, auf den Straßen.» Auch danach war mir nicht ganz klar, was er meinte; ich sagte, ich fühlte mich hier zu Hause und hätte niemals Angst. «Die Leute in den Läden sind so liebenswürdig.» Der Professor sagte: «Ja – zu einer *Dame.*»

Der Professor fragte mich erneut nach «historischen Assoziationen» zum Thema Umziehen oder Fortgeschafftwerden. Ich erzählte ihm von einigen meiner Entdeckungen.

Ich sagte, es gebe zweifellos Kindheitsassoziationen, wie man «das Zimmer verlassen» musste oder aus dem Zimmer geschickt wurde, weil man unartig war. Darauf er: «Ja, die Kindheitserinnerung oder -assoziation ist oft unglücklich.»

Doch man war nicht immer unglücklich, wenn man die Familie verlassen musste. Einmal wurde ich zu einer jungen, kinderlosen Tante verschickt, und ich werde nie die riesige Stoffpuppe vergessen, ein Schatz aus ihrer Kindheit, die sie mir zum Spielen gab. Sie war es, die mir zum ersten Mal ein kleines Gazebeutelchen mit einem Sortiment Perlen gab und mir beim Auffädeln half. Ich hatte bei Miss Chadwick einen Traum gehabt, in dem mein Onkel Vaneck hieß; in Wirklichkeit hieß er Frederick.

Wieder sprach ich von unseren Spielzeugtieren, und er erinnerte mich an meine Tigerfantasie. Gab es nicht eine Geschichte «Die Frau und der Tiger», fragte er. Ich entsann mich einer «Die Dame oder der Tiger»[27].

Heute fing ich meine dritte Woche an.

11

16. März, 7 Uhr abends

Ich sah einen Band von Arthur Waley auf dem Regal und fragte den Professor, ob er den Verfasser kenne. Er sagte, nein. Ich begann, dem Professor zu erzählen, wie ich Waley in den allerersten Tagen in London begegnet war, im Britischen Museum, wo ich gerade las, und wie er mich zum Tee in die Teestube des Museums eingeladen hatte. Wir sprachen über einen Schirm, den ich trug, «En-tous-cas» hatten sie ihn zu meinem Ergötzen im Laden genannt. Später, während des Kriegs, begegnete ich Arthur Waley in der Wohnung von Iseult Gonne in Chelsea. Ich sagte, meiner Meinung nach sei Waley ein Jude. Freud meinte das auch, «aber er hat seinen Namen frisiert».

Ich erzählte Freud weiter, warum ich mich in London von der Psychoanalyse ferngehalten und bis vor wenigen Jahren praktisch nichts gelesen hatte, wie Waley um 1920 in unserer Wohnung in Buckingham Mansions in Kensington angedeutet hatte, ein Freund von ihm könne vielleicht Bryher helfen, wie Dr. Ellis abriet, wie jedoch schließlich Bryher ein paar Sitzungen nahm bei – – –

(In diesem Moment, ich schreibe gerade auf der Marmorplatte eines Kaffeehaustisches, wird ein winziges Bund Veilchen auf mein Notizbuch gelegt, ich möchte weinen. In meiner Verlegenheit gab ich nur 30 Groschen; doch der Bettler mit der Schuhschachtel schien sich zu freuen und verschwand. Auf dieselbe Weise bedeckten auf einmal Veilchen die Seiten eines kartonierten Exemplars von Euripides' «Ion», das aufgeschlagen auf dem Tisch meines Zimmers in Korfu, im Hotel «Belle Venise», lag. Es schien «mysteriös», doch muss sie Bryher dort gelassen haben.)

Ich erzählte weiter, wie Van Eck und ich im Salon des Hotels «Grand Bretagne» in Athen auseinandergegangen waren. Ich sagte, ich sei frostig gewesen.

Dr. Ellis, der auf dem Schiff mit uns zusammen war, doch in Athen in einem anderen Hotel wohnte, kehrte ein paar Wochen später nach London zurück. Wie kalt es war – Wind aus Sibirien – in der Ecke unseres eleganten Salons stand ein Ofen, nichts als Talmi und vergoldete Spiegelrahmen – keine Scheite, keine Kohle. Die Spanische Grippe wütete dort gerade wieder.

Freud fragte, ob Bryher sie gehabt habe. Nicht gefährlich, erklärte ich. Einer der dortigen Geschäftspartner ihres Vaters schlug vor, wir sollten Athen verlassen. Auf den Rat dieses Mr. Crowe fuhren wir den Golf von Korinth hinauf. In der Nacht ankerten wir vor Itea, dem Anlegeplatz oder Hafen für Delphi.

Ich erzählte dem Professor, wie glücklich ich in Korfu war – Blumen, Frühling, Orangenbäume, Bleistiftzypressen, Mouse Island oder Böcklins «Toteninsel». Ich erzählte ihm von Bryhers Fürsorglichkeit, von unseren Spaziergängen und -fahrten und sagte, die Freundschaft schien mich wieder auf normale Lebensverhältnisse eingestellt zu haben. Freud berichtigte: «Nicht normale, sondern schon ideale.»

Er wollte etwas von den Bildern erfahren, die ich die *Schrift an der Wand* nannte, doch die Zeit war fast um, also stellte ich einfach fest, dass mir diese ganze Zeit über Van Eck durch den Sinn ging. Bryher wusste davon. Der Professor sagte, das Problem sei subtiler, verwickelter, als er sich zunächst vorgestellt habe.

Er sagte, er wolle nicht, dass ich mich für meine Sitzungen mit ihm *vorbereite*. Ich sagte, das täte ich nicht. Ich sprach davon, wie entzückt ich von der Idee sei, alte Probleme zu lösen.

Als ich ihm von dem Erlebnis auf den Scilly Inseln erzählte, von dem überirdischen Gefühl, wie mich die zwei Kugeln oder die zwei durchsichtigen Halbkugeln einschlossen, sagte ich, meine Vermutung sei, dass es irgendeine Art vorgeburtlicher Fantasie war. Freud sagte: «Ja, offensichtlich; Sie haben die Antwort gefunden, gut – gut.»

17. März, 2 Uhr 25 nachmittags

Hatte einen seltsamen Traum von riesigen Amseln. (Mr. Crowe[28] von gestern?) Sie picken oder hacken mit ihren großen Schnäbeln nach meinen Knöcheln.

Ich bin starr vor Angst. Irgendwie werde ich von einem Jugendlichen oder jungen Mann gerettet, die glänzenden, schwarzen Schnäbel der Vögel verwandeln sich in Knöchelringe aus Ebenholz über meinen bloßen Füßen.

Eine Freundin aus Schulzeiten kommt. Sie sucht Zimmer. Wieder Zimmer. Dann ist da eine konfuse Sequenz von einem Haus oder einer Villa mit vielen Zimmern – das Haus meines Vaters? Ich habe Matilda gern und bin froh, sie heute zu sehen – doch da ist das alte Übel! Wird sie mir *mein Zimmer* oder meine Zimmer streitig machen? Ist das eine Geburtsangst? Bryher schreibt, dass sie später mit meiner Tochter hier zu mir stoßen will.

6 Uhr 40 abends

Der Professor forderte mich auf, den Traum von den Amseln zu deuten.

Freud sagte, der Mann in dem Traum habe mir meine Weiblichkeit geschenkt, also verzauberte er die Vögel.

12

6 Uhr 40 abends

Heute erzählte ich dem Professor von der Bilderschrift oder der *Schrift an der Wand*, wie ich sie nannte. Er wollte Einzelheiten wissen wie die exakte Größe der projizierten Bilder, die ich in dem Zimmer des Hotels «Belle Venise» auf Korfu sah, die genaue Zeit, die die Bilderfolge tatsächlich für ihre Materialisation brauchte, welche Tageszeit es war. Ich schaute mich im Zimmer um und fand, wonach ich ausschaute; auf einer griechischen Vase war ein Bild der Siegesgöttin, der Nike, wie ich sie nannte, aus meiner Sequenz. Ich sagte: «Ah, da ist sie.»

Der Professor und ich gingen zu dem Glasschrank hinüber. Einige der Bilder, wie ich sie sah und beschrieb, hätten griechische Vasensilhouetten sein können.

7 Uhr 40 abends

Ich hatte eine Fotografie von Bryher mitgenommen, die ich dem Professor zeigen wollte. Er sagte, es hätte ein Page aus einem italienischen Fresko sein können.

Der Professor sagte: «Sie ist *nur* ein Junge.» Und dann: «Es ist ganz klar.» Von einer anderen Fotografie sagte er: «Sie sieht wie ein Polarforscher aus.» Ein anderer Schnappschuss gefiel ihm: meine Tochter mit Bryher auf der Terrasse des Hauses in La Tour. Ich erzählte dem Professor, dass sie vielleicht beide später nach Wien kommen würden. Er sagte: «Ich würde sie so gern sehen.» Das machte mich sehr glücklich.

Er sagte, Bryhers Briefe seien «sehr freundlich, sehr geschmeidig», obwohl sie selbst auf den Bildern «so entschlossen, so unnachgiebig» aussehe. Ich erzählte ihm, wie zuverlässig Bryher gewesen ist, wie loyal, und wie sie auf unseren zahlreichen Reisen alles arrangierte. Als ich ihm von der *Schrift an der Wand* erzählte, fragte er mich, ob ich Angst gehabt hätte. Ich sagte, das nicht, doch hätte ich befürchtet, Bryher könnte um mich Angst haben. Er fragte wieder nach der Beleuchtung des Zimmers, nach etwaigen Spiegelungen oder Schatten. Wieder beschrieb ich das Zimmer, die Verbindungstür, die Tür hinaus auf den Flur und das eine Fenster. Er fragte, ob es eine Glastür gewesen sei. Ich sagte: «Nein – es war ein Fenster wie das da», und zeigte auf das eine Fenster in seinem Zimmer.

8 Uhr 10 abends

Ich sitze im Cafe Viktoria, auf einer gepolsterten Eckbank, unter einem ungeheuren Kronleuchter. Ich denke an Venedig, wenn ich die spiegelnden Glaskristalle anschaue.

18. März, 10 Uhr 40 vormittags

Ich träume von meiner jungen Mutter. Wir sind auf der Veranda unseres ersten Hauses in Bethlehem. Mein Bruder ist nur ein Jahr jünger, doch fühle ich mich ihm ungeheuer überlegen, als ich ihn beobachte, wie er über den Fußboden kriecht. Er schlängelt sich, kriecht oder geht sehr schnell auf allen Vieren. Ich denke, er ist sehr schlau, dieser «kleine Hund». Ich versuche meine Mutter darauf hinzuweisen. Sie sagt: «Aber er wird sich die Arme schmutzig machen und sein Kleidchen ruinieren.» Das Baby verschwindet durch die offene Flurtür. Ich sage zu meiner Mutter, sehr weise und tolerant: «Aber was macht das schon? Das Herumkriechen ist gut für ihn, es ist wichtig für sein ganzes späteres Leben, es wird seinen

Rücken, seine Arme und seine Beine stark machen.» Er kriecht wieder aus dem Haus heraus, und ich stelle ihn auf die Füße und schlinge in verzückter Hingabe meinen Arm um ihn.

Ich verbinde diesen Traum mit der Bemerkung des Professors über Bryher: «Sie ist *nur* ein Junge», und mit der Tatsache, dass Bryher schreibt, sie wolle mich zusammen mit meinem Kind hier besuchen kommen.

Ich hatte später noch einen Traum. Bryhers Spitzname für Dr. Hanns Sachs ist «die Schildkröte». Ein Freund, ein Amerikaner, der sich in England niedergelassen hat, taucht plötzlich hier auf, warum, ist unklar. Der Schildkrötenteich liegt hoch oben in den Bergen, zweifellos die Schweiz. Ich selbst trete George Plank neben diesem Schildkrötenteich entgegen, in der Hand stolz ein *Hühnerei*. Eine Frau ist da, sie schreibt. Sie sagt: «Ihr Mädchen gebt aber an mit euren Elisabethanischen Wämsen.» Ich habe ein Gefühl maßloser Überlegenheit gegenüber George, der in Wirklichkeit ein Künstler und ein sympathischer Freund ist. Ich habe gleichwohl ein Gefühl, als sei er auf die Psychoanalyse nicht ansprechbar, wenn auch ohne die Feindseligkeit, die ich bei Frances und Ezra in der früheren Traumsequenz gefühlt habe.

4 Uhr nachmittags

Der Professor erzählte mir vor einigen Tagen, dass er, auch wenn er noch 50 Jahre zu leben hätte, seine Faszination und Neugier angesichts der Extravaganzen und Wechselspiele der menschlichen Seele oder Psyche nicht verlieren würde.

13

7 Uhr abends

Ich kam fünf Minuten zu spät, da etwa um 4 Uhr 30 plötzlich Alice Modern hereingeschneit kam. Der Professor kam mir sofort entgegen, sagte, meine Geschichte von der Bilderschrift oder der *Schrift an der Wand* habe ihm «sehr zu denken gegeben».

Ich fragte ihn nach den Hunden; beide verlassen das Haus über das Wochenende. Er mag keine Katzen; Affen sind uns zu nahe, findet er. «Wir haben weder die Genugtuung, dass sie sind wie wir, noch die Genugtuung, dass sie Feinde sind.»

Ich erzählte ihm von den kleinen Statuen oder Bildwerken in dem Haus in Cornwall, das Lawrence als erster erwähnt hatte. Er fragte mich, was die Bildwerke dargestellt hätten. Ich sagte, auf einem Regal habe ein bemalter Osiris gestanden; am Ende saß eine bronzene Isis – es gab auch, glaube ich, eine eiförmige Eulenmumie.

Der Professor sagte: «Kommen Sie und sehen Sie nach, ob wir sie finden können.»

Wir gingen in das andere Zimmer, er holte verschiedene Schätze aus den Glasschränken hervor. Wir sprachen über eine Sechmet, die er mir zeigte. Ich erzählte dem Professor von dem katzenköpfigen Standbild in dem kleinen Tempel, abseits von dem großen Tempel von Karnak. Es erheiterte ihn, als er von dem Türgitter hörte, mit dem sie den Tempeleingang vor hysterischen Mondscheinbesuchern hatten sichern müssen. Ich sagte, dass die Araber vor dem Bildwerk eine besondere Ehrfurcht empfinden, sie entsetzen sich bis auf den heutigen Tag vor der katzen- oder löwenköpfigen Göttin.

Wir durchmusterten die Bildwerke der anderen Schränke; da gab es eine geflügelte griechische Figur – Tanagra? Der Professor holte einen Osiris aus Holz hervor (oder ein Bildwerk, das wie ein Osiris aussah), schwarz geworden im Lauf der Zeit oder auch absichtlich bemalt wie mit einer Art Teer oder Pech. Dann stand da noch ein grünblauer Osiris aus Stein. Der Professor sagte: «Sie heißen die *Antworter*, weil ihre Doppelgänger oder Ka's bei Anruf erscheinen.»

Wir gingen zur Couch zurück.

Ich erzählte ihm von den Szenen oder Bildern, die ich selbst an unserem letzten Abend im «Belle Venise» für Bryher beschworen oder agiert hatte. Bryher hatte einen unglücklichen oder unzugänglichen Eindruck gemacht; ihre Stimmung erschreckte und betrübte mich. Eigentlich um sie aufzuheitern, fing ich an, etwas zu agieren, was ich indianische Tanzbilder nannte. Ein Mädchen in den Bergen kam darin vor, es kam ein Medizinmann vor, der in den Wäldern nach Kräutern suchte, und dann noch einer, der lachte, sang – unser alter Freund Minnehaha; es kamen auch noch andere Personen vor: eine Spanierin, Südseeinsulaner, ein japanisches Mädchen und ein junger Priester aus Tibet. Der Professor sagte: «Es war ein Gedichtzyklus, der sich nicht materialisiert hatte – die Stufe unmittelbar vor dem künstlerischen Schaffen.» Er sagte, das Agieren sei ein Drama gewesen, halb dem Wunsch entsprungen, Bryher zu trösten, und weder «Verzückung» noch «Zauberei». Ich hatte angedeutet, es sei vielleicht eine Form von Besessenheit gewesen.

Der Professor sagte: «Sehen Sie, Sie sind schließlich eine Dichterin.» Er verwarf kurzerhand meine Andeutung, es gebe da irgendwie einen Zusammenhang zu den alten Mysterien, zu Zauberei oder Zweitem Gesicht. Doch er kam auf die *Schrift an der Wand* zurück. Das Drama, wie er es nannte, enthalte für ihn kein Geheimnis; doch die projizierten Bilder, am hellichten Tag gesehen, gäben ihm ein Rätsel auf.

Er fragte weiter: Konnte ich jetzt mit geschlossenen Augen die Bilder immer noch sehen? Ich antwortete: «Ja, und mit offenen Augen.» Er meinte, das sei möglicherweise ein «Symptom von Bedeutung». Ich sagte, ich wünschte mir, ich hätte einen künstlerisch begabten Freund um eine Skizze der Bilder gebeten, sodass ich sie ihm direkt zeigen könnte. Das wäre nutzlos gewesen, erwiderte er: «Die Bilder wären nur dann von Wert, wenn Sie sie selbst zeichneten.»

9 Uhr 10

Wir sprachen ein wenig über Gespenster. Ich wollte ihm von den vielen seltsamen Sagen Cornwalls erzählen und wie ich selbst die berühmten «Klopfer» gehört hatte, als ich 1918 dort war. Die Einheimischen glaubten, sie kämen aus stillgelegten Minenschächten. Zwar hatte ich nicht die Zeit, weiter darüber zu sprechen, doch sind sie das genaue Gegenstück der Kobolde und Zwerge aus den alten deutschen Sagen. Die «Klopfer» traten freilich nicht als Gespenster in Erscheinung, sie klopften nur nachdrücklich, fast ein wenig heftig und oft.

Dagegen erzählte ich dem Professor wirklich von einer Urgroßmutter, die hörte, wie ihr Sohn ihr etwas zurief. Sie rannte in den Garten hinaus, ihm entgegen (in Pennsylvania). Ihr Sohn war auf den Westindischen Inseln. Einige Zeit darauf erhielten sie die Nachricht, dass der Sohn in eben dem Augenblick gestorben war, in dem sie in den Garten gestürzt war, um ihn zu begrüßen.

Montag, 20. März

Ich verbrachte einen glücklichen Sonntag in den Galerien; ich fand dort Ticiano Vec., Jacopo de Strada (1477-1576) und Palma Gioime (1544-1628), von ihm Statuen ... und Giov. Batt. Moroni (1520-1578). Eines der Gemälde, ein edler Renaissance-Italiener mit klug-verwitterten Zügen, der neben einem Tisch mit kleinen Statuen stand, ließ mich an das Portrait von Sigmund Freud denken, wie er hinter seiner Reihe von kleinen Bildwerken am Tisch sitzt.

14

6 Uhr 40 abends

Ich ging um 4 Uhr 20 zu Mrs. Burlinghams Appartement hinauf. Sie war ruhig, schlank und schön in ihrem kunstgewerblich-einfachen Sprechzimmer oder Wohnzimmer, das Freuds Architektensohn für sie ausgestattet hat. Wie der Professor hatte sie ein paar griechische Schätze. Ihr kleiner grauer Bedlingham huschte unter die Couch, kroch aber später wieder hervor, um sich mit mir anzufreunden. Ich lernte ihre Tochter kennen, so alt wie mein eigenes Kind, und einen siebzehnjährigen Jungen. Ein weiteres Kind hatte gerade eine Musikstunde im Nebenzimmer. Ich war ein wenig bestürzt über die reservierte, scheue Art von Mrs. Burlingham und darüber, wie sie mich an meinen Fünf-Uhr-Termin unten bei dem Professor erinnerte.

Dann hinunter zu Freud … Ich erzählte ihm von dem Besuch. Dann fühlte ich mich ein wenig verloren. Vielleicht kam das teilweise von dem Traum, den ich in der letzten Nacht hatte. Ich versuchte verzweifelt, zurück in meine Londoner Wohnung in der Sloane Street zu gelangen. Die Wohnung liegt ganz oben im Haus. Wie ich den Flur im Erdgeschoss betrete, versperrten mir ein Mann und dann ein grober Junge den Weg zur Treppe und schienen mich zu bedrohen. Ich wagte nicht, sie zur Rede zu stellen … (Ich konnte dem Professor nicht erzählen, dass ich selbst dieses Entsetzen mit Nachrichten über die neuesten Nazigräuel assoziierte.) In meiner Bedrohung und Angst stehe ich da und rufe laut «Mutter». Jetzt bin ich draußen auf dem Gehweg. Ich schaue zum Fenster meiner Wohnung hinauf. Es hat andere Vorhänge als in Wirklichkeit, etwas Ähnliches wie eine Jalousie. Eine Figur steht dort, in der Hand eine brennende Kerze. Es ist meine Mutter.

Ich war von Glück überwältigt, und jede Spur von Angst verschwand.

8 Uhr 20 abends

Wir sprachen von Kreta. Ich erzählte ihm, wie enttäuscht ich auf der Kreuzfahrt letzten Frühling war. Die See war zu rau, um zu landen. Delfine waren da und umspielten das Boot, das vor der Felsenküste vor Anker lag; die zerstäubenden Meereswellen bildeten einen unaufhörlichen Regenbogen. Hoch oben am Hang sahen wir die Kapelle, wo Zeus geboren oder gesäugt worden sein soll. Wir sprachen von Sir Arthur Evans und seiner Arbeit dort. Der Professor sagte, dass wir zwei uns in unserer Liebe zum Altertum träfen. Er sagte, seine kleinen Statuen und Bildwerke helfen, die verfliegende Idee zu festigen oder vor dem gänzlichen Entschwinden zu bewahren. Ich fragte, ob er eine kretische Schlangengöttin habe. Als er verneinte, sagte ich, dass ich in London Leute kenne, die früher einmal einige Beziehungen zu Kreta gehabt hätten, und dass ich Himmel und Erde in Bewegung setzen wolle, um ihm eine Schlangengöttin zu beschaffen. Er sagte: «Ich fürchte, selbst Sie könnten das nicht.»

Der Professor spricht davon, dass die Schicht der Mutterfixierung bei Mädchen und Jungen dieselbe ist, dass jedoch das Mädchen gewöhnlich seine Zuneigung oder (im entsprechenden Fall) seine Fixierung auf den Vater überträgt. Nicht immer. Die kretische Muttergöttin ist assoziiert mit dem Knaben oder Jüngling auf dem Wandgemälde von der Krokuswiese. Wir sprechen auch von Ägina. Der Professor redete weiter über die Entwicklung der Psychoanalyse und wie man am Anfang Fehler gemacht hatte, weil man nicht genügend verstand, dass das Mädchen nicht in jedem Fall seine Gefühle auf den Vater überträgt.

Er fragte: «War Ihr Vater ein wenig kalt, ein wenig steif?» Ich erklärte wieder, dass er der sprichwörtliche «typische Neuengländer» war, wenn auch nicht selbst in Neuengland geboren, weil sein Vater nach dem Westen gezogen war. Der Professor sagte, er glaube, meine Tanzdramen auf Korfu seien in Wirklichkeit eine Art Vorführung oder Unterhaltung für meine *Mutter* gewesen. Sang Ihre Mutter Ihnen vor? Ich sagte, sie habe eine schöne, klangvolle Stimme gehabt, habe aber, was das Singen betraf, an einer Art Blockierung oder Verdrängung gelitten. Unsere Großmutter liebte es, wenn ich ihr vorsang, meistens altmodische Choräle. Mein älterer Bruder und ich sangen kleine Kinderlieder zur Begleitung unserer Mutter. Der Professor sagte, das passe zusammen: «Es wird sich sogar noch mehr vereinfachen.» Ich erzählte ihm erneut, dass meine Mutter im Frühling gestorben sei, genau um diese Zeit, und wieder entsinne ich mich, dass auch Lawrence im März gestorben ist.

15

Dienstag, 21. März

Der schöne Stich, den ich von dem Professor habe, ist auf meinem Toilettentisch aufgebaut. Er wird zum «Antworter» wie der eine Osiris, den er mir zeigte.

6 Uhr 30 abends

Der Professor war gerührt über Bryhers Karte und ihre Schenkung an die «Gesellschaft». Wir sprachen über die politische Situation.

Es gibt keine Grenzen des Geistes.

Doch werde ich von heftigen Gefühlen der Abneigung zerrissen.

Letzte Nacht hatte ich meinen alten Eisenbahnalptraum. Ich bin irgendwohin unterwegs, das Ziel ist vage und unbestimmt; meine Tochter und Alice, ihre einstige Gouvernante, begleiten mich. Ein uniformierter Beamter durchsucht unser Gepäck. Er findet meine Reisetasche. Kognac? Ich bemühe mich gar nicht erst um eine Erklärung oder Entschuldigung. Der Beamte («Zensor», der Professor?) findet, unter dem Sitz versteckt, eine weitere Flasche. Es gibt noch mehr Flaschen. Er verstaut das Ganze in einem leeren Koffer und befiehlt uns, ihm zu folgen.

Meine Tochter und Alice und ich haben uns irgendwohin verirrt, auf irgendeinen gefährlichen Weg, irgendwelche Stufen *hinunter*.

Der Professor fragte mich nach meiner Assoziation; ich sagte, ich hätte keine präzise Assoziation, ich fürchtete einfach, entdeckt zu werden. Er sagte: «Vielleicht irgendwelche Skrupel.» Gewissen?

Es gibt so viele Assoziationen zu Eisenbahnen. Ich entsinne mich besonders einer, als ich kurz nach Einbruch der Nacht mit dem Schiffszug in Paris anlangte. Mein französischer Kaffee mit Brötchen im Bahnhofsrestaurant war so unbeschreiblich «France». Wieder einmal war ich davongekommen. Obwohl ich England liebte, hatte ich doch immer, wenn der Kanal erst einmal hinter mir lag, jenes fast hysterische Gefühl des Entronnenseins. Ich konnte mich sogar an die Wandgemälde des Gare – du Nord? erinnern. Die Normandie mit Apfelbäumen, ein Deich und blauer Himmel, unterbrochen durch einen Vordergrund von – Oliven? Orangenbäumen? Während ich meinen Kaffee in dem fast leeren Restaurant trank, kam ein Junge mit einem riesigen Marktkorb, übervoll von Rosen. Der Geschäftsführer oder Kellner wählte eine Handvoll Rosen aus und legte sie neben meinen Teller.

Dann erinnere ich mich an einen Vorfall, der dem Eisenbahntraum voranging. Ich probiere ein grünes Abendkleid an. Ich stehe vor einem Spiegel und strecke meinen Fuß vor. Ich trage eine wunderbar geschnittene griechische Sandale, klassisch und doch immer noch modern genug.

Der Professor sagte: «Sie erzählen das so schön.»

Bevor ich weggehe, falte ich die silbergraue Decke zusammen. Ich bin Raupe, Wurm gewesen, warm eingewickelt in meinen Kokon.

Der Professor greift nach der kleinen Klingel, um dem Mädchen anzukündigen, dass sein letzter Analysand im Gehen begriffen ist. Sein Ellbogen vollführt jene Vogelflügelgeste, die mich entlässt. Der Professor sagt: «Wir sind in tiefes Material eingedrungen.»

Sie nannten meinen Vater den «Professor» und meinen Halbbruder den «jungen Professor». Unser Professor hatte recht, sie sind diesem Wiener Herrn Professor Sigmund Freud nicht ähnlich. Er steht näher bei dem Großvater und seiner Religion, «eine Atmosphäre ...»

Sie stammten aus Nordengland. Wir Kinder waren die neunte Generation, die einen wunderlichen englischen Namen erbte. Sechs Generationen verwitterten und formten sich mit den Felsen und Kieselsteinen eines *neuen* England. Der Vater unseres Vaters, die siebte, wurde mit jener Planwagengeneration in den Westen gelockt. Seine junge Frau war nicht glücklich. Eigentlich wollten sie nach Kalifornien, doch dann siedelten sie sich in Indiana an. Sie begannen wieder ganz von vorn, da, wo die ersten Puritaner ihres Namens angefangen hatten.

Im Bezirk gab es noch ein paar Indianer. Unser Großvater hatte seine Gesetzbücher. Unser Vater half auf den Feldern, doch fiel ihm das Pflügen schwer. Seine

Vorstellung von einer geraden Linie war abstrakter; er bekam den Euklid seines Vaters.

Sie jagten noch entlaufene Sklaven. Unser junger Vater vermisste das «Wogen und Donnern» der Irrfahrt nach Neuengland. Er schaute gen Himmel; Seeleute steuern Schiffe nach den Sternen.

Er arbeitete mit Drehbank und Säge. Als Lehrling bei einem Schreiner lernte er sein Handwerk; seine dünnen Finger hatten ein «Gefühl» für Fichte, Tulpenbaum und Zeder. Seine Schwester Rosa nahm den Vergil an sich und übersetzte für ihn. Er wusste nicht, was er suchte, wenn er mit seinen weitsichtigen grauen Augen die zehn Sterne des Wagens oder die acht von Orions Schwertgürtel ausmachte. Doch er wusste, dass es ihn befriedigte. Er fand Algol.

Sein Bruder Alvan war zwei Jahre älter. Alvan rief seinem Bruder etwas zu, der wie gewöhnlich im Dunkeln trödelte. Es gab einen neuen Aufruf von Lincoln. Alvan sagte: «Ich gehe.»

Charles ging mit ihm.

Der jüngere der beiden Jungen kam zurück. Er hatte keine Worte für jene letzten Szenen, als seine Mutter ihn um einen Bericht bat. Er hatte nie viel gelacht. Jetzt versuchte er, es wegzulachen, eine klägliche Imitation von Alvans ansteckendem Lachen.

Alvan war tot. Er war nicht von einer Kugel erschossen worden. Sie verfaulten – sie ver- – es war Typhus. «Es ging schnell», erzählte er seiner Mutter. Er versuchte, sich an etwas aus Lincolns letzter Rede zu erinnern, er konnte sich nur an «ein großes Schlachtfeld dieses Krieges» erinnern, doch es war kein Schlachtfeld des Krieges, nicht dieses Krieges … er wusste, seine Mutter hatte jetzt das Gefühl, dass eine Million freier, emanzipierter Neger Alvan nicht aufwiegen konnten. Oder hatte sie es etwa nicht? Es war besser, man wusste nicht, was sie jetzt dachte. Er wusste, seine Mutter versuchte, ihn zu lieben, er hatte sich so angestrengt zurückzukommen, um ihr zu erzählen … was er ihr nie erzählte.

Er hatte nicht einen einzigen Südstaatler erwischt, erzählte er seinem Vater. Celia wollte, er würde dieses Lachen lassen, es glich Alvan so wenig, sie hatte das Gefühl, er würde gleich ersticken. Der ältere Charles spürte etwas davon. Er bat Celia, die Bibel zu holen. «Süßer denn Honig und Honigseim», las er an der Stelle, die er zufällig aufgeschlagen hatte. Celia wollte, der Junge würde nicht so starren. Wie konnte er seiner Mutter von dem Behelfslazarett des Lagers erzählen … zum Schluss war keiner mehr übrig … Er kroch unter Bäumen entlang. Er erinnerte sich an Wacholder, Birke, Pappel und Nussbaum. Leise murmelte er diese reinen Worte, wie ein Gebet. Alvan war tot. Er musste irgendwie nach Hause kommen und es ihnen erzählen … «Die Südstaatler zogen gerade ab, als wir hinkamen, das Lager …» Sein Vater las weiter: «Ja, denn viel feines Gold.»

Die Nachwirkungen der Malaria schüttelten ihn, und er konnte sich kaum auf den Füßen halten. Jedes Mal wenn seine Augen denen Celias begegneten, sah er Alvan. Er wusste, auch Celia sah Alvan, warum war er zurückgekommen? Warum sind wir überhaupt in den Westen gekommen, dachte Celia. Was klopft da? Es war irgendein freundlicher Nachbar, sie waren nur allzu freundlich. Fast ließ sie die Maiskuchenpfanne fallen; es war das Pochen einer Haue, oder vielleicht hatte sich das Fohlen auf der Wiese wieder losgerissen. Es konnte auch die Küchenuhr sein, ihr Ticken war so laut, damals zu Hause hatte sie die Uhr niemals bemerkt. Dann langsam, wenn man nicht mehr horchte. Die Zeit kroch nun so langsam dahin. Sie hätte schreien mögen, wenn sie durch das offene Fenster sah, wie Charles sich auf der Verandatreppe räkelte. Er konnte seinen torkelnden Körper noch nicht hinter dem Pflug herschleppen.

Er hatte sich die alte Zwiebeluhr seines Großvaters geholt und legte sie auf die Bodenbretter. Was sollte das heißen, mit Kreide ein Zifferblatt rund um die Uhr zu zeichnen? Ein Stöckchen baumelte an einer Schnur. Sie war an einem Haken in der Decke befestigt, wo Mercy ihre Schaukel gehabt hatte. Rosa war fort, nach Norden gegangen, um sich zur Lehrerin auszubilden. Mercy war tot. Es war keiner hier, der ihr half. Was sollte das heißen, mit der Kreide am Schatten zu markieren, wohin die Sonne fiel? War er verrückt geworden?

Wie alt war Charles jetzt? Er war 17, als er mit Alvan wegging; er gab ein falsches Alter an, deshalb nahmen sie ihn. Mercy und er hatten ein Paar gebildet. Alvan und Rosa. Sie erinnerte sich, wie sie Mercy hatte rügen müssen, weil sie leierte, als sie beim Lesen an der Reihe war.

Die Bibel war ein Buch des Anstands.

16

Mittwoch, 22. März, 6 Uhr 30 abends

Ich gab dem Professor Bryhers Bücher. Er schien ziemlich professionell und zurückhaltend, nachdem er gestern meine halbe Sitzung verschwatzt hatte. Ich erzählte ihm den Traum der letzten Nacht: Hotel, ein Fremder in der Halle, ein junger Mann, dunkel (oder im Dunkeln), er geht an der offenen Tür vorüber und sieht mich. Ich trage ein rosafarbenes Modellkleid. Es gefällt mir, dass er mich sieht, und ich werfe mich in Positur oder wiege mich, wie zu einem Tänzchen bereit. Im Handumdrehen hat er mich gefasst, ich bin verloren (gefunden?), wir wiegen uns zusammen wie Schmetterlinge. Er sagt: «Sie können aber tanzen.»

Jetzt gehen wir zusammen hinaus, doch ich bin in Abendkleidung, das heißt, ich bin gekleidet wie er. (Ich hatte in einer der Kaffeehausillustrierten einige neue Bilder von Marlene Dietrich angesehen.) Ich fühle mich nicht ganz behaglich, nicht ganz wie ich selbst, der Hosenbund passt mir nicht recht; ich merke, dass ich unter der Hose meine gewöhnliche Unterkleidung anhabe, oder vielmehr trug ich noch den langen Abendunterrock, der offensichtlich zu dem Ballkleid gehörte. Der Traum endet in einem Ton der Enttäuschung und Verwirrung.

Dieser Traum scheint irgendwie mit Ezra assoziiert zu sein; obwohl er so schlecht tanzte, ging ich doch mit ihm zu den Schulmädchenbällen. Der Professor kannte den Namen Ezra Pound. Er sagte, er habe einmal einen Essay von ihm gesehen, wolle aber nicht behaupten, dass er ihm folgen könne. Ich erzählte dem Professor, wie Ezra mehr oder weniger «Hausverbot» bekommen hat und von dem damaligen Konflikt mit meinen Eltern.

8 Uhr 20 abends

Ich fühle mich alt. Als ich dem Professor von einem viel jüngeren Verehrer von mir erzählte, der mir Schmeicheleien gesagt und gelinde «den Hof gemacht» hatte, meinte der Professor: «Ist das erst zwei Jahre her?», als sollte ich in meinem Alter (46) allmählich über Tändeleien dieser Art erhaben sein. Doch ich erinnerte mich an den Roman «Vagadu»[29], den uns Dr. Sachs zum Lesen gebracht hatte. Soweit ich mich erinnere, fing die Frau in dem Buch ihre Analyse mit 47 an … und sie war gerade, Alter hin, Alter her, gründlich in verschiedene Erfahrungen oder Experimente mit der Liebe verstrickt. Doch das war in Frankreich. Auch in Wien verlaufen die Entwicklungen anders. Der Professor schien überrascht, als ich ihm erzählte, dass ich meinen ersten ernsthaften Liebeskonflikt oder -händel mit Ezra hatte, als ich 19 war; er sagte damals: «Mit 19 – nicht früher?» Vielleicht ist das irgendeine technische Spezialität oder façon de parler.

Ezra und ich machten lange Spaziergänge; ich erinnere mich an die Leberblümchen. Der Frühling kommt spät in Amerika, zumindest verglichen mit England. Ich triumphierte, wenn ich am letzten oder einem der letzten Tage im März mein erstes Büschel blauer Blumen fand oder eine vereinzelte zarte Waldanemone oder ein Buschwindröschen. Blumen im März zu finden war für uns dort ein großer Triumph.

Ich hatte nicht die Zeit, über meinen Traum von den zwei japanisch aussehenden Zwergen zu sprechen. Ihr Nachname ist «Anemone». (Japanische Anemonen … als ich vor der Geburt meines Kindes in der Saint-Faith's-Privatklinik lag, brachte sie mir Bryher mehrmals in der Woche mit; sie sind mit jener Zeit besonders eng assoziiert.) Ich unterhalte mich über die Zwerge mit meiner Mutter, und wir ärgern uns beide, dass sie ausgerechnet diesen Blumennamen haben.

17

23. März, 8 Uhr 45 abends

Ich begann damit, dass ich mich über Frazer und den «Goldenen Zweig» ausließ. Der Professor winkte mich zur Couch: «Wieder etwas zu beichten?» Ich sagte, nein, ich wolle nochmals ein Stück altes Gelände abschreiten. «Ich will auf Van Eck zurückkommen, erinnern Sie sich noch an Van Eck?» Er sagte: «Natürlich.» Ich erzählte ihm, dass ich nur mit großer Scheu und Zurückhaltung auf dieses ganze Gebiet zu sprechen käme. Ich erzählte ihm von dem Kristall, der in der State-Express-Zigarettenschachtel verpackt war, und von einem Brief, den ich von Van Eck aus Alexandria erhielt. Ich war damals mit Bryher in Mullion Cove in Cornwall. Die Schachtel war in der neuen möblierten Wohnung angekommen, die wir im vorhergehenden Sommer in Buckingham Mansions in Kensington gefunden hatten. Im Sommer davor, im Juli 1919, waren wir zum ersten Mal auf die Scilly Inseln gefahren. Das Kristall kam mir vor wie eine Erfüllung meiner Vision oder meines Zustands überirdischer Imagination, als ich mich von den beiden halben Glaskugeln gleichsam umschlossen gefühlt hatte.

Ich erzählte dem Professor, wie ich einige Jahre später der Cousine von Van Eck, oder vielmehr ihrer Schwester, begegnet war; er hatte ihr einen Brief geschrieben, der dieser Mitteilung an mich, die ich in Mullion Cove erhielt, beigelegt war. Ich überreichte Miss Van Eck diesen Brief oder sandte ihn ihr, zusammen mit einem kleinen Band meiner Gedichte, zu, doch bekam ich nie eine Antwort. Dann begegnete ich ihrer Schwester im Hotel Washington, Curzon Street, wo ich wohnte, wenn ich mich in London aufhielt.

Ich stand inzwischen unter dem Eindruck, dass Van Eck eine pure Illusion oder ein Gebilde meiner Fantasie gewesen sei, doch als ich ihn erwähnte und wie er Bryher auf dem Schiff bei ihrem Griechisch geholfen habe, sagte die jüngere Miss Van Eck: «Ja, er war immer sehr gut in Sprachen.» Also gab es wirklich einen Van

Eck, und diese Dame und die ältere, der ich nie begegnet war, waren tatsächlich seine Cousinen.

So gibt es denn einen Van Eck. In meinem Zimmer im Hotel Washington greife ich nach dem Telefonbuch. dass er wieder in England sein könnte, war mir vorher nicht eingefallen. Doch da stand der seltsame, bemerkenswerte und ungewöhnliche Name. Ich ließ mich verbinden, und schon antwortet eine Stimme. Es war eine Telefonnummer von Belsize Park. Die fremde Stimme sagte, für mein Gefühl ziemlich kurz angebunden: «Wünschen Sie Mr. oder *Mrs.* Van Eck?»

Das gab mir einen starken Schock. Ich sollte am nächsten Tag nach Paris abreisen. Irgendwie schaffte ich es wegzukommen. Dort traf ich Bryher. Sie sagte, der Schock sei in Wirklichkeit ein abgeleiteter; sie hatte das Gefühl, ich hätte ihn jenem ersten Schock übergestülpt, den ich vor unserer ersten Griechenlandreise erlebte, als ich und Aldington auseinandergingen.

Doch das Van-Eck-Mysterium lässt mir noch immer keine Ruhe. Wieder bemühe ich in London, diesmal von meiner Wohnung in der Sloane Street aus, ein Telefonbuch; wieder gibt es Van Eck, diesmal mit einer anderen Nummer.

Es scheint eine Nummer in der City zu sein, ich schließe auf ein Büro. Ich werde jetzt auf jeden Schock gefasst sein, doch eine angenehme junge Stimme antwortet; er wird Mr. Van Eck meine Nummer geben, wenn er ins Büro zurückkommt. Van Eck ruft mich an. Er kommt mich besuchen. Ich habe andere Leute bei mir, Kenneth und Bryher und ein fremdes Mädchen, das aus New York zu mir geschickt worden war, eine Schriftstellerin irgendwelcher Provenienz, hübsch, im Sommerkleidchen. Das musste Van Eck sein, doch ich bezweifle, ob ich ihn erkannt hätte, wenn wir einander auf der Straße begegnet wären.

18

25. *März*

Dann setze ich die Van-Eck-Saga fort. Im Frühling 1931 erhalte ich eine Karte, als ich in der Nähe von Miss Chadwick wohne, in einem großen Zimmer am Tavistock Square. Wir finden die Verknüpfung mit dem Onkel mütterlicherseits, dem begabten jüngeren Musikerbruder meiner Mutter, Frederick ... Van Eck.

Die Karte ist eine Anzeige oder Einladung, an einem Gottesdienst teilzunehmen, in dem Mr. Van Eck – ich glaube, das ist das Wort: ordiniert – werden soll. Es schien eine seltsame Kehrtwendung.

Indessen, da war der Name, die Karte, die Angabe seiner neuen Berufswahl, die Worte «Betet für mich».

Als ich wieder in meiner Wohnung in der Sloane Street bin, schreibe ich noch einmal. Mr. Van Eck kommt vorbei, eine Freundin ist bei mir, die Dorothy aus dem früheren Traum von Joan und Dorothy.

Jetzt verschwindet Mr. Van Eck, doch wenigstens weiß ich über seine Absichten Bescheid. Er will einige Zeit «zurückgezogen» in einer Stiftung der Hochkirche in

Dorset leben, als eine Art anglokatholischer Franziskanermönch.

Der Professor sagte, diese Details bestätigen ihn nur in seinem Eindruck oder seiner Meinung, dass die Van-Eck-Episode oder -Fixierung sich eigentlich zurück auf meine Mutter bezog. Der Onkel mütterlicherseits, die Kirche, die Kunst.

Der Professor fragte mich, ob ich jemals zur Bühne gehen wollte. Er habe das Gefühl, ich erzählte diese Ereignisse so dramatisch, als hätte ich sie «ausagiert» oder «vorbereitet», bevor ich zu ihm käme. Ich erzählte dem Professor, wie gern ich mich «verkleidet» habe, doch das gilt für die meisten Kinder. Es gab einige alte Bühnenrequisiten in meinem ersten Zuhause, die meiner Mutter von einer ehemaligen Primadonna hinterlassen worden waren (sie hatte nach ihrem Rückzug von der Bühne an der alten Schule, an der mein Großvater war, Gesang unterrichtet). Der Professor sagte, er fühle irgendeine Art «Widerstand».

Ich fühlte mich erschöpft und ruhelos. Ich machte mir auf meinem Zimmer einen heißen Zitronensaft und nahm Cibalgin … ich schlief gut die Nacht. Es war schändlich kalt, doch als ich später am Morgen ins Freie ging, schien die Sonne.

19

Wieder fragte mich der Professor, ob ich mich für meine Sitzungen bei ihm «vorbereite». Ich sagte, ich hätte bis eben Briefe geschrieben. Ich hatte einen Traum gehabt, das Meer, Angst ... und das verbunden mit meinem jüngsten Bruder, der «das Baby» gewesen war.

Ja, wir hatten Schulveranstaltungen gehabt, wenn das «Agieren» war. Ein Festspiel oder eine Szenenfolge von Kate Greenaway wurde aufgeführt, und ich hatte ein Gedicht vorzutragen: «Mein Garten liegt unter dem Fenster». Im nächsten Jahr gab es «Mutter Gans», doch war ich von meiner Rolle als Miss Muffet, die Spinne, enttäuscht. Der jüngere Bruder trat in dem Kostüm des «Blauen Knaben» auf, das ich mir später aneignete. Der ältere war ein ziemlich großartiger Erfolg als King Cole.[30]

Ich erwähnte die «Dame» aus dem Zirkus, die ein Trikot als «Verkleidung» trug und die Löwen zähmte.

Als ich 15 war, knüpfte, wie mir jetzt scheint, eine meiner Schulkameradinnen, eine Halbfranzösin namens Moffat, noch einmal ziemlich genau an jene Enttäuschung mit Miss Muffet an. Doch bei Renée wurde ich in den meisten Spielen oder Charaden, die sie für uns arrangierte, in der Rolle des Helden groß herausgebracht. Renée hatte Sarah Bernhardt in «L'Aiglon» gesehen und liebte es, ganze Szenen nachzuspielen. Der Professor schlug vor, ich solle Schönbrunn besuchen und mir selbst die Gemächer des Duc de Reichstadt ansehen.

Der Professor wiederholte, er wolle, dass unsere Arbeit spontan sei. Er unterstützt meine Gewohnheit, mir

Notizen zu machen, nicht, sähe es tatsächlich lieber, wenn ich es sein ließe.

Ich erzählte weiter von Renée. Sie hieß Renée Athene, sie war in Athen geboren, wo ihr Vater irgendwie zur britischen Botschaft gehörte. Bei ihr zu Hause machte ich meine erste (und letzte) Erfahrung mit Tischklopfen. Ich muss sagen, es kam sehr wenig dabei heraus. Doch diese Periode, die frühe Jugendzeit, war eine Rückkehr in die glückliche Kindheit. Meine Mutter kannte Halloween-Spiele, Wahrsagen «zum Spaß», wie man etwa mit Hilfe eines Kerzenstummels in einer Nussschale, den man in einer vollen Badewanne schwimmen ließ, die Zukunft vorhersehen konnte. Diese Spiele wurden nur an Halloween gespielt. Renée behauptete an jenem Halloween – es war das Jahr meines Eintritts in die Schule von Miss Gordon –, sie sähe ein Gespenst – vielleicht sah sie wirklich eins. Natürlich faszinierte mich ihr Name; nur wenig später sah ich mein erstes echtes griechisches Theaterstück; es wurde von Studenten der Universität gegeben. Noch später zeigte mir meine Freundin Frances Josepha, mit der zusammen ich zum ersten Mal nach Europa kam, wunderschöne Fotografien von sich selbst, auf denen sie ein griechisches Kostüm trug; sie hatte einen Knaben oder Jüngling in irgendeinem Stück gespielt.

Jetzt erinnere ich mich an Anny Ahlers und wie ich sie in London, zusammen mit Dorothy (aus dem Traum), hatte singen hören. Sie stürzte sich aus einem Fenster. Ich las das in meiner gewöhnlichen Kaffeehausillustrierten. Sie spielte damals die du Barry. Sie hätte auch in «L'Aiglon» auftreten können.

Mein einziges wirkliches Erlebnis mit «Gespenstern» hatte ich im letzten Kriegsjahr in Cornwall. Doch diese Erscheinungen, diese «Klopfer», waren berühmt, jedermann hörte sie.

Aus irgendeinem Grund kommt mir der Wolf von Siena in den Sinn. Remus war der sagenhafte Gründer von Siena. Vielleicht denke ich gerade an den Gefährten, den ich verloren habe, die Schwester, die ich nie hatte, vor allem eine Zwillingsschwester.

Wir unterhielten uns über griechische Namen, die allgemein gebräuchlich sind; Helen, meine Mutter, Ida, unser Kindermädchen, jetzt diese Renée Athene.

Renées Mutter unterrichtete die kleineren Kinder bei Miss Gordon in Französisch. Frances' Mutter war Inspektorin des Kindergartenwesens in Philadelphia. Meine eigene Mutter unterrichtete Musik und Zeichnen an dem alten Seminar in Bethlehem.

Die Griechen wurden für mich am lebendigsten, als ich sieben war; es war eine Miss Helen, die uns Freitag nachmittags in der Schule die «Tanglewood-Geschichten» vorlas. Jene Erzählungen sind meine Grundlage oder Vorbildung, Pandora, Midas, das Medusenhaupt – jene sonderbare Geschichte von Perseus und der Beschützerin Athene.

Das Wunder des Märchens ist unbestreitbar; Sigmund Freud würde es verwerten, rationalisieren.

Mittwoch, 12. Juni 1933

Ich verlasse Wien am Samstag dieser Woche.

Ich unterbrach meine Notizen auf den Vorschlag des Professors hin.

Wir griffen weitere Details der ersten Griechenlandreise und meines Traums oder meiner Halluzination von den Delfinen und dem Van-Eck-«Doppelgänger» auf und arbeiteten sie durch.

Wir gingen auch die Ägyptenreise durch, die Öffnung der Gruft, Luxor und Philae.

Ich träume von zwei Büchern; ich habe sie geschrieben. «Dieses Buch von mir kommt gerade heraus», sage ich, dann: «Ein zweites Buch von mir wird kurz danach erscheinen.»

Der Professor sagt, dass sich hinter Athene Isis verbirgt oder Neith, die Kriegsgöttin. Er suchte die kleine Athene-Statue heraus und gab sie mir in die Hand. Eine weitere Athene oder geflügelte Nike befindet sich auf der Vase, die wir betrachteten, als ich meine *Schrift an der Wand* beschrieb.

Ich erinnerte mich wieder an die löwenköpfige Sechmet und sprach von einem Katzenrelief, das wir auf der Akropolis entdeckten.

15. Juni

Ständige Gerüchte sind vielleicht für den Traum der letzten Nacht verantwortlich, einen Alptraum. Ein gewaltiger schwarzer Büffel, Bison oder Bulle verfolgt einen Karren oder eine Kutsche, in der wir alle zusammengedrängt sitzen.

Ist der Wagen eine Klippe hinabgestürzt? Saßen wir darin?

Einige von uns, eine Gruppe von sechs oder acht, sitzen jetzt auf dem Abhang eines Berges und fragen: *«Sind wir tot?»*

Anhang

Die Briefe Freuds an H.D.

Die Briefe Freuds an H. D. in einem Anhang der Buchausgabe von «Tribut an Freud» abzudrucken geht auf einen Vorschlag von Professor Pearson zurück, dem H.D. zustimmte. Von den insgesamt 23 Briefen und Karten, die sich im Nachlass von H.D. befinden, sind in den bisherigen amerikanischen Ausgaben neun veröffentlicht worden (wozu noch ein zehnter kam, den H.D. in ihrem Text zitiert); sechs dieser Briefe waren im Original deutsch geschrieben und wurden in einer englischen Übersetzung geboten. Die vorliegende Ausgabe enthält alle Briefe Freuds an H.D. mit der einzigen Ausnahme von zwei ganz kurzen Karten vom 28.10.34 (eine Terminvereinbarung) und vom 1.1.37 (ein «Prosit Neujahr»). Sie gibt den Originaltext der Briefe in der Sprache, in der sie jeweils geschrieben wurden; auf die kursiv gedruckten englischsprachigen folgt unmittelbar die Übersetzung. Die Rechtschreibung wurde modernisiert. Die Briefe drucken wir mit freundlicher Genehmigung der «Sigmund Freud Copyrights Ltd.» (London). – M. S.

Dec. 18th 1932
Wien IX., Berggasse 19

Dear Mrs. Aldington

I am not sure of your knowing German, so I beg to accept my bad English. It may be especially trying to a poet.

You will understand that I did not ask for your books in order to criticise or to appreciate your work, which I have been informed is highly praised by your readers. I am a bad judge on poetry especially in a foreign language. I wanted to get a glimpse of your personality as an introduction to making your personal acquaintance. Your books will be waiting with me for your arrival. (An American friend of mine brought me today «Palimpsest».)

My relations to my patients (or pupils) are now especially complicated; I hope to arrange them in a few weeks and I will make an effort not to let you stay in waiting very long.

With kind regards
yours sincerely
Freud

Sehr geehrte Mrs. Aldington

Da ich mir nicht sicher bin, ob Sie Deutsch können, mögen Sie bitte mit meinem schlechten Englisch vorlieb nehmen. Es mag für einen Dichter eine besondere Zumutung sein.

Sie werden verstehen, dass ich um Ihre Bücher nicht in der Absicht bat, ein Werk zu kritisieren oder zu würdigen, das von Ihren Lesern, wie ich höre, hoch gelobt wird. Poesie kann ich schlecht beurteilen, besonders in einer fremden Sprache. Ich wollte einen Einblick in Ihre Persönlichkeit erhaschen, um mich auf Ihre persönliche Bekanntschaft vorzubereiten. Ihre Bücher werden mit mir auf Ihre Ankunft warten. (Ein amerikanischer Freund von mir brachte mir heute «Palimpsest».)

Meine Beziehungen zu meinen Patienten (oder Schülern) sind gerade jetzt besonders verwickelt. Ich hoffe, sie in wenigen Wochen geordnet zu haben, und ich werde mich bemühen, Sie nicht sehr lange warten zu lassen.

Mit freundlichen Empfehlungen
Ihr Freud

26.1.1933
Wien IX., Berggasse 19

Sehr geehrte Frau

Ich habe Ihren reizenden Brief von Ende Dezember nicht sogleich beantwortet, weil ich damals hoffte, Sie sehr bald zu mir rufen zu können. Es ist anders gekommen, ich konnte die Zeit für Sie nicht frei machen, schob die Entscheidung immer wieder auf, bis jetzt Ihr zweiter Brief kam, gleichzeitig mit dem Buch über H. Ellis, das Sie bei mir erwarten soll. Ich habe verstanden, dass Ihnen eine gewisse Verzögerung nicht unlieb war. Über sehr lange möchte ich sie aber nicht ausdehnen, ich bin entschlossen, gewaltsam Raum für Sie zu schaffen. Nur, dass ich Ihnen nicht zumuten will, grade jetzt, in dieser Bärenkälte und während sich eine Grippeepidemie entwickelt, zu reisen und den Aufenthalt zu wechseln. Ich habe gehört, dass Sie von zarter Gesundheit sind. Wollen Sie überhaupt lieber zu Beginn des Frühlings, April-Mai kommen? Man beherrscht diese hygienischen Faktoren so schlecht, kann sich sehr mit ihnen verrechnen.

Sachs hat über Sie und Ihre Freunde von Boston geschrieben. Von H. Ellis habe ich nichts gehört – das Buch zu seinem 70. Geburtstag besaß ich bereits, nehme zur Kenntnis, wer die lofty person der Revelation ist.[31]

Mit herzlichen Grüßen für Sie und die Freunde

Ihr

Freud

P.S. Glad you understand German.

4.2.1933

Wien IX., Berggasse 19

Sehr geehrte Frau

Können Sie Mittwoch 1. März bei mir eintreten? Wenn Sie tags vorher ankommen und mich telefonisch anrufen, wird man Ihnen die Stunde angeben, um die ich Sie zuerst sehen kann. Regina ist sehr gut und man kennt mich dort. Ich hoffe, dass diese Abmachung nicht durch die jetzt hier herrschende Grippe umgeworfen werden wird.

In angenehmer Erwartung Ihr

Freud

20.2.1933
Wien IX., Berggasse 19

Sehr geehrte Frau

Dank für Ihren Brief. Ich denke gern daran, dass ich Sie in wenigen Tagen hier sehen werde. Von Norman Douglas[32] habe ich eben jetzt Southwind gelesen. Ich bitte Sie, lassen Sie vorläufig die Tr[aum]deutung wie alles andere Analytische beiseite.

Meine besten Grüße an Mrs. M. (Bryher).

Herzlich Ihr
Freud

[ohne Datum; vor dem 4.7.33]
Wien XIX., Strasserg 47

Dear H.D.

Your kind letter went again refreshing most pleasant memories of your staying with me in Vienna.

If you can do something for me in London? I would be so glad to hear that you have seen my son Earnest, who has settled as an architect in the centre of the English world after leaving Berlin (36 Clarges Street, W 1), and his wife, a nice girl. But perhaps they will be in a summer resort just now or you may be shy of a new acquaintance. So don't do it, if it does not mean pleasure to you. We are enjoying ourselves in house and garden.

Yours affectionately
Freud

P.S. v. d. Leeuw, the «flying Dutchman» sent me a card from Egypt. I hope he will safely arrive at the Cape.

Liebe H.D.

Ihr freundlicher Brief hat die angenehmsten Erinnerungen an Ihren Aufenthalt bei mir in Wien wieder aufgefrischt.

Ob Sie in London etwas für mich tun können? Es würde mich sehr freuen zu hören, dass Sie meinen Sohn Ernst gesehen haben, der Berlin verlassen und sich im Mittelpunkt der englischen Welt als Architekt niedergelassen hat (36 Clarges Street, W 1), sowie seine Frau, ein nettes Mädchen. Aber vielleicht sind sie auch jetzt gerade in der Sommerfrische, oder Sie mögen eine neue Bekanntschaft scheuen. Tun Sie es also nicht, wenn es Ihnen kein Vergnügen bereitet. Wir lassen es uns gut gehen in Haus und Garten.

Herzlich
Ihr Freud

P.S.: v. d. Leeuw, der «fliegende Holländer», schickte mir eine Karte aus Ägypten. Ich hoffe, er wird das Kap sicher erreichen.

20.7.1993 [1933]
Wien IX., Berggassc 19

Dear H.D.

Dank für Ihren ausführlichen Brief unter so traurigen Umständen![33] Ich hatte auch schon Brief von Bryher aus London. Die Zukunft hängt wohl davon ab, wie sich Lady E. befinden wird. Ich habe Fo und Tattoun eine Rede gehalten: Ihr leichtsinniges Gesindel, ihr wisst nicht, dass Sir John gestorben ist und dass ihr vielleicht darum nicht Perdita zur Pflegemutter bekommt und Villa Kenwin nie sehen werdet. Da man sich von ihnen trennen muß, und es so schwer ist, möchte man sicher sein, dass sie es gut haben werden. Es gab viel Unruhe im Hundestaat. Wolf musste nach Kagran geschickt werden, weil beide Damen in heat waren, und die elementare in der weiblichen Natur begründete Feindschaft zwischen JoFi und Lün führte dazu, dass die gute sanfte Lün von JoFi gebissen wurde. So ist jetzt auch Lün in Kagran und ihre Zukunft unsicher.[34] Von den menschlichen Bewohnern des Hauses ist nur zu sagen, dass sie viel krank waren und erst jetzt beginnen den Sommer zu genießen.

Gewiss erwartete ich zu hören, dass Sie schreiben, aber dazu darf man nicht drängen. Ich werde es später hören.

Das Abenteuer in Spanien, von dem Sie schreiben, ist schrecklich geheimnisvoll. Meine früher so große Sympathie für H. Ellis ist unter dem Eindruck Ihrer Mitteilungen sehr zurückgegangen.

Ich grüße Sie herzlich
Ihr Freud

Oct. 27th 1933
Wien IX., Berggasse 19

Dear H.D.

Excuse my writing you in English. My last illness did shake me in more than one way and so – my memory having been so faithful regarding trifles – now I cannot recover how far might trust your German, nor in what language my former letters to you were written. However I am glad I can now write to you and can work even five hours a day. I cannot leave my rooms as my heart cannot afford to conquer the staircase.

I don't think I will come to London as your kind friends surmise; there may be no provocations to leave Vienna. If you come to Vienna I expect to see much of you whether you continue analysis or not. I am deeply satisfied to hear that your are writing, creating; that is why we dived into the depths of your unconscious mind I remember.

I could not take Aiken and I am sorry you could not take the «twins». We had to separate them. Tattoun has found a new home with Dr. Lampl's, analysts, friends of our refugees from Berlin with two children and a garden. Fo is put up for sale, waiting at Kagran what her fate may be. Life is not easy, not even for chows.

I am glad of your promise to write again.

Yours affectionately
Freud

Liebe H.D.

Entschuldigen Sie, dass ich Ihnen auf Englisch schreibe. Meine letzte Krankheit hat mich in mehr als einer Hinsicht geschwächt, daher kann ich mich – so verlässlich mein Gedächtnis für Kleinigkeiten immer war – im Augenblick weder darauf besinnen, wie weit ich auf Ihr Verständnis des Deutschen rechnen kann, noch in welcher Sprache meine früheren Briefe an Sie geschrieben waren. Ich freue mich aber, dass ich Ihnen jetzt schreiben kann und sogar imstande bin, fünf Stunden täglich zu arbeiten. Meine Zimmer kann ich nicht verlassen, da mein Herz das Treppensteigen nicht verträgt.

Ich glaube nicht, dass ich nach London kommen werde, wie Ihre liebenswürdigen Freunde mutmaßen; vielleicht gibt es keinen zwingenden Anlass, Wien zu verlassen. Wenn Sie nach Wien kommen, erwarte ich, viel von Ihnen zu sehen, ob Sie die Analyse fortsetzen oder nicht. Ich höre mit tiefer Genugtuung, dass Sie schreiben, schöpferisch tätig sind; das war doch, wie ich erinnere, der Grund, weshalb wir in die Tiefen Ihres Unbewussten eingetaucht sind.

Ich konnte Aiken nicht nehmen, und ich bedauere, dass Sie die «Zwillinge» nicht nehmen konnten. Wir mussten sie trennen. Tattoun hat ein neues Zuhause gefunden bei Dr. Lampl – Analytiker, Freunde unserer Berliner Flüchtlinge, die zwei Kinder und einen Garten haben. Fo steht zum Verkauf und erwartet in Kagran ihr künftiges Geschick. Das Leben ist nicht leicht, nicht einmal für Chows.

Ich freue mich über Ihr Versprechen, wieder zu schreiben.

Herzlich
Ihr Freud

Dec. 20th 1933
Wien IX., Berggasse 19

Dear H.D.

Thanks for your kind letter! I am just now considering how I could answer Perdita's «Red hot greetings» which had reached me a few days ago. I found it so hard being kept at home by the unusual cold of this season and the aftereffects of my last illness and it [is] so difficult to get something done by proxy. So it is best to make her wait until I have recovered. Now as for your flowers, it is true I admire orchids, especially some queer and atrociously looking odorous ones like the Stanhopea, but I like no flower better than the frail and charming Gardenia. It may be impossible to find Gardenias in Vienna at this time of the year. So let me thank you for the exquisiteness of your intention, and as the secret is out I hope you will drop it.

Very glad to hear you are reading in my new lectures. I imagine you writing, creating, at what you had been hinting to me and in due time I am sure you will let me enjoy it too. Your handwriting was by no means distressing to me. I am not so sure about mine. I have not yet overcome the regretting that you could not accept Fo and Tattoun for Perdita. They seem to be well provided now with friends of ours.

My three grandsons who had to leave Berlin, have entered the school of Dartington Hall, Totnes, Devon, they pass the vacation with their parents in London. May England prove a better «fatherland» to them!

With kindest wishes for Christmas and New Year to you, Bryher and your daughter

yours affectionately
Freud

Liebe H.D.

Dank für Ihren freundlichen Brief! Gerade eben überlege ich, wie ich Perditas «glühende Grüße» beantworten könnte, die mich vor wenigen Tagen erreicht haben. Ich fand es nicht leicht zu ertragen, dass ich ans Haus gefesselt war durch die ungewöhnliche Kälte dieser Jahreszeit und die Nachwirkungen meiner letzten Krankheit, und es ist so schwer, etwas durch Stellvertreter zu erledigen. So ist es am besten, sie warten zu lassen, bis ich wieder hergestellt bin. Nun zu Ihren Blumen: Es ist wahr, ich bewundere Orchideen, besonders einige merkwürdige Arten von scheußlichem Aussehen und starkem Duft wie die Stanhopea, aber die liebste Blume von allen ist mir doch die zarte, bezaubernde Gardenie. Um diese Zeit des Jahres ist es wohl unmöglich, in Wien Gardenien zu finden. Daher möchte ich Ihnen für diese ganz besondere Aufmerksamkeit danken, und da nun das Geheimnis heraus ist, hoffe ich, Sie werden es wieder vergessen.

Höre mit Freude, dass Sie in meinen neuen Vorlesungen lesen. Ich stelle mir vor, dass Sie schreiben, schöpferisch tätig sind, und bin sicher, Sie werden mich zu gegebener Zeit mitgenießen lassen, was Sie mir angedeutet haben. Mit Ihrer Handschrift hatte ich nicht die geringsten Schwierigkeiten. Ich bin nicht so sicher, was die meinige betrifft. Dass Sie Fo und Tattoun nicht für Perdita übernehmen können, tut mir immer noch leid. Sie scheinen nun bei Freunden von uns wohl versorgt zu sein.

Meine drei Enkelsöhne, die Berlin verlassen mussten, sind jetzt in der Schule von Dartington Hall, Totnes, Devon; sie verbringen die Ferien bei ihren Eltern in London. Möge sich England ihnen als ein besseres «Vaterland» erweisen!

Für Weihnachten und Neujahr wünsche ich Ihnen, Bryher und Ihrer Tochter das Beste.

Herzlich
Ihr Freud

Dec. 24th 1933
Wien IX., Berggasse 19

Dear H.D.

Ivory JoFi is absolutely charming. I prefer her to every bullock. Did you note that she is possessed of a movable tongue?

Happy Christmas to all of you!

Freud

Liebe H.D.

Elfenbein-JoFi ist absolut bezaubernd. Ich ziehe sie jedem Ochsen vor. Haben Sie bemerkt, dass sie im Besitz einer beweglichen Zunge ist?

Frohe Weihnachten Ihnen allen!

Freud

March 5th 1934
Wien IX., Berggasse 19

Dear H.D.!

Is it really a whole year since you first called on me? Yes, and the second half of this term I spent in suffering owing to the bad effects of another slight operation which was intended to relieve my habitual ailings. But after all it was not a tragic affair, only the inevitable expression of old age and the degeneration of tissues dependent on it. So I do not complain, I know I am overdue and whatever I still have is an unexpected gift.

Nor is it too painful a thought to leave this scene and set of phenomena for good. There ist not much left to be regretted, times are cruel and the future appears to be disastrous. For a while we were afraid we will not be able to stay in this town and country – it is unpleasant to go into exile at the age of 78 –, but now we think we have escaped at least this danger.

We passed through a week of civilwar. Not much personal suffering, just one day without electric light, but the «Stimmung» was awful and the feeling as of an earthquake. No doubt, the rebels belonged to the best portion of the population, but their success would have been very shortlived and brought about military invasion of the country. Besides they were Bolshevists and I expect no salvation from Communism. So we could not give our sympathy to either side of the combatants.

I am sorry to hear you do not yet work but according to your own account the forces are seething. From Perdita's trip I am getting postcards, the last came from Trinidad. Happy girl!

Give my love to Bryher and don't forget me

yours affectionately
Freud

Liebe H.D.!

Liegt es wirklich ein ganzes Jahr zurück, dass Sie mich zum ersten Mal aufgesucht haben? Ja, und die zweite Hälfte dieser Zeitspanne verbrachte ich leidend infolge der schlimmen Nachwirkungen einer weiteren kleinen Operation, die der Linderung meiner gewöhnlichen Unpässlichkeit dienen sollte. Doch schließlich war es keine tragische Angelegenheit, nur der unvermeidliche Ausdruck des Alters und der Geweberückbildung, die damit einhergeht. Also beklage ich mich nicht. Ich weiß, ich bin überfällig, und was immer ich noch habe, ist ein unerwartetes Geschenk.

Auch ist es kein allzu schmerzlicher Gedanke, diesen Schauplatz der Erscheinungen auf immer zu verlassen. Es gibt nicht mehr viel, dem nachzutrauern wäre. Die Zeiten sind grausam, und die Zukunft scheint verhängnisvoll. Für eine Weile fürchteten wir, nicht in dieser Stadt und diesem Land bleiben zu können – es ist unerfreulich, im Alter von 78 Jahren ins Exil gehen zu müssen –, doch jetzt glauben wir, dass wir wenigstens dieser Gefahr entronnen sind.

Wir durchlebten eine Woche des Bürgerkriegs. Nicht viel persönliche Unannehmlichkeiten, nur ein Tag ohne elektrisches Licht, aber die Stimmung war scheußlich und ein Gefühl wie bei einem Erdbeben. Zweifellos gehörten die Rebellen zum besten Teil der Bevölkerung, doch ihr Erfolg wäre sehr kurzlebig gewesen und hätte eine militärische Invasion des Landes mit sich gebracht. Außerdem waren es Bolschewisten, und ich erwarte kein Heil vom Kommunismus. So konnten wir in diesem Kampf unsere Sympathie keiner der beiden Seiten zuwenden.

Ich höre mit Bedauern, dass Sie nicht arbeiten, aber wie Sie selbst berichten, brodelt es in Ihnen. Von Perditas Reise erhalte ich Postkarten, die letzte kam aus Trinidad. Glückliches Mädchen!

Grüßen Sie mir Bryher und vergessen Sie mich nicht.

Herzlich
Ihr Freud

Wien XIX., Strasserg 47
July 4th 1934

Dearest H.D.

I got all of your letters, saw Mr. Williams[35]*, received three books (thanks to you and Bryher), am glad that you saw my son and daughter and liked them as they did you, and will write more after having read the books.*

Affectionately yours
Freud

Liebste H.D.

Ich erhielt all Ihre Briefe, sah Mr. Williams, empfing drei Bücher (Dank Ihnen und Bryher), freue mich, dass Sie meinen Sohn und meine Tochter gesehen haben und sie ebenso mochten wie diese Sie, und werde mehr schreiben, wenn ich die Bücher gelesen habe.

Herzlich
Ihr Freud

Wien XIX., Strasserg 47
Sept. 24th 1934

Dear H.D.

I had heard about your illness and am glad you have fully recovered. It is a very pleasant chance to see you again and listen to the working of your mind for some time. So come to Vienna with Bryher if you can arrange it. I think I will find a way to let you have an hour and not interfere with your enjoying the opera. As regards the conditions I have to let you know that I have discarded foreign currencies and fixed my fee uniformly to S100 an hour. You are prepared for eventual disturbances of my health; I am not always solid in these days.

The catastrophe of v. d. Leeuw's I felt as a personal loss. Too late I conceived the idea, I could have prevented him risking his file in so dangerous a way having found out the intimate connection of his reckless flying with his intimate phantasies. But I missed the opportunity to open it to him.

Thanks for the cutting of Hilton. I have since read several of his books and I still admire him. One of them – The meadows of the moon – is a complete failure. I am afraid he is to proliferous.

I have got a letter from H. Ellis recommending a student of psychology, who wants to be analysed. He is said to be very poor? Can it be true?

Affectionately yours
Freud

Liebe H.D.

Von Ihrer Krankheit hatte ich gehört und freue mich, dass Sie wieder ganz hergestellt sind. Die Aussicht, Sie wiedersehen und eine Zeitlang zuhören zu können, wie es in Ihren Gedanken arbeitet, ist ohne Frage erfreulich. Kommen Sie also mit Bryher nach Wien, wenn Sie es einrichten können. Ich denke, ich werde einen Weg finden, wie Sie zu Ihrer Stunde kommen, ohne dass Ihrem Operngenuss Abbruch geschieht. Was die finanziellen Bedingungen betrifft, muss ich Sie wissen lassen, dass ich fremde Währungen aufgegeben und mein Honorar einheitlich auf 100 S festgesetzt habe. Sie sind auf etwaige Beeinträchtigungen meiner Gesundheit vorbereitet; ich bin dieser Tage nicht durchweg stabil.

Den tragischen Untergang v. d. Leeuws empfand ich als einen persönlichen Verlust. Zu spät kam ich auf den Gedanken, dass ich ihn hätte hindern können, sein Leben in so gefährlicher Weise aufs Spiel zu setzen, nämlich als ich die intime Verbindung seines verwegenen Fliegens mit seinen intimen Phantasien gefunden hatte. Aber ich versäumte die Gelegenheit, ihm die Augen dafür zu öffnen.

Dank für den Ausschnitt von Hilton. Ich habe seither mehrere seiner Bücher gelesen und bewundere ihn noch immer. Eines von ihnen – «The Meadows of the Moon» – ist völlig misslungen. Ich fürchte, er schreibt zu viel.

Ich erhielt einen Empfehlungsbrief von H. Ellis für einen Studenten der Psychologie, der analysiert werden will. Er soll sehr arm sein? Kann das stimmen?

Herzlich
Ihr Freud

Febr. 17th 1935
Wien IX., Berggasse 19

Dear H.D.

I am sorry you feel upset by the experience you mention. Now let me tell you my mind about your plan to working it off in a few informal talks with Schmideberg. As a rule I cannot favour these surrogates of analysis. I know you cannot make the trip to Vienna as often as you may like, and in any case you have to provide some substitute for my poor self, as I am not likely to hold out so much time longer. So my advice would be you should try to get over the emotional disturbance by your own powers, and if you find it too hard for you, you might approach him for reale, complete, honest analysis, until you feel allright again. But in fact I would not think it a big crime if you would not stick to my opinion and decide for yourself.

I am glad to hear you expect to see my children. I hear they are successful in making London their home. I have got no news from Boston about Bryher and Perdita. I hope they enjoy the trip.

With kindest regards and wishes

yours
Freud

Liebe H.D.

Es tut mir leid, dass das von Ihnen erwähnte Erlebnis Sie aus der Fassung gebracht hat. Nun will ich Ihnen sagen, was ich von ihrem Plan halte, es in ein paar einfachen Gesprächen mit Schmideberg abzuarbeiten. In der Regel habe ich für diese Analysensurrogate nicht viel übrig. Ich weiß, Sie können die Reise nach Wien nicht so häufig machen, wie Sie es wohl möchten, und ohnedies müssen Sie sich irgendeinen Ersatz für meine arme Person besorgen, da ich kaum noch allzulange durchhalten dürfte. Mein Rat wäre daher der, dass Sie versuchen, aus eigenen Kräften über die Störung Ihrer Gemütsverfassung hinwegzukommen, und wenn Ihnen das zu schwer fällt, könnten Sie ihn um eine echte, vollständige, ehrliche Analyse angehen, bis Sie sich wieder in Ordnung fühlen. Freilich würde ich es auch nicht als ein großes Verbrechen betrachten, wenn Sie sich nicht an meine Meinung hielten und Ihre eigene Entscheidung träfen.

Ich freue mich zu hören, dass Sie demnächst meine Kinder sehen werden. Ich höre, dass es ihnen gelingt, in London heimisch zu werden. Ich erhielt keine Nachricht aus Boston über Bryher und Perdita. Ich hoffe, sie genießen ihre Reise.

Mit den freundlichsten Empfehlungen und Wünschen

Ihr Freud

19.5.1935
Wien XIX., Strasserg 47

Dearest H.D.

Unnecessary to say how much I enjoyed your kind birthday-letter! Will you make it easy for me, giving my best love to Bryher and Perdita and tell Br. of the use I am making of the cheque she sent me as a present. You may have heard that Dr. Jones appeared at Wien and gave us an interesting lecture at a meeting introducing our people into the someway startling novelties of English psychoanalysis. He asked for an exchange-lecturer to be sent over to London from our side, to continue the discussion. We chose Dr. Wälder to undertake this trip and Bryher's ten pounds will meet part of the expense.[36] *So the money goes back to where it came from.*

I am sorry you never saw our house and garden here in Grinzing. It is the nicest place we ever had, quite a daydream and only a 12 minutes ride in the car from Berggasse.

The harsh weather yet had the advantage of letting spring develop its splendour very slowly, while in other years most of the flourishing was over when we came out.

To be sure I am getting old and my ailments are increasing, but I try to enjoy as much as I can and do work for 5 hours daily.

No more writing to be expected from me, but shouldn't I hear of your work progressing?

With affectionate regards for all of you

sincerely yours
Freud

P.S. I got the jubilee number and did not recognize my portrait as quickly as Perdita did.

Liebste H.D.

Unnötig zu sagen, wie sehr ich mich über Ihren freundlichen Geburtstagsbrief gefreut habe! Wollen Sie es mir leicht machen, indem Sie Bryher und Perdita aufs Herzlichste von mir grüßen und Br. mitteilen, welchen Gebrauch ich von dem Scheck mache, den sie mir als Geschenk sandte? Sie haben vielleicht gehört, dass Dr. Jones in Wien erschienen ist und uns in einer Sitzung einen interessanten Vortrag gehalten hat, um unsere Leute hier in die etwas erstaunlichen Neuerungen der englischen Psychoanalyse einzuführen. Im Austausch möchte er, dass wir unsererseits einen Referenten nach London schicken, um die Diskussion fortzusetzen. Wir wählten Dr. Wälder für diese Reise, und Bryhers zehn Pfund werden einen Teil der Ausgaben decken. So geht das Geld dorthin zurück, von wo es kam.

Leider konnten Sie unser Haus und unseren Garten hier in Grinzing nie sehen. Es ist der schönste Platz, den wir je hatten, ein rechter Tagtraum und mit dem Wagen in nur zwölf Minuten von der Berggasse zu erreichen.

Das raue Wetter hatte doch den Vorteil, dass es den Frühling seine Pracht sehr langsam entfalten ließ, während in anderen Jahren die Blüte größtenteils vorüber war, wenn wir hinauskamen.

Gewiss, ich werde alt, und meine Beschwerden nehmen zu, aber ich versuche zu genießen, was ich kann, und arbeite täglich fünf Stunden.

Von mir ist nichts Geschriebenes mehr zu erwarten, aber sollte ich nicht von Fortschritten Ihrer Arbeit hören?

Mit herzlichen Empfehlungen an Sie alle

Ihr ergebener Freud

P.S. Ich erhielt die Jubiläumsnummer und erkannte mein Porträt nicht so schnell wie Perdita.

Nov. 3rd 1935
Wien IX., Berggasse 19

Dear H.D.

I am so glad to have got your news, knowing you worked with Schm. I felt tempted to answer you in German as the foreign language grows harder for me with advancing old age. But I trust you will excuse my mistakes.

I need not repeat you were right in starting analysis anew with Schm. who is so kind and sympathetic. I would have preferred to give you assistance myself, but I am so far away and have to be grateful for your having come twice to see me. The war which succeeded to upset you may not happen at all, we all hope so. Now let us expect you will attain the best possible peace conditions in your inner strife.

I am still doing some work, five hours daily, with pupils and patients. After a splendid summertime in the garden of Grinzing we are now back again at Berggasse, a very comfortable – prison.

One of our cleverest members, Dr. Robert Wälder, will come over to London next week for a discussion in the English association.

With best love to you and Perdita

ever yours
Freud

Liebe H.D.

Ich bin so froh, Ihre Nachricht erhalten zu haben, nachdem ich bereits wusste, dass Sie mit Schm[ideberg] arbeiten. Ich fühlte mich versucht, Ihnen auf Deutsch zu antworten, da die Fremdsprache mir mit fortschreitendem Alter immer schwerer wird. Aber ich vertraue darauf, dass Sie meine Fehler entschuldigen werden.

Ich brauche nicht zu wiederholen, dass Sie recht daran taten, bei dem so freundlichen und verständnisvollen Schm. von neuem mit der Analyse zu beginnen. Ich hätte Ihnen lieber selbst Hilfe geleistet, aber ich bin so weit weg und muss dankbar sein, dass Sie zwei Mal zu mir gekommen sind. Der Krieg, der Sie aus der Fassung bringen konnte, wird vielleicht gar nicht wahr, wir hoffen es alle. Erwarten wir also, dass Sie in Ihrem inneren Kampf die bestmöglichen Friedensbedingungen erlangen.

Ich arbeite immer noch etwas, fünf Stunden täglich, mit Schülern und Patienten. Nach einem prächtigen Sommer im Grinzinger Garten sind wir jetzt wieder zurück in der Berggasse, einem sehr komfortablen – Gefängnis.

Eines unserer klügsten Mitglieder, Dr. Robert Wälder, kommt nächste Woche hinüber nach London zu einer Diskussion in der englischen Vereinigung.

Mit den herzlichsten Grüßen an Sie und Perdita bin ich

stets Ihr Freud

Wien IX., Berggasse 19
28. Dezember 1935

Dear H.D. and Perdita

Ich denke ich werde lieber deutsch fortsetzen. Es ist auch bei uns dunkler und nebliger als sonst um die Weihnachtszeit, aber an meinem Fenster im zweiten Zimmer steht eine stolze süß duftende Pflanze, die ich nur zweimal im Garten blühend gesehen habe, am Lago di Garda und im Val Sugana und die mich an die lang zurückliegenden Zeiten erinnern kann als ich noch so beweglich war, dass ich den Sonnenschein und die Schönheit der südlichen Natur selbst aufsuchen durfte. Es ist eine Datura, eine edle Verwandte der Tabakpflanze, deren Blätter mir einst so viel geleistet haben und jetzt nur so wenig.

Es ist kaum ratsam, einem Achtzigjährigen etwas Schönes zu schenken, zu viel Wehmut mengt sich dem Genuss bei. Aber es ist gewiss, dass ich dies Geschenk nicht von Ihnen und Perdita verdient habe, ich habe nicht einmal Ihre lieben Briefe jedesmal beantwortet.

Ihre freundlichen Wünsche für ein gutes Jahr 1936 erwidere ich in herzlicher Rückwendung. Sie und besonders Perdita haben noch so viel zu erleben; es soll viel Gutes und Befreiendes darunter sein. Auch Bryher muss gestatten, dass ich ihr wenigstens in diesem Zusammenhange danke.

Ihr in warmer Freundschaft ergebener

Freud

Mai 1936

ICH DANKE HERZLICH FÜR IHRE TEILNAHME AN DER FEIER MEINES ACHZIGSTEN GEBURTSTAGES

Ihr Freud

Können Sie diese barbarische Art der Reaktion auf so liebevolle Äußerungen entschuldigen? JoFi ist sicherlich sehr stolz auf Ihre Erwähnung. Werden Sie glauben, dass sie am 6. frühmorgens ins Schlafzimmer gekommen ist, um mir in ihrer Art ihre Zärtlichkeit zu bezeigen, was sie nie vorher getan hat und auch nicht seither? Nun woher weiß ein Tierchen, wann Geburtstag ist?

[Poststempel vom 24.5.36]
Wien XIX., Strasserg 47

Dear H.D.

All your white cattle safely arrived, lived and adorned the room up to yesterday.

I had imagined I had become insensitive to praise and blame. Reading your kind lines and getting aware of how I enjoyed them I first thought I had been mistaken about my firmness. Yet on second thoughts I concluded I was not. What you gave me, was not praise, was affection and I need not be ashamed of my satisfaction.

Life at my age is not easy, but spring is beautiful and so is love.

Yours affectionately
Freud

Liebe H.D.

Ihre ganze weiße Herde ist sicher angekommen und lebte und schmückte das Zimmer bis gestern.

Ich hatte mir eingebildet, ich sei unempfindlich geworden für Lob und Kritik. Als ich Ihre freundlichen Zeilen las und merkte, wie sehr ich mich über sie freute, dachte ich zunächst, ich hätte mich über meine Standhaftigkeit getäuscht. Doch bei nochmaligem Überlegen kam ich zu dem Schluss, dass es nicht so war. Was Sie mir gaben, war nicht Lob, sondern Zuneigung, und ich brauche mich meiner Genugtuung nicht zu schämen.

Das Leben in meinem Alter ist nicht leicht, aber der Frühling ist schön und ebenso die Liebe.

Herzlich
Ihr Freud

20.9.1936
Wien IX., Berggasse 19

Ein verspäteter aber herzlicher Glückwunsch zum 50. Geburtstag von einem 80jährigen Freund.

Fr.

26.2.1937
Wien IX., Berggasse 19

Dear H.D.

Ich habe eben Ihren «Ion»[37] beendigt. Tief ergriffen von dem Drama (das ich nicht gekannt hatte) und kaum weniger von Ihren Commentaren, besonders vom Schluss, wo Sie den Sieg der Vernunft über die Leidenschaften verherrlichen, drücke ich Ihnen meine Bewunderung aus und schicke Ihnen herzliche Grüße

Ihr
Freud

20 Maresfield Gardens,
London, N. W. 3.
Nov. 28th 1938

Dear H.D.

I got today some flowers. By chance or intention – they are my favourite flowers, those I most admire. Some words «to greet the return of the Gods» (other people read: Goods). No name, I suspect you to be responsible for the gift. If I have

guessed right don't answer but accept my hearty thanks for so charming a gesture.

In any case
affectionately yours
Sigm. Freud[38]

Anmerkungen des Übersetzers:

[1] *J. J. van der Leeuw*: J. J. van der Leeuw (1893-1933) war der Verfasser der Bücher «Gods in Exile», «The Fire of Creation», «The Concept of Illusion», «The Dramatic History of the Christi an Faith». 1914 hatte er sich der Theosophischen Gesellschaft angeschlossen; 1930/31 war er Generalsekretär ihrer Niederländischen Sektion. Er gründete eine Praktische Idealistische Vereinigung für die Jugend.

[2] *also nennen wir ihn Brooks*: «Brook» heißt «Bach».

[3] *von dem ausgezeichneten Spezialisten*: Max Schur (vgl. seine Biographie: Sigmund Freud. Leben und Sterben. Frankfurt/M. 1973).

[4] *«Captain of horses» sagte mir mehr als «cavalry officer» oder «officer of the guards», ebenso wie der «needle-tree», den er eines Tags erwähnte, verglichen mit «pine» oder sogar «evergreen»*: «Captain of Horses» («Hauptmann der Pferde») ist eine falsche Übersetzung von «Rittmeister»; richtig wäre (neben den im Text erwähnten Bezeichnungen) «captain of horse» gewesen. – «Needle-tree» ist natürlich ein Germanizismus für «Nadelbaum».

[5] *Die Birnen sind geerntet*: Im Original folgt ein Wortspiel, das auf Deutsch nicht wiederzugeben ist: «The pears have been gathered. (Pears? Pairs?)» H.D. spielt hier mit dem Gleichklang von «pear»: «Birne» und «pair»: «Paar». «The pairs have been gathered» würde heißen: «Die Paare sind versammelt».

[6] *«Aber ihr wisst doch, dass ihr Kinder niemals mit Streichhölzern spielen sollt.» Es war eine der unverzeihlichen Sünden*: Im Original folgt ein unübersetzbares Wort-

spiel; «(Matches?)», das sich die Homonymie zwischen den englischen Wörtern für «Streichholz» und «zusammenpassen, ein Paar bilden» zunutze macht.

7 *«Ancient Mariner»*: «Der alte Seefahrer», Gedicht von Coleridge.

8 *«Chambered Nautilus»*: «Die Kammern des Nautilus». Der Nautilus ist eine Muschelart, die im Prozess des Wachstums sich immer neue Kammern, an die alten anschließend, baut und jeweils nur in der vordersten, größten lebt. Der Dichter sieht am Strand eine solche vielkammrige Schale, ohne Tier. – Das Gedicht steht in dem Band «Autocrat of the Breakfast- Table» (1858; deutsch erschienen als «Der Tischdespot»). Die im folgenden zitierten Zeilen bedeuten, wörtlich übersetzt: «Bis endlich du frei bist und deine Schale, der du entwachsen, am ruhelosen Meer des Lebens zurücklässt»; «Bau dir, o meine Seele, stattlichere Häuser».

9 *On desperate seas long wont to roam, / Thy hyacinth hair, thy classic face, / Thy Naiad airs, have brought me home / To the glory that was Greece / And the grandeur that was Rome.*: Die mittlere Strophe aus dem frühen Gedicht «To Helen». Wörtlich übersetzt: «Auf verzweifelten Meeren lange umherzustreifen gewohnt, / haben mich Dein Hyazinthenhaar, Dein klassisches Gesicht, / Deine Najadenzüge heimgeführt / in die Herrlichkeit, die Griechenland, / und die Größe, die Rom war.»

10 *Spirituslampe*: H.D. spielt hier auf den Doppelsinn des englischen Wortes «Spirit» an, daher ist der Sinn in der Übersetzung nur unvollkommen wiederzugeben.

11 *Da war auch der bizarre Druck oder Holzschnitt von einem gräulichen Alptraum, ein «Lebendig begraben»*: nach Auskunft von Hans Lobner (Sigmund Freud-Haus, Wien) höchstwahrscheinlich ein Stich nach dem Gemälde «The Nightmare» («Der Alptraum») von J.H. Füssli, der in Freuds Wartezimmer hing.

12 Dieses Kapitel zitiert im Wesentlichen einen Wörterbuchartikel; das ist in der Übersetzung nur unvollkommen wiederzugeben.

13 *Er verwendete die Sprache oder den Jargon des Bankhauses, der Wallstreet, das konkrete, bestimmte Bild eines Geschäftsmannes für eine Glückssträhne oder die Hoffnung auf Erfolg*: Im Amerikanischen wird die Wendung «to strike oil» so allgemein im Sinn von «Glück haben» gebraucht wie im Deutschen allenfalls die Metapher «eine Goldmine finden» o.ä.; ein Halbsatz, der diesen Gebrauch hier weiter verfolgt, wurde in der Übersetzung, weil im Deutschen vollends unverständlich, gestrichen.

14 *Kennst du das Land?*: im Original hier wie später deutsch.

15 *«Oder sagen Sie Ambivalenz? Ich weiß nicht, ob man es Ambiva*lenz *oder Ambi*valenz *ausspricht.»*: Im Englischen «am-bi-valence» und «ambi-valence»; die Subtilität der Pointe geht in der Übersetzung verloren – tatsächlich sind im Englischen beide Aussprachen möglich, wenn auch die Betonung auf der zweiten Silbe gebräuchlicher ist.

16 *Ah, Psyche, from the regions which / Are Holy Land!*: Die Schlusszeilen des Poe-Gedichts «To Helen»: «Ah, Psyche, aus Regionen, die / sind Heiliges Land.»

17 *Others abide our question. Thou art free. / We ask and ask – Thou smilest and art still, / Out-topping knowledge. For the loftiest hill, / Who to the stars uncrowns his majesty, // Planting his steadfast footsteps in the sea, / Making the heaven of heavens his dwelling-place, / Spares but the cloudy border of his base / To the foil'd searching of mortality; // And thou, who didst the stars and sunbeams know, / Self-school'd, self-scann'd, self-honour'd, self-secure, / Didst tread on earth unguess'd at. – Better so! // All pains the immortal spirit must endure, / All weakness which impairs, all griefs which bow, / Find their sole speech in that victorious brow.*: Wörtlich übersetzt: «Andere erwarten unsere Frage. Du bist frei. / Wir suchen und suchen – Du lächelst und bist still, / Wissen überragend. Denn der stattlichste Berg, / der vor den Sternen die Krone seiner Majestät ablegt, // der den standfesten Fuß ins Meer gründet, / den höchsten Himmel sich zur Wohnstatt macht, / überlässt nur den umwölkten Saum seines Sockels / dem nichtigen Forschen des Sterblichen. // Und Du, der Du die Sterne und die Sonnenstrahlen kanntest, / Dich selbst geschult, geprüft, gelehrt hast, selbstgewiss, / Du wandeltest auf Erden unerraten. – Gut so! // Welche Schmerzen auch der unsterbliche Geist ertragen muss, / welche Krankheit ihn schwächt, welcher Kummer ihn beugt – / sie alle finden Worte allein in jener sieghaften Braue.

18 *Kenneth Macpherson*: Bryhers zweiter Ehemann.

19 *«Just above my chamber door»*: Das Zitat stammt wie das folgende aus Poes Gedicht «The Raven». Auf Deutsch: «Gerade über meiner Zimmertür» und «Sprach der Rabe».

[20] *Ich erinnerte mich, wie Dr. Sachs von dem Mädchen sprach, von der «schönen Sophie».*: Freuds Tochter Sophie starb am 20.1.1920. Sie hinterließ zwei Söhne, 6 Jahre und 13 Monate alt. Der jüngere Sohn, Heinele, starb am 19.6.1923.

[21] *Dann habe ich also den Geburtstag meines Vaters mit dem Todestag von D.H. Lawrence verwechselt.*: Die Lebensdaten des Vaters von H.D. sind: 12.11.1843 bis 3.3.1919.

[22] *«Full fathom five thy father lies, of his bones are coral made, those are pearls that were his eyes, nothing of him that doth fade, but doth suffer a seachange into something rich and strange»*: «Fünf Faden tief liegt Vater dein, sein Gebein wird zu Korallen, Perlen sind die Augen sein, nichts an ihm, das soll verfallen, das nicht wandelt Meeres-Hut in ein reich und seltnes Gut.» (Shakespeare, Der Sturm, 1. Akt, 2. Szene)

[23] *Norman Douglas*: englischer Romancier und Essayist (1868-1952), ein Freund von H.D. (und von Bryher, Richard Aldington und D.H. Lawrence).

[24] Der Kurzroman «The Man Who Died» erschien posthum 1931.

[25] *«Kleine Frauen»*: «Little Women» von Louisa May Alcott; das Buch ist auf Deutsch unter dem Titel «Vier Schwestern» erschienen.

[26] *in Opposition*: Im englischen Text steht irrtümlich «not in opposition»: «nicht in Opposition».

[27] *«Die Dame oder der Tiger»*: Der Autor der Kurzgeschichte «The Lady or the Tiger», erschienen 1897, ist Frank Stockton. Freud schrieb am 25.2.1934 an

Arnold Zweig: «Unser Stückchen Bürgerkrieg war gar nicht schön. […] So kann es nicht bleiben, etwas muss geschehen. Ob die Nazis kommen oder unser heimgebackener Faschismus fertig wird, oder ob der Otto v. Habsburg naht, wie man jetzt vermutet. Mir schwebt eine undeutlich erinnerte Erzählung vor: ‹The Lady and the Tiger›, nach der ein armer Gefangener im Zirkus wartet, ob die Bestie auf ihn losgelassen wird oder ob die Dame eintritt, die ihn durch ihre Wahl zum Gatten straffrei macht. Die Pointe ist, dass die Geschichte zu Ende ist, ohne dass man erfahren hat, wen die Türe einlässt, ob die Lady oder den Tiger. Das kann nur bedeuten, dass es für den Gefangenen ziemlich gleichgültig und darum nicht mitteilenswert ist.» (Sigmund Freud, Arnold Zweig: Briefwechsel. Hrsg. v. Ernst L. Freud. Frankfurt/M.: S. Fischer Verlag 1968, S. 76.)

28 *Mr. Crowe*: englisch «crow»: «Krähe».

29 *«Vagadu»*: von Pierre-Jean Jouve, 1931 erschienen; der Autor war von der Psychoanalyse stark beeinflusst.

30 *«Mutter Gans»*: «Mother Goose» heißt eines der populärsten Kinderbücher in englischer Sprache. Die im Folgenden erwähnten «Tanglewood-Tales» sind eine klassische Sammlung griechischer Sagen, nacherzählt für Kinder von Nathaniel Hawthorne.

31 «*A Revelation*» («Eine Offenbarung») heißt eine Meditation von H. Ellis. enthalten in seinen «Impressions and Comments» (3rd Series London 1924, S. 55-64); die «hochfliegende Person», die in ihrem Mittelpunkt steht (der Name wird nicht genannt), ist H.D.

32 S. Anmerkung 23 auf S. 356.

33 Am 16. Juli 1933 war Sir John Ellermann, Bryhers Vater, gestorben.

34 Die Hunde, von denen hier und in den nächsten Briefen die Rede ist, sind: «JoFi», Freuds erste Chow-Hündin; «Lün», eine zweite Chow-Hündin Freuds; «Fo» und «Tattoun», Kinder von JoFi; «Wolf», Anna Freuds Schäferhund.

35 Nach Auskunft von Professor Pearson «mit größter Wahrscheinlichkeit der tatsächliche Name von Robert Herring, der zusammen mit Bryher *Life & Letters Today* herausgab».

36 Der Vortrag von *Ernest Jones*: Über die Frühstadien der weiblichen Sexualentwicklung (veröffentlicht in: *Internationale Zeitschrift für Psychoanalyse*, 21. Bd. (1935), S. 331–341) wurde am 24.4.1935 vor der Wiener Psychoanalytischen Vereinigung gehalten. Die Einleitungssätze heißen: «Dieser Vortrag soll der erste einer Reihe von Austauschvorträgen zwischen Wien und London sein. Schon seit einigen Jahren war zu sehen, dass viele Londoner Analytiker über eine Anzahl wichtiger Themen mit ihren Wiener Kollegen nicht derselben Ansicht waren. Unter diesen Themen kann ich als Beispiel die Frühstadien der Entwicklung der Sexualität, besonders beim Weibe, die Genese des Über-Ichs und seine Beziehung zum Ödipuskomplex, die Technik der Kinderanalyse und den Begriff des Todestriebs nennen.» — Die «Neuerungen» der englischen Analytiker sind besonders auf die Arbeiten von Melanie Klein zurückzuführen.

Robert Wälder hielt seinen Gegenvortrag in London am 18.11.1935 über das Thema «Problems of Ego-Psychology» (ungedruckt); er veröffentlichte seine Kritik, die zugleich die «vielen Erörterungen», die «diese Probleme in Kreisen der Wiener Psychoanalytischen Vereinigung gefunden haben», zusammenfasste, in dem Aufsatz: Zur Frage der Genese der psychischen Konflikte im frühen Kindesalter. Bemerkungen zur gleichnamigen Arbeit von Joan Riviere, in: *Internationale Zeitschrift für Psychoanalyse*, 22.Bd. (1936). S. 513–570.

37 H.D.'s Versübersetzung mit eigenen Anmerkungen: «Euripide's Ion».

38 Übersetzung S. 61.

H.D.
Tribut an Freud
Aus dem Amerikanischen von Michael Schröter
Mit einer Einführung von Klaus Theweleit

Die amerikanische Originalausgabe erschien 1956 unter dem Titel *Tribute to Freud* bei New Directions in New York, die erste deutsche Ausgabe unter dem Titel *Huldigung an Freud* 1975 als «Ullstein Materialien» im Verlag Ullstein, Frankfurt/M. – Berlin – Wien (mit einer Einleitung von Michael Schröter, die in der vorliegenden Neuausgabe nicht enthalten ist).

Typographische Einrichtung aus der ITC New Baskerville und Umschlaggestaltung Marcel Schmid in Basel, Druck und Bindung Druckerei Těšínská Tiskarná in Český Těšín, Tschechien.

ISBN 978-3-938767-48-1

http://www.engeler.de